팅커스

팅 커 스

tinkers

폴 하딩 장편소설
정영목 옮김

문학동네

일러두기

1. 주석은 모두 옮긴이주다.
2. 본문 중 고딕체는 원서에서 이탤릭체로, 볼드체는 대문자로 강조한 부분이다.
3. 장편소설과 기타 단행본은 『 』, 시와 희곡 등의 작품명은 「 」, 연속간행물, 방송 프로
   그램명, 곡명 등은 〈 〉로 구분했다.

메그, 새뮤얼, 벤저민에게

차 례

1

조지 워싱턴 크로즈비는 죽기 여드레 전부터 환각에 빠지기 시작했다. 거실 한가운데 놓인 빌려 온 병원 침대에 누워 천장 회반죽에 생긴 상상의 균열로 벌레들이 빠르게 들락거리는 것을 보았다. 모르타르까지 발라 꼭 맞게 끼워둔 유리창들이 창틀에서 빠져 흔들거렸다. 다시 센바람이 불어오면 유리창들이 모두 쓰러져 가족의 머리 위로 떨어질 것 같았다. 가족은 긴 소파며 2인용 의자, 또 모두 앉으려면 모자랄 것 같아 그의 부인이 갖다놓은 식탁 의자에 앉아 있었다. 유리창이 격류처럼 몰아쳐 그들 모두를 방에서 몰아낼 것이다. 캔자스와 애틀랜타와 시애틀에서 온 손자들과 플로리다에서 온 여동생 모두를. 하지만 그는 박살난 유리로 이루어진 해자에 둘러싸인 침대에 혼자 고립되어 있을 것이다. 꽃가루와 참새들, 비, 그리고 그가 반평생 동안 새 모이통에 다가오지 못하게 막았던 두려움을 모르는 다람쥐들이 집안으로 파고들 것이다.

그는 이 집을 직접 지었다. 기초의 반죽을 쏟아붓고 틀을 올리고 관을 잇고 전선을 걸고 벽에 회반죽을 바르고 방에 페인트를 칠했다. 한번은 아직 위를 올리지 않은 기초에서 온수 탱크의 마지막 접합부에 납땜을 할 때 번개가 쳤다. 그는 맞은편 벽으로 나동그라졌다. 그러나 일어나서 땜질을 마무리했다. 회반죽에 균열이 생기면 그대로 내버려두지 않았다. 막힌 관은 파헤쳐 찾아냈다. 물막이 판자의 페인트가 벗겨지면 긁어내고 새로 두텁게 칠했다.

회반죽 좀 가져와, 그가 세워진 침대 등받이에 기댄 채 말했다. 페르시아 바닥깔개와 식민지시대풍 가구와 골동품 시계 수십 개 사이에 있으니 침대는 이상하게 규격화되어 보였다. 회반죽 좀 가져오라니까. 어이구, 회반죽하고 전선하고 갈고리 두어 개 좀. 전부 5달러 정도면 될 거야.

네, 할아버지, 그들이 말했다.

네, 아버지. 그의 뒤에 열린 창으로 바람이 불어와 지친 머리들을 맑게 해주었다. 바깥 잔디밭에서는 보치* 공들이 딱딱 소리를 냈다.

정오에 그는 잠시 혼자가 되었다. 가족은 부엌에서 점심을 준비하고 있었다. 천장의 균열이 조금 넓어졌다. 잠가서 고정한 침대 바퀴들이 깔개 밑 떡갈나무 바닥의 갈라지는 틈 속으로 가라앉았다. 바닥은 언제라도 무너질 수 있었다. 그러면 마치 톱스필드 페어**에서 놀이기구라도 탄 것처럼 이제 쓸모도 없는 위가 몸통 속에서 펄쩍 뛰고, 등뼈가 부러질 것처럼 몸이 덜컥거리며 침대와 함께 지하실로 떨어져, 박살나 폐허가 된 그의 작업장 위로 내려앉을 것이다. 조지는 마치 그런 붕괴가 이미 일어나기라도 한 것처럼 그때 지하실에서 그가 보게 될 것들을 상상했다. 이제 이층 높이에 있는 거실 천장, 깔쭉깔쭉한 깔때기 모양을 이루고 있는 거실의 쪼개진 바닥 판자들, 구부러진 구리관, 벽의 가장자리를 둘러싼 채 그 갑작스러운 폐허 한가운데 있는 그를 가리키고 있는 끊어진 핏줄처럼 보이는 전선들. 저 너머 부엌에서 목소리들이 웅얼거렸다.

조지는 시야 바로 너머에서 누가 감자샐러드와 돌돌 말린 구운 쇠고기가 담긴 종이접시를 치마 위에 올려놓고 진저에일이

---

* 이탈리아식 볼링 게임.
** 매사추세츠주 톱스필드에서 열리는 농업 축제.

든 플라스틱컵을 들고 앉아 있을지도 모른다고 기대하며 고개를 돌렸다. 그러나 붕괴는 집요하게 이어졌다. 그는 사람들을 소리쳐 불렀다고 생각했지만 부엌의 여자들 목소리와 마당의 남자들 목소리는 끊임없이 계속 웅웅거렸다. 그는 박살난 파편더미 위에 누워 위를 보고 있었다.

이층이 그의 몸 위로 떨어졌다. 마무리가 되지 않은 소나무 틀이며 끝이 막힌 관(마개로 막아놓은 이 관들은 그가 설치하려다 그만두는 바람에 개수대나 변기로 이어지지 못했다)이며 낡은 상의가 걸린 옷걸이며 까맣게 잊고 있던 보드게임과 퍼즐과 부서진 장난감과 가족사진—어떤 사진은 양철판에 감광을 해서 찍은 아주 오래된 것이었다—봉투가 담긴 상자들. 그 모든 것이 지하실로 무너져내렸지만 그는 심지어 손을 들어 얼굴을 가리지도 못했다.

그러나 그는 유령이나 다름없었다. 거의 무無로 이루어진 존재였다. 그래서 다른 경우였다면 그의 뼈를 바스러뜨렸을 나무와 금속과 밝게 인쇄된 판지와 종이 다발(**이지 스트리트까지 여섯 칸 전진!** 뱃사람의 무덤처럼 보이는 모자에 꽃과 망사 장식까지 잔뜩 쌓아올리고 있어 우스꽝스러워 보이는 모습으로 숄을 두르고 뻣뻣한 자세로 카메라를 향해 얼굴을 찌푸리고 있는 증조모 노딘)이 영화 소품들처럼 그의 몸 위로 떨어져 옆으로 굴렀다.

그는, 아니면 그것들은 예전에 있던 진짜의 복제품이었다.

그는 그렇게 졸업사진이며 낡은 양모 재킷이며 녹슨 연장이며 그가 지역 고등학교의 기계제도부장으로 승진했다는 기사, 지도 부장으로 임명되었다는 기사, 퇴직을 하여 골동품 시계를 거래 하고 수리하며 살아간다는 기사 스크랩들 사이에 누워 있었다. 그가 수리하던 시계의 망가진 황동 기계장치들이 잡동사니 사이 에 흩어져 있었다. 그는 삼층 위 지붕의 드러난 들보와 들보들을 잇는 뒤에 은박지를 댄 통통한 솜 단열재를 올려다보았다. 이 손 자인가 저 손자가(어느 손자더라?) 몇 년 전에 스테이플러로 단 열재를 박았는데 이제 두세 마디가 헐거워지며 솜이 분홍색 양 털 혀처럼 늘어져 있었다.

지붕이 무너지면서 다시 나무와 못, 타르지와 지붕널과 절연 재 사태沙汰가 일어났다. 모루의 함대처럼 푸른빛을 가로질러 떠 가는, 위가 납작한 구름들로 가득찬 하늘이 보였다. 조지는 아픈 몸으로 밖에 나갔을 때의 그 습하고 얼얼한 느낌을 받았다. 그때 구름이 움직임을 중단하고 순간 멈칫하더니 그의 머리로 곤두박 질쳤다.

하늘의 푸른빛이 그 뒤를 이었다. 마치 배수구로 물이 빠지듯 높은 곳에서 그가 있는 너저분한 콘크리트 구멍 속으로 빨려들 었다. 그다음에는 별들이 떨어지며, 흔들리다 떨어져나온 장신구들처럼 그의 주변에서 딸랑거렸다. 마침내 아무것도 남지 않은 황폐한 검은 공간이 고정한 압정이 빠진 듯 잡동사니 더미 전체 위로 늘어져 조지의 혼란스러운 소멸을 덮어버렸다.

조지가 죽기 거의 칠십 년 전 그의 아버지 하워드 에런 크로즈비는 먹고살기 위해 짐수레를 몰았다. 나무로 만든 수레였다. 축 두 개와 나무살이 달린 바퀴 위에 서랍장을 얹어놓았다. 수십 개의 서랍마다 오목하게 파고 황동 고리를 달았다. 손가락을 구부려 고리를 잡아당겨 열면 안에는 솔과 동유桐油, 치분과 나일론 스타킹, 면도용 비누와 직선형 면도날이 담겨 있었다. 구두약과 구두끈, 빗자루와 대걸레용 천이 담긴 서랍도 있었다. 진 네 병을 넣어둔 비밀 서랍도 있었다. 그는 주로 시골길을 돌아다녔다. 좁은 흙길을 따라 깊은 숲으로 들어가다보면 감추어진 개간지가 나오고, 톱밥과 나무둥치 사이에 통나무 오두막 한 채가 서 있었다. 집의 기울어진 문간에는 무지無地 드레스에 머리를 뒤로 바짝 잡아당겨 묶어 마치 웃고 있는 것처럼 보이는(실제로는 웃고 있지 않았다) 여자가 공이치기를 당긴 22구경 라이플을 들고 서 있었다. 아, 누군가 했네, 하워드로군요. 어디 보자, 양철 물통이 하나 있어야 할 것 같아요. 여름이면 그는 헤더 향기에 코를 킁킁거리고 〈누가 내 꿈속의 배를 흔드네〉를 부르면서, 멕시코에서 날아온 제왕나비(그는 시인이라도 된 듯 버터가 타오른다, 날갯짓이 불을 일으킨다는 말을 연상했다*)를 지켜보곤 했다. 그에게는 봄과 가을이 대목이었다. 가을은 벽지 사람들이 겨울에 대비해 물자를 쟁여놓는 때이기 때문이고(그는 수레에 있던 물건을 불타오르는 단풍잎들 위에 쌓아놓았다), 봄은 몇 주 동안 물자가 바닥난 상태로 버티면서 길이 뚫려 그가 장사를 다니기만을 기다리는 때이기 때문이었다. 그럴 때면 그들은 몽유병자처럼 수레로 다가왔다. 주린 표정에 눈만 반짝거렸다. 가끔 관 주문을 받아서 숲에서 나오는 경우도 있었다. 올이 굵은 삼베에 싸여 장작 두는 헛간에 뻣뻣하게 누워 있는 아이나 부인.

그는 땜장이 일을 했다. 양은 냄비, 연철. 점토를 두둑하게 쌓은 둑 안에 가두어둔 녹인 땜납. 수은 쪽모이. 이따금 깊은 냄비를 망치로 두드려 다시 평평하게 펼 때면 북녘 숲의 덮개 아래서 땅땅, 아주 작게 울려퍼지는 양철 치찰음. 땜장이새, 구리세공인새.** 그러나 대부분의 경우에는 비와 걸레를 두드리는 사람***이었다.

---

* '나비(butterflies)'라는 단어를 '버터가 난다(butter flies)'라고 풀어 생각한 다음 연상한 것.

** 각각 쇠오색조, 붉은가슴오색조의 울음소리에서 유래한 별명.

*** drummer, '그런 물건을 파는 행상'이라는 뜻도 된다.

조지는 집을 짓기 위해 땅을 파고 콘크리트 반죽을 쏟아부어 기초를 만들 수 있었다. 목재에 톱질을 하고 틀에 못질을 할 수 있었다. 방에 배선을 하고 배관을 짜맞출 수 있었다. 건식 벽체를 매달 수 있었다. 바닥을 깔고 지붕에 널을 얹을 수 있었다. 벽돌 계단을 쌓을 수 있었다. 모르타르로 창문을 단단하게 고정하고 창틀에 페인트를 칠할 수 있었다. 그러나 공을 던지거나 1킬로미터를 걸을 수는 없었다. 그는 운동을 싫어했다. 예순 살에 이른 퇴직을 하고 난 뒤로는 가능한 한 심박수를 높이지 않았다. 유일하게 높아지는 경우는 송어가 뛰노는 물 좋은 웅덩이에 가려고 빽빽한 잡목숲을 서둘러 뚫고 나아갈 때뿐이었다. 사타구니의 암 때문에 첫번째 방사선 치료를 받았을 때 두 다리가 해변의 죽은 바다표범처럼 부어오르고 나무토막처럼 단단해진 것도 어쩌면 운동부족 때문인지 몰랐다. 몸져눕기 전에는 현대적인 의족이 나오기 전에 벌어진 전쟁에서 다리가 절단된 사람처럼 걸었다. 단단한 나무에 쇠 경첩으로 연결한 철심을 허리에 끼운 사람처럼 어기적어기적 돌아다녔다. 그의 부인은 밤에 침대에서 파자마 위로 다리를 만질 때면 떡갈나무나 단풍나무가 떠올라, 지하실 작업장으로 내려가 사포와 착색제를 가져다 마치 가구처럼 사포로 문지르고 붓으로 색칠하는 상상을 하지 않으려고 억지로 다른 생각을 해야만 했다. 한번은 내 남편이 탁자라니, 하는 생각이 들어 웃음이 터져나오는 것을 참으려다 큰 소리로 씨근거리기도 했다. 그런 뒤에 너무 마음이 안 좋아 울고 말았다.

하워드는 매일 장삿길에서 만나는 시골 여자 몇 사람의 고집스러움 때문에 자기 안에서 흔들림 없는, 남을 설득하는 인내심이 자라나게 되었다고 믿었다. 아니, 의식적으로 생각해보았다면 그렇게 믿었을 것이다. 비누회사가 이전 비누의 생산을 중단한 뒤 새로운 제조법을 적용하고 포장 상자의 디자인을 바꾼 제품을 내놓을 때면, 하워드는 상대가 돈을 내는 고객이 아니었다면 진작 양보해버리고 말았을 토론을 끝까지 견뎌야 했다.

비누는 어디 있어요?

이게 비눈데요.

상자가 다른데.

맞아요, 바뀌었습니다.

예전 상자가 뭐가 어때서?

아무 문제 없었죠.

그런데 왜 바꾸는 거예요?

비누가 좋아졌으니까요.

비누가 다르다는 거예요?

좋아진 거죠.

예전 비누도 아무 문제 없었는데.

물론 없었죠. 하지만 이게 더 좋아요.

예전 비누도 아무 문제 없었다니까. 그런데 어떻게 이게 더 좋을 수가 있어요?

어, 더 잘 닦입니다.

전에도 잘 닦였어요.

이게 더 잘 닦여요―더 빠르고.

음, 그냥 보통 비누가 든 상자를 가져갈래요.

이제는 이게 보통 비누예요.

예전의 그 보통 비누를 살 수 없단 말인가요?

이게 보통 비누라니까요. 장담합니다.

아니, 나는 새 비누를 써보고 싶지 않아요.

이건 새 비누가 아니에요.

알았어요. 크로즈비 씨. 당신 말대로 해요.

저기요, 부인, 1페니를 더 내셔야 하는데요.

1페니를 더? 왜요?

비누가 좋아져서 1페니가 올랐거든요.

파란 상자에 든 다른 비누를 사면서 1페니를 더 내라고요? 그럼 그냥 예전의 그 보통 비누를 살래요.

조지는 집안 물건을 늘어놓고 판매하는 곳에서 망가진 시계를 하나 샀다. 주인은 18세기 수리 설명서의 번각본을 공짜로 주었다. 조지는 낡은 시계의 내장을 쿡쿡 찔러보기 시작했다. 그는 기계공으로서 톱니 비比, 피스톤과 피니언바퀴, 물리학, 재료 역학을 알았다. 또 말馬의 나라인 노스쇼어의 양키로서 오래 묵은 돈이 어디에 누워 줄면서 모직공장과 점판암 채석장, 증권시세 테이프와 여우 사냥을 꿈꾸고 있는지 알았다. 자꾸 말썽을 부리는 조상 전래의 가보를 유지보수하기 위해 은행가들이 많은 돈을 들인다는 것을 알았다. 그는 손으로 타종바퀴의 낡은 톱니를 교체할 수 있었다. 시계를 엎어놓는다. 나사를 푼다. 삼목이나 호두나무 케이스에서 나사를 그냥 잡아빼내야 할 수도 있다. 벽난로 선반의 먼지로 인해 나삿니가 오래전에 나무 먼지로 변해버렸을 수 있기 때문이다. 시계 뒤판을 보물상자 뚜껑처럼 들어올린다. 팔이 긴 보석상용 램프를 가까이, 바로 어깨 뒤까지 당겨온다. 시커먼 황동을 살핀다. 먼지와 기름으로 찐득해진 피니언바퀴가 보일 것이다. 두들기고 구부리고 땜을 한 금속의 파란색과 녹색과 자주색 물결무늬를 살핀다. 손가락을 시계 안으로 집어넣는다. 탈진바퀴(모든 부품이 완벽한 이름을 갖고 있다―탈진: 기계의 끝, 에너지가 흘러나가고 풀려나고 시간에 박자를

맞추는 곳)를 만져본다. 코를 바싹 갖다댄다. 금속에서 타닌냄새
가 난다. 기계장치에 새겨진 이름을 읽는다. 에즈라 블록섬—
1794. Geo. E. 티그스—1832. Thos. 플래치바트—1912. 시커
메진 기계장치를 케이스에서 들어올린다. 암모니아에 집어넣는
다. 다시 건져올린다. 코가 화끈거리고 눈물이 난다. 눈물 사이
로 기계장치가 별처럼 반짝이는 것이 보인다. 줄로 톱니를 간다.
축받이통을 두드린다. 태엽을 감는다. 시계를 고친다. 자기 이름
을 덧붙인다.

    땅, 땅, 떵, 떵, 떵, 땅따당따당. 냄비와 물통에서 울리는 소리
가 있었다. 하워드 크로즈비의 귀에도 울리는 소리가 있었다. 멀
리서 시작되어 가까이 다가오다가, 마침내 그의 귓속에 자리를
잡고 안으로 파고들었다. 거기에서 머리가 종의 추라도 되는 양
댕댕 두드려댔다. 그의 발가락 끝으로 튀어오른 냉기가 울리는
소리의 잔물결을 타고 몸 전체로 퍼져나가면, 마침내 이가 덜거
덕거리며 부딪치고 무릎이 비틀거려 그 자신이 풀려나가는 것을
막으려고 스스로 몸을 끌어안아야만 했다. 이것이 전조였다. 완
전한 발작이 일어나기 직전 그를 감싸는 화학적 전기의 차가운
후광이었다. 하워드는 간질을 앓았다. 그의 부인 캐슬린, 결혼
전 이름은 캐슬릭 블랙, 퀘벡의 블랙 집안 가운데 왜소해지기는

했지만 엄격한 한 방계 출신인 아내는 의자와 식탁을 치우고 그를 부엌 바닥 한가운데로 이끌었다. 그녀는 그가 혀를 삼키거나 물어 끊는 일이 없도록 소나무토막을 냅킨에 싸서 물려주었다. 발작이 빨리 찾아오면 맨 나무토막을 잇새에 비집어넣었고, 그러면 하워드는 깨어날 때 쪼개진 나무와 수액 맛이 입안에 가득했고 머리는 낡은 열쇠와 녹슨 나사로 가득한 유리 단지가 되어버린 느낌이었다.

분해한 시계를 재조립하려면 기계장치의 뒤판을 부드러운 천 위에 올려놓는데, 이왕이면 여러 번 접은 두툼한 새미가 죽이 좋다. 각각의 바퀴와 축을 제자리에 끼워넣는다. 먼저 커다란 바퀴와 거기에 넉넉하게 맞는 원뿔 활차, 다빈치 씨가 인류에게 준 선물인 이 홈이 파인 경이로운 원뿔부터 시작하여 가장 작은 바퀴까지 끼워나가면서, 한 바퀴의 톱니들이 다음 바퀴의 이음고리와 맞물리게 한다. 그렇게 하다 보면 마침내 타종바퀴열의 속도조절바퀴와 구동바퀴열의 탈진바퀴가 제자리에 맞아들어간다. 이제 시계공의 눈에 앞면이 없는, 이야기책에나 나올 법한 장치가 보인다. 톱니장치들은 꿈속의 게으른 기계처럼 이쪽저쪽으로 기울어져 있다. 그러나 우주의 시간은 이런 식으로 잴 수 없다. 그런 비

뚫어지고 박약한 장치로는 제멋대로인 유령들의 공상적인 시간밖에 못 따라간다. 따라서 기계장치의 앞판을 손에 들고, 우선 중심태엽과 타종태엽의 위를 바라보는 축들에 끼운다. 이것들은 잡다한 부품들 가운데 가장 크며, 또 가장 쉽게 맞추어진다. 이 일을 끝내면 시계공은 속이 밖으로 튀어나와 곧 망그러질 샌드위치처럼 보이는 이 장치를 눈높이로 들어올린 다음 두 판을 꼭 눌러서 해체되지 않도록 잡아준다. 이때 너무 세게 누르지도 말고(잘못하면 아직 정렬이 되지 않은 축 가운데 가느다란 것들이 망가질 수 있다) 너무 약하게 누르지도 말아야 한다(잘못하면 반쯤 재구성된 기계가 다시 다양한 구성 부품으로 해체되는데, 그럴 경우 부품들이 시계공 작업장의 잘 보이지도 않는 먼지 쌓인 구석으로 달아나는 바람에 그의 입에서 불경스러운 욕이 튀어나오는 일이 다반사다). 인내심 있는 시계공이 일을 마무리한 뒤 손가락으로 큰 바퀴를 돌렸을 때 황동 기계장치의 논리에 따라 웅웅거리고 윙윙거리며 돌아가는 것이 아니라 삐걱거리고 끽끽거린다면, 지금까지의 과정을 되짚어본 다음 차분한 이성으로 무질서의 작은 악마를 추방할 때까지 처음부터 다시 시도해야 한다. 구동바퀴열만 있는 시계의 경우에는 기계를 되살리는 것이 간단하다. 그러나 달의 팬터마임이나 과일로 손재주를 부리는 어릿광대 모형 같은 추가 기능을 갖춘 고성능 기계의 경우에는 거의 무한한 기술과 끈기가 요구된다. (필자는 보헤미아 동부에서 목격되었다고 하는, 문자반 주위에 쇠와 황동으로 떡갈나무를 만들어놓은 시계 이야기를 들은 적이 있다. 고국의 계절이 바뀌면 이 나무의 가지들은 머리카락처럼 가는 굴대에 하나하나 꿰어진 수많은 작은 구리 잎들을 뒤집어, 에나멜을 입힌 녹색이 뒤로 가고 금속성을 띤 붉은색이 앞으로 나오게 한다. 다시 시간이 지나면, 케이스—한때 땅을 떠받친다고 믿었던 신화 속의 기둥처럼 생겼다—안의 놀라운 메커니즘에 의해 잎들이 실을 타고 나선을 그리며 가지에서 떨어져내려 문자반의 아랫부분 주변에 흩어진다. 이런 기계가 실제로 존재한다면 뉴턴 씨가 앉았던 나무도 이보다 놀랍다고는 말할 수 없을 것이다.)

—『합리적 시계공』에서,
케너 데이븐포트 목사 저, 1783

조지 크로즈비는 죽어가면서 많은 것을 기억했지만 그 순서는 마음대로 정할 수 없었다. 자신의 삶을 보게 되었지만, 마지막에는 누구나 그렇게 할 것이라고 늘 상상하던 대로 자신의 삶을 평가해보게 되었지만, 그것은 계속 움직이며 변하는 덩어리를 보는 것이나 다름없었다. 모자이크를 이루는 타일들은 회전하고 소용돌이치며 계속 다른 그림을 만들었다. 알아볼 수 있는 색깔들의 띠, 익숙한 요소와 분자 단위들, 친밀한 흐름들에서 벗어나지 않는 것은 분명했지만 그럼에도 이제는 그의 의지로부터 독립해 있었고, 그가 평가를 해보려 할 때마다 다른 자아를 보여주었다.

그는 죽기 백예순여덟 시간 전에 웨스트코브감리교회의 지하실 창문으로 몰래 기어들어가 핼러윈 밤에 종을 쳤다. 그런 짓을 했다는 이유로 아버지에게 맞는 순간을 지하실에서 기다렸다. 그러나 아버지는 자신의 허벅지를 찰싹 때리며 껄껄 웃었는데, 조지가 바지 엉덩이 안에 낡은 〈새터데이 이브닝 포스트〉를 잔뜩 쑤셔넣어놓았기 때문이다. 그는 저녁 식탁에 말없이 앉아 있었다. 어머니를 마주보기가 두려웠다. 밤 열한시였음에도 아버지가 집에 없었기 때문이다. 그럼에도 어머니는 그들을 차가운 음식 앞에 앉혀두었다. 그는 결혼을 했다. 이사를 했다. 그는 감리교도였다가 조합교회주의자였다가 마지막에는 유니테리언교도가 되었다. 그는 기계 도안을 그렸고 기계제도를 가르쳤으며 심장마비를 겪고 살아남았다. 공대 친구들과 개통 전의 새 간선

도로를 빠른 속도로 질주했고 수학을 가르쳤고 교육학 석사학위를 땄고 고등학교에서 학생 지도를 했고 매년 여름이면 북쪽으로 돌아가 포커 친구들―의사, 경찰, 음악 교사 들―과 제물낚시를 했고 집안 물건을 판매하는 곳에서 망가진 시계와 더불어 그것을 수리하는 방법이 적힌 18세기 설명서 번각본을 샀고 퇴직했고 아시아로 유럽으로 아프리카로 단체여행을 다녔고 삼십년 동안 시계를 수리했고 손자들의 응석을 받아주었고 파킨슨병에 걸렸고 당뇨병에 걸렸고 암에 걸렸고 거실 한가운데 놓인 병원 침대에 누워 있었다. 명절 저녁이면 식탁을 갖다놓고 식탁 양옆에 붙은 보조 탁자까지 펼쳐두던 바로 그곳이었다.

조지는 스스로에게 아버지 생각을 한 번도 허락하지 않았다. 그럼에도 이따금 시계를 수리하다가 살살 달래 통에 넣으려던 새 태엽이 축에서 빠져 튕겨나오는 바람에 손을 베고 가끔 나머지 기계장치마저 손상을 입을 때면 바닥에 있는 아버지의 모습이 떠올랐다. 아버지는 발로 의자를 걷어차고 바닥깔개들을 꾸깃꾸깃 밀어냈다. 램프들이 탁자에서 떨어지고 아버지의 머리가 나무 바닥을 쿵쿵 찧어대고 그의 이는 나무토막이나 조지의 손가락을 꽉 물었다.

어머니는 죽을 때까지 조지의 가족과 함께 살았다. 이따금, 주로 식사 자리에서, 아마 그 자리가 예전 남편에게 선제공격을 당한 자리, 허를 찔린 자리, 남편을 없애버리겠다는 계획과 함께 홀로 남겨진 저녁식사 자리였기 때문이겠지만, 그런 자리에서 어머니는 종종 그의 아버지가 얼마나 경박한 사람이었는지 모른다고 기억을 되살리곤 했다. 아침을 먹을 때면 입안으로 오트밀을 떠 넣고 시끄럽게 덜거덕거리는 소리, 빨아들이는 소리와 함께 앙다 문 틀니에서 숟가락을 빼내면서 이런 말을 하곤 했다. 시인이라고, 하! 그 인간은 맹추였어, 수다쟁이였어, 미치광이 새였어. 발작이나 일으키면서 날개를 퍼덕이며 돌아다니는 새였다고.

그러나 조지는 어머니의 반대로 가는 마음을 용서했다. 어머니의 신랄한 탄식이 지혈시키려는 상처를 생각할 때마다 눈물이 복받쳐 멈칫하며 아침 신문에서 눈을 들고 몸을 기울여 장뇌 냄새가 나는 어머니의 이마에 입을 맞추었다. 그러면 어머니는 말하곤 했다. 그런다고 내 기분이 좋아질 것 같아! 그 사람은 내 마음의 평화에 영원히 그림자를 드리웠어. 염병할 멍청이! 그러나 그런 말에도 조지의 기분은 좋아졌다. 호칭기도처럼 끝없이 구시렁거리는 말은 그녀 자신을 달래주었고, 그녀에게 인생의 그 대목은 끝이 났음을 일깨워주었기 때문이다.

조지는 죽음의 자리에 눕자 아버지가 보고 싶었다. 아버지를 상상해보고 싶었다. 그러나 집중을 해서 돌아가려고 할 때마다, 현재로부터 먼 곳으로 깊이 파고들려고 할 때마다, 통증이, 소음

이, 시트를 갈려고 그의 몸을 좌우로 굴리는 누군가가, 암으로
꽉 막힌 신장에서 새어나가 점점 걸쭉해지고 시커메지는 피로
스며드는 독소가 그를 다시 닳아빠진 몸과 뒤죽박죽인 정신으로
감아올렸다.

  죽음 전 어느 봄날 오후 조지는 병이 확고하게 자리를 잡아간
다는 것을 알고 자신의 삶의 기억과 일화들을 테이프녹음기에
구술하겠다고 마음먹었다. 마침 아내는 쇼핑을 하러 밖에 나가
고 없었기 때문에 녹음기를 들고 지하실의 작업대로 내려갔다.
그는 작업실과 이어져 있는 연장 보관실의 문을 열었다. 연장 보
관실의 드릴프레스와 금속가공 선반 사이에 장작 난로가 있었
다. 그는 낡은 신문 몇 장을 구겨 난로 안에 집어넣고 보관실 한
쪽 구석, 지하실 뚜껑문으로 통하는 문 근처에 쌓아둔 반쯤 남은
묶음에서 장작 세 개도 갖다 넣었다. 그는 불을 붙이고 연도를
조절하며 지하실 콘크리트의 냉기가 가시기를 바랐다. 그는 작
업대로 돌아갔다. 녹음기에는 싸구려 마이크가 연결되어 있었지
만 마이크는 작은 받침대가 있음에도 똑바로 서 있지 못했다. 받
침대가 너무 가벼워 마이크와 녹음기를 연결하는 전선의 비틀림
을 이기지 못하고 계속 넘어졌던 것이다. 조지는 전선을 똑바로
펴보았지만 그래도 마이크가 똑바로 서지 않아 결국 녹음기 위

에 그냥 얹어두고 말았다. 녹음기의 버튼들은 너무 무거워 힘을 줘서 눌러야만 다시 튀어나오지 않았다. 버튼마다 수수께끼 같은 약자가 붙어 있어, 몇 번 실험을 해보고 나서야 목소리를 녹음하는 올바른 버튼 조합을 찾아냈다는 자신감이 생겼다. 녹음기에 든 테이프에는 희미한 분홍색 라벨이 붙어 있고, 거기에는 '초기 블루스 선곡집, 판권 소유 핼 브로턴, 조 크리크, 펜실베이니아'라고 찍혀 있었다. 조지는 한두 해 전 여름에 아내와 함께 수강하던 엘더호스텔의 어떤 대학 강좌에서 그 테이프를 샀다는 것을 기억했다. 조지가 **재생** 버튼을 누르자, 멀게 들리는 가느다란 남자 목소리가 자신의 뒤를 쫓는 지옥의 개에 관하여 떨면서 노래를 했다. 조지는 테이프를 다시 감는 대신 그런 하소연이 자신이 할 이야기의 머리말로 적당할지도 모르겠다는 생각이 들어 그냥 거기에서부터 녹음을 시작했다. 그는 마치 청문회에 나가 질문에 대답을 하듯이 팔짱을 끼고 책상 가장자리에 몸을 기댄 다음 마이크를 향해 몸을 기울였다. 그리고 격식을 갖추어 시작했다. 내 이름은 조지 워싱턴 크로즈비다. 나는 1915년에 메인주 웨스트코브에서 태어났다. 1936년에 매사추세츠주 에논으로 이사했다. 그런 식이었다. 이렇게 통계적인 이야기를 한 뒤에는 우스꽝스럽고 약간 외설적인 일화 외에 달리 할 이야기가 떠오르지 않았다. 대개는 낚시여행을 갔다가 위스키를 너무 많이 마시는 바람에 이목을 끌려고 벌인 어리석은 행동과 관련된 것이었다. 주로 낚시 허가를 받지도 않았으면서 송어가 가득한 바구니를 들고 가다 감시인과 마주치는 것과 관련된 일들. 또는 의사가 숲에 가져온 피스톨. 그 피스톨이 9밀리미터짜리면 내가 여기 얼음 위에서 꽁꽁 얼어붙은 네 알궁둥이에 입을 맞추겠다. '정신 차리세요, 어머니, 어머니가 깨어 있을 때가 좋아요'라는 제목의 노래. 뭐 그런 것들. 그러나 그런 이야기 몇 가지를 한 뒤에는 아버지와 어머니, 남동생 조, 여동생들 이야기, 학교를 마치기 위해 야간 강좌를 들은 이야기, 아버지가 된 이야기를 하기 시작했다. 파란 눈ⓢ과 사과 통, 유리처럼 꽁꽁 얼어붙어 쪼갤 때마다 쨍쨍 소리가 울려퍼지던 장작 이야기를 했다. 처음으로 할아버지가 되었을 때 어떤 기분이었는지, 도대체 무엇을 남기고 죽을 것인가 하는 생각을 해보았을 때 어떤 기분이었는지 이야기했다. 한 시간 반 뒤(거의 의식도 못한 상태에서 테이프를 한 번 뒤집었다) **녹음** 버튼이 요란한 소리를 내며 튀어올랐을 때, 그는 소리 내어 울면서 이 빛과 희망의 세계의 상실을 슬퍼하고 있었다. 깊은 감동을 받은 조지는 처음으로 돌아가려고 녹음기에서 카세트를 꺼낸 다음 뒤집어 캡스턴과 가이드핀으로 이루어진 꼭 맞는 칸에 도로 집어넣고 **재생** 버튼을 눌렀다. 자신의 이야기를 다시 들으면 순수하고 맑은 슬픔의 분위기를 그대로 유지할 수 있을지도 모른다고 생각한 것이다. 그는 자신의 회고가 존경할 만한 낯선 사람, 알지는 못하지만 어떤 사람인지 바로 알아보고 몹시 사랑하게 될 사람의 이야기처럼 들릴 것이라고 상상했다. 그러나 그가 들은 목소리는 콧소리가 심했고 바싹 조여진 듯한 느낌을 주었다. 설상가상으로 고등교육도 못 받은 느낌마저 주었다. 거룩한 것들에 관해 증언을 하라고 불려나온, 어쩌면 놀림 감으로 불려나온 것인지도 모르는 시골뜨기가 된 듯한 느낌, 무서운 하늘의 상원이 그의 증언을 들으려는 게 아니라 계속 더듬거리는 그의 말투를 즐기려고 불러낸 듯한 느낌이었다. 그는 테이프를 육 초 동안 듣다가 꺼내 장작 난로 안에서 타고 있는 불에 던져버렸다.

등뼈 같은 흙길을 따라 높이 자란 참억새와 야생화들이 하워드의 수레 아래를 쓰다듬었다. 바큇자국 양옆의 덤불 속에서는 곰들이 앞발로 열매를 만지작거렸다.

하워드에게는 소나무로 만든 진열 상자가 하나 있었다. 인조가죽 띠로 묶고 호두나무처럼 보이도록 색을 칠한 것이었다. 안의 인조벨벳 위에는 금도금을 한 싸구려 귀걸이와 준보석으로 만든 펜던트들이 놓여 있었다. 그는 남편이 나무를 하거나 뒤의 밭에서 수확을 하는 동안 수척한 시골 아낙네들 앞에서 이 상자를 열었다. 여자들에게 매년 바로 전해에 가져온 것과 똑같은 장신구 대여섯 개를 보여주었다. 그는 생각했다, 지금이 대목이다. 절임은 끝났고, 장작더미는 높이 쌓였고, 북풍이 세지면서 추워지기 시작했고, 매일 밤이 어제보다 일찍 찾아왔고, 북쪽에서 어둠과 얼음이 밀고 내려와 오두막의 다듬지 않은 목재와 거칠게 깎아놓은 축 늘어진 서까래를 덮었다. 가끔 서까래가 어둠과 얼음의 무게를 못 이기고 부러져 잠자던 가족을 덮쳤다. 어둠과 얼음, 그리고 가끔 나무들 사이로 보이는 붉은 하늘. 그것은 차가운 해의 비통한 마음이었다. 그는 생각했다, 펜던트를 사라. 늦은 밤에 지붕이 더 버티지 못하기를 기다리는 동안, 아니면 당신의 의지가 뚝 부러지기를 기다리는 동안 드레스 춤에서 이 펜던트를 슬그머니 꺼내 난롯불의 침침한 빛이 이것을 핥게 하라. 당신이 한밤중에 남편 장화를 신고 얼어붙은 호수에 서서 도끼를 들고 팬다 한들 얼음은 너무 두꺼워 구멍이 뚫리지 않을 것이다. 얼음을 난도질하는 도끼날의 메마른 소리는 빙글빙글 돌아가는 얼어붙은 별들 밑에서, 방음 뚜껑 같은 하늘 밑에서 너무나 작아 얼음 건너 오두막에서 깊이 잠든 당신 남편은 꿈쩍도 하지 않을 것이다. 아무 소리도 못 들을 테니 당신이 얼음에 구멍을 파는 것을 막으러 아래위가 붙은 내의 차림에 반쯤 얼어붙은 몸으로 달려오지도 않을 것이다. 당신은 그 구멍이 파란 정맥이라도 되는 것처럼 그 안으로 미끄러져들어가려는 것이다. 호수의 미사微砂로 덮인 검은 바닥으로 미끄러져내려가려는 것이다. 그곳에 내려가면 아무것도 안 보일 것이다. 당신이 모직 드레스를 입은 채로 큰 장화를 신고 뛰어드는 바람에 고대 바다의 굼뜬 겨울 꿈에서 깨어난 어떤 졸음에 겨운 물고기가 암흑 속에서 꿈틀거리는 것은 느낄 수 있을지도 모르겠다. 어쩌면 그것조차 느끼지 못할지도 모른다. 당신은 식어가는 타르 같은 옷 속에서 몸부림칠 테니까. 속도가 느려지고 심지어 차분해지면서, 당신은 눈을 떠 은빛의 고동을, 겹친 비늘을 찾을 것이다. 다시 눈을 감으면 당신 눈까풀이 미끌미끌한 물고기 껍질로 변하는 것이 느껴질 것이다. 눈까풀 뒤의 피가 갑자기 차가워질 것이다. 당신은 어느새 아무런 관심도 없을 것이다. 마침내 쉬고 싶을 뿐. 마침내 그저 당신의 두 눈 사이를 가늘게 꿰뚫는, 갑작스럽고 새롭고 꾸밈없는 윙소리만 바랄 뿐. 얼음이 너무 두꺼워 구멍을 낼 수 없다. 절대 못할 것이다. 절대 할 수 없다. 그러니 금을 사라, 당신 살갗으로 금을 따뜻하게 덥혀주어라. 불가에 앉아 있을 때 슬쩍 허벅지 위에 올려놓아라. 그러지 않으면 당신은 지저깨비 같은 남편이 씹는 담배를 우물거리는 모습, 아니면 당신 손의 터서 갈라진 금이나 보고 있어야 하지 않겠는가.

그러나 장신구를 산 여자는 한 명도 없었다. 받침대에서 펜던트를 들어올려 두 손가락으로 비벼보기는 했다. 그가 아, 그거, 아름다운 물건이죠, 하면, 여자는 정말 그러네요, 하고 대꾸하곤 했다. 이따금 여자의 얼굴이 찰나의 순간 얼어붙는 것이 보였다. 장신구가 결혼생활의 머나먼 꼭짓점에 걸려 있는, 반쯤 잊어버린 그녀만의 어떤 희망, 어떤 꿈을 흔들어놓은 것이다. 아니면 여자의 숨이 혹 쏟아져나오기도 했다. 마치 못에 걸린, 또는 사슬로 말뚝에 묶인 어떤 기다란 것이 확 풀려나가는 것 같았다. 그러나 아주 짧은 순간일 뿐이었다. 여자는 그가 건넨 장신구를 돌려주었다. 아니, 아니에요, 안 될 것 같아요, 하워드. 상자는 다시 서랍 안으로 들어가고, 그는 마당에서 수레를 돌려 숲을 벗어나기 시작했다. 겨울은 벌써 그의 뒤에서 벽지 사람들을 봉해버리고 있었다.

하워드에게 물건을 공급하는 지역 책임자는 컬런이라는 사람이었다. 컬런은 사기꾼이었다. 그는 한 달에 한 번씩 샌더의 가게 뒷방에 있는 탁자에 앉아 자신의 물자를 받아가는 하워드에게서 수수료를 후려냈다. 그는 하워드의 한 달 치 영수증들을 탁자에 펼쳐놓고 몸을 앞으로 기울인 다음 잠시도 입을 떠나지 않고 대롱거리는 담배의 연기 사이로 그것들을 보았다. 그럴 때마다 하워드는 컬런이 포커 패를 돌리거나 마술을 하는 것 같다는 생각을 하곤 했다. 컬런은 눈을 가늘게 뜨고 영수증들을 보았다. 잿물이 다섯 상자밖에 안 되네. 여섯 상자는 되어야 할인이 되는데. 대걸레용 면이 열 개라. 좋아. 하지만 원가가 올랐어. 지금은 열두 개는 팔아야 돼. 전보다 5센트를 못 받겠군. 새 비누는 어떻던가? 벽지의 말 많은 여자들 마음을 바꾸는 게 어렵건 말건 나는 상관 안 해. 영업사원은 당신이잖아. 도대체 밖에 나가 뭐하는 거야? 데이지 향기라도 맡나? 젠장, 크로즈비, 냉장고하고 세탁기는 어떻게 하겠다는 거야? 브로슈어는 몇 장이나 나눠줬어? 그 사람들이 할부 제도를 이해하든 말든 나는 염병할 아무 관심 없어. 할부는 미래야. 영업의 성배라고! 컬런은 영수증들을 퍼올려 상자 안에 구겨넣었다. 그런 다음 호주머니에 손을 넣어 지폐 뭉치를 꺼냈다. 뭉치에서 10달러짜리 한 장과 1달러짜리 일곱 장을 벗겨냈다. 이어 다른 호주머니에 손을 넣어 잔돈을 한 줌 탁자 위에 뿌렸다(마치 주사위같이, 하워드는 생각했다). 그 무더기에서 검지로 동전을 57센트 튀겨내고 나머지는 얼른 호주머니에 도로 집어넣었다. 이 또한 그의 마술 가운데 하나인 것 같았다. 여기 서명해. 크로즈비, 당신은 어떻게 나의 열두 명 가운데 하나가 될 건가? 이제부터가 하워드가 컬런을 만날 때마다 두려워하는 대목이었다. 컬런이 브루스 바턴*을 인용하기 시작할 때. 역사상 가장 위대한 사업가가 누구였지, 크로즈비? 가장 위대한 영업사원이? 광고인이? 누구야? 하워드는 컬런의 싸구려 타이의 매듭을 보면서 미소를 지었다. 당황한 것처럼 보이지 않으면서 동시에 질문에 답을 하지도 않으려고 했다. 어서, 크로즈비. 당신은 그 책도 안 읽어봤나? 내가 원가로 주다시피 했잖아! 하워드는 한숨을 쉬며 말했다. 예수입니다. 맞아, 컬런은 대답하며 의자에서 반쯤 몸을 일으켜 주먹으로 탁자를 치고 나서 벽에 높이 걸린 새 미끄럼방지 구두 너머 하늘 쪽을 손가락으로 가리켰다. 예수! 예수는 현대적 사업의 창시자다. 그는 인용했다. 예수는 예루살렘에서 가장 인기 있는 저녁식사 손님이었다. 예수는 업계의 가장 밑바닥에 있는 열두 명을 골라 세계를 정복하는 조직으로 다듬어냈다! 당신은 어떻게 나의 열두 명 가운데 하나가 될 건가, 크로즈비. 이렇게 못 파는데 말이야, 팔고자 하는 마음이 활활 불타오르지 않는데 말이야.

죽기 백서른두 시간 전 조지는 붕괴하는 우주의 소란에서 깨어나 밤의 어둠과 적막 속에서 눈을 떴다. 악몽의 왁자지껄한 소음이 희미해지자 그는 그 적막을 이해할 수 없었다. 거실에는 긴 소파 옆의 작은 탁자에 올려놓은 자그마한 백랍 램프 하나에만

---

* 미국의 전설적인 카피라이터.

불이 밝혀져 있었다. 긴 소파는 병원 침대와 평행으로 놓여 있었다. 소파 반대편 끝 쪽에 손자 하나가 앉아 탁자 위 불빛에 몸을 기울인 채 책을 읽고 있었다.

조지가 말했다, 찰리.

찰리가, 네, 할아버지, 하고 대답하면서 문고본을 무릎에 내려놓았다.

조지가 말했다, 왜 이렇게 염병할 조용하냐?

찰리가 말했다, 늦은 시간이잖아요.

조지가 말했다, 그런 거냐? 그렇다 해도 염병할 너무 조용한 것 같은데. 조지는 고개를 왼쪽으로, 이어 오른쪽으로 돌렸다. 왼쪽에는 앤여왕양식 팔걸이의자와 그가 파이프 담배를 끊은 뒤 삼십 년 동안 불을 땐 적이 없는 벽난로가 있었다. 지하실 그의 작업대 옆에 두던 파이프 트리가 기억났다. 처음에 그는 자신의 파이프에 대한 열광이 시계에 대한 열광과 같을 것이라고 상상했다. 그래서 뉴베리포트의 벼룩시장에서 그 파이프 트리를 샀다. 내가 어떻게 이런 걸 기억할까? 그는 침대에 누워 생각했다. 그는 지금 마치 소음처럼 경험하고 있는 적막의 질을 분석하고 그 근원을 찾아내는 데 관심을 기울이고 있었다. 그런데 난데없이 뉴베리포트의 벼룩시장, 그리고 파이프 트리와 함께 잡동사니가 놓인 탁자가 나타난 것이다. 그와 더불어 그 탁자를 운영하던 늙은 사기꾼이 어떻게 생겼는지(은퇴한 뱃사람 또는 상선 선원처럼 보였으며 아이리시 스웨터에 그리스 낚시 모자를 쓰고 있었다), 어떤 말투를 썼는지(케이프브레턴을 거치고 뱅고어를 거쳐 온 소금에 전 양키의 말투)도 기억이 났다. 또 탁자 위에 있던 거의 모든 물건도(녹슨 흙손, 눈 없는 인형, 빈 담배통, 겉의 종이가 떨어져나가는 악보 뭉치, 조리용 온도계, 크리스토퍼 콜럼버스 조각상), 그리고 그 사람과 트리를 거래하던 과정도(저 파이프 트리에 10센트면 많이 주는 거겠지요? 5달러! 당신 같은 도둑이 어떻게 여기 들어와 있는지 모르겠군. 2달러? 흠, 그 물건 팔려면 시간깨나 걸리겠소. 1달러 25센트? 사겠소). 그는 여러 수집가에게서 파이프를 여남은 개 사 트리에 걸어놓았다. 다양하고 값비싼 담배맛을 알아가면서 담배 종류마다 다른 파이프를 사용할 요량이었다. 그러나 일주일이 지나지 않아 시계 부품을 가득 담은 상자와 바꾼 여러 가지 물건 가운데 하나로 손에 넣은 파이프에, 동네 담배 가게에서 여러 가지를 섞어 가장 싸게 파는 담배를 담아 피웠다. 빨다가 이따금 신맛이 나면 나무가 아니라 플라스틱으로 만든 파이프라서 그런 게 아닌지 의심했다. 그는 시계를 고치면서 싸구려 파이프 담배를 연신 피워댔다. 그리고 하루일을 마치면 저녁식사 뒤에 벽난로 옆의 앤여왕양식 의자(다리 두 개가 부러졌기 때문에 집안 물건을 정리해 파는 곳에서 싸게 샀다)에 앉아 그날 마지막으로 파이프를 물었다. 그러나 아랫입술에 전암前癌 증상을 보이는 물집이 생기자, 파이프와 트리와 담배통을 모조리 버리고 이따금 차고에서 낙엽을 쓸어내야 할 때 시가 반 대를 피우는 것으로 만족했다. 파이프를 끊은 뒤로는 앤여왕양식 의자에 앉지 않았지만, 의자 등받이 직물에는 그의 윤곽을 보여주는 그림자 같은 것이 남았다. 얼룩이라기보다는 직물에 생긴 그냥 약간 더 짙은 색깔의 실루엣으로, 딱 맞는 각도에서 딱 맞는 빛으로 볼 때만 보이는 것이었다. 만일 병상에서 일어나 그 의자에 다시 앉을 수만 있다면 지금도 그의 몸 윤곽에 완벽하게 들어맞을 터였다.

그는 머리 밑에 베개를 여러 개 받치고 있었다. 그의 앞쪽 침대 발치의 바닥을 덮고 있는 페르시아 바닥깔개의 좁은 부분이 보였다. 바닥깔개 너머 맞은편 벽에는 식탁이 있었다. 식탁은 보조 탁자는 펼치고, 맨 끝의 작은 보조 탁자는 펼치지 않았다. 식탁은 벽과 길이가 거의 비슷했다. 식탁 양옆에는 등나무 재질에 등받이는 사다리 모양인 의자가 하나씩 놓여 있었다. 식탁(늘 나무로 깎아 만든 과일이 든 사발이나 비단으로 만든 꽃이 꽂힌 수정 꽃병이 놓여 있었다) 위쪽에는 유화로 그린 정물화가 걸려 있었다. 그림은 흐릿하고 어두웠다. 그림에는 보이지 않지만 아마 촛불 하나만 켜두고 그렸을 것이다. 그림의 탁자에는 은빛 생선과 도마 위의 거무스름한 빵덩어리, 불그레한 둥근 치즈, 잘린 면이 관람자를 향하고 있는 오렌지 두 쪽, 손잡이 기둥은 널따란 나선형이고 큼지막한 받침 둘레에는 유리 단추 같은 것들이 박혀 있는 녹색 고블렛잔이 놓여 있었다. 컵의 상당 부분이 깨져 받침 주변에 희미한 빛을 발하는 은빛 유리 조각들이 널려 있었다. 도마 위 생선과 빵 앞쪽에는 백랍 손잡이가 달린 칼이 있었다. 끝이 하얀, 검은 막대 같은 것도 칼과 나란히 놓여 있었다. 그 막대가 무엇인지는 아무도 밝혀내지 못했다. 한 손자가 마법사의 지팡이처럼 보인다고 말한 적이 있었다. 실제로 그 물건은 아마추어 마법사가 아이들 생일파티에서 토끼를 불러내거나 주전자에 든 물을 중절모 속으로 사라지게 할 때 사용하는 지팡이를 닮은 것 같기도 했다. 그러나 그것만 빼면 이 그림은, 최근에 그렸든 옛날에 그렸든, 네덜란드나 플랑드르에서 나온 작품, 아니면 그쪽 영향을 받은 작품이었다. 따라서 그 막대는 익살이나 교묘한 장난일 리가 없었다. 결국 그 문제는 가족의 자그마한 수수께끼로 남게 되었으며 가끔 누가 외투를 입기를 기다리는 동안, 또는 겨울 오후에 긴 소파에서 백일몽을 꾸는 동안 잠시 궁리해보곤 했다. 그러나 그뿐, 누구 하나 본격적으로 조사를 해보려고 하지는 않았다.

그의 오른쪽으로 식탁과 그 옆의 의자 오른쪽을 지나면 거실로 들어오는 문간을 이루는 작은 통로가 있었다. 통로의 오른쪽에는 현관문, 정면에는 외투를 보관하는 벽장, 왼쪽에는 완성하지 못한 다락(오십 년 전 조지가 집을 지을 때는 나중에 그 공간 전체를 커다란 가족실로 쓸 생각으로 배관을 하고 전기를 설치해두었다)으로 통하는 문이 있었다. 그 문 오른쪽으로 접이식 뚜껑이 달린 책상이 있었는데, 조지는 거기에 청구서와 영수증과 쓰지 않은 장부를 보관했다. 그 책상 위에도 유화가 걸려 있었다. 유화는 폭풍우가 치는 가운데 글로스터를 떠나는 스쿠너 정기선을 묘사하고 있었다. 배의 형체를 그리는 여러 선線들 주위로 넘실거리는 진녹색과 파란색과 회색 파도가 모여들어 미친듯이 날뛰는 장면이었다. 배를 뒤에서 본 광경이었다. 파도 머리 부분은 광원을 알 수 없는 빛으로 안에서부터 빛나고 있었다. 초저녁이나 비 오는 날의 침침한 빛 속에서 스쿠너의 돛대와 삭구(폭풍우가 치고 있었기 때문에 배는 돛을 펴지 않은 상태였다)가 그리는 직선들을 한참 지켜보노라면 시야 한쪽 모퉁이에서 바다가 움직이는 것을 느낄 수 있었다. 파도를 정면으로 바라보면 그 순간 딱 멈추지만, 다시 배 쪽으로 눈길을 돌리면 파도는 다시 미끄러지듯 움직이며 꿈틀거리기 시작했다.

조지의 바로 오른쪽에는 파란색 긴 소파와 소파용 탁자가 있었다. 거기에 손자가 무릎에 책을 올려놓고 앉아 그를 보고 있었다. 소파 뒤로 커다란 퇴창이 있고 그 밖으로는 원래 앞쪽 잔디밭과 거리가 내다보였지만 그가 죽으러 집에 온 뒤로 아내가 밤이나 낮이나 쳐두는 묵직한 커튼 때문에 아무것도 보이지 않았다. 극장에 달아두는 것만큼이나 두껍고 무거운 커튼은 크림색이었으며, 너무 짙어서 거의 검은색처럼 보이는 밤색의 넓은 수직 기둥 무늬로 장식되어 있었다. 기둥은 위에서 아래까지 덩굴손이 나선형으로 감겨 있었다. 사선으로 나부끼는 장식용 깃발들 사이에는 부리에 리본조각이나 풀을 문 새와 대리석 단지가 번갈아가며 새겨져 있었다. 커튼을 보자 조지는 손자가 감추어진 작은 무대 앞에 서 있는 듯한 느낌이 들었다. 당장이라도 일어나 옆으로 물러서며 팔을 옆으로 쭉 뻗어 꼭두각시 쇼를 소개할 것 같았다.

그러나 손자는 다시 말했다, 괜찮으세요, 할아버지?

염병할 너무 조용해.

고개를 더 돌릴 수가 없었기 때문에 뒤쪽의 거실 나머지 부분은 상상을 해야만 했다. 그곳에는 콘솔형 캐비닛에 담긴 텔레비전, 빨간 벨벳이 덮인 이인용 소파, 손으로 색을 입히고 아내의 열일곱 살 때 사진을 넣은 타원형 자단 액자가 있었다. 그리고 대형 괘종시계가 있었다.

그거였어, 그는 깨달았다. 시계가 멈춘 것이다. 방안의 모든 시계가 태엽이 풀려버린 것이다. 벽난로 선반 위의 큰북시계와 마차시계, 벽의 밴조시계와 거울시계와 비엔나진자시계, 뚜껑 달린 책상 위의 첼시선박종시계, 소파 옆 탁자 위의 반곡선反曲線 시계, 2미터가 넘는 호두나무 케이스에 담긴 대형 스티븐슨괘종 시계. 괘종시계는 1801년 노팅엄에서 만든 것으로 문자반에는 달의 위상을 보여주는 창문이 있고 로마숫자 둘레에는 꽃무늬 장식 천을 누비는 개똥지빠귀 한 쌍이 있었다. 그 시계의 케이스 내부, 어둡고 건조하고 텅 빈 내부와 멈춘 채 길게 늘어진 진자 를 상상하자 그 자신의 가슴 내부가 느껴지면서 갑자기 그곳의 태엽도 다 풀려버렸을 것이라는 생각에 강렬한 공포를 느꼈다.

손자들은 어렸을 때 시계 안에 들어가 숨어도 되느냐고 묻곤 했다. 이제 그는 손자들을 모아 자신의 몸을 열고 갈빗대와 희미 하게 재깍거리는 심장 사이에 숨기고 싶었다.

시계태엽이 모두 풀어지도록 내버려둔 것이 혼란스러운 적막 의 원인이었음을 깨닫는 순간 그는 자신이 지금 누운 침대에서 죽을 것을 알았다.

시계들이 다 멈추었구나, 그는 껙껙대는 소리로 손자에게 말 했다.

그것 때문에 할아버지가 미칠 거라고 할머니가 그러던데요.

(사실 그의 부인은 종소리는 말할 것도 없고 똑딱거리는 소리

도 자신을 미치게 한다고, 그 시끄러운 소리들이 밤새 이어지는 것을 도저히 못 견디겠다고 말한 적이 있었다. 그러나 사실 그녀는 똑딱이는 시계와 종 소리에 위로를 받았다. 남편이 죽고 나서 그녀는 남편이 그녀를 위해 지하실과 노스쇼어 주변의 대여섯 개 안전 금고에 감추어둔 현금으로 구입한 은퇴자 단지의 콘도미니엄에 남편의 수집품 가운데 가장 훌륭한 시계 여남은 점을 오랫동안 보관했다. 그녀는 몇 달 동안 법석을 떨면서 미세하게 조정을 하여 정확하게 맞추어진 시계들이 그녀의 거실에서 조화를 이루어 움직이게 했으며, 그런 조화가 그녀의 죽은 남편을 부르는 것 같았다. 남편을 방안으로 불러오는 것 같았다. 남편은 늘 똑과 딱 소리 사이에 잠깐 시야에서 사라져 있는 것 같았다. 그러다 한밤중에 그녀가 캐노피가 달린 침대에 혼자 누워 있을 때 모든 시계가 동시에 열두 번을 치면 남편의 까다로운 영혼이 이중초점 안경을 쓰고 거실을 떠돌며 기계 하나하나를 살펴 모두 움직이는 속도가 균등한지, 조정이 되어 있는지, 정확한지 확인한다는 것을 그녀는 조금도 의심하지 않았다.)

미치긴 누가 미쳐, 그가 말했다. 가서 태엽을 감아줘라. 그러자 그가 이름을 기억하지 못하는 젊은이가 돌아다니며 시계마다 태엽을 감아주었다.

하지만 타종바퀴열은 감지 않을게요, 젊은이가 말했다. 그럼 너무 시끄러울 거예요. 이게 다 종을 쳐대면 야단법석이 날 거예요. 할머니가 우릴 죽일걸요.

조지가 말했다. 그래, 그래. 제동바퀴가 돌아가는 소리와 태엽이 감기며 딸깍이는 소리가 들리고 시계들의 합창이 조금씩 커지자 그의 핏줄의 피와 가슴의 숨도 한결 가볍게 움직이는 것 같았다. 시계는 똑딱이는 것이 아니라 숨을 쉬는 듯했다. 그냥 함께 있는 것만으로도 서로에게 위로를 주는 것 같았다. 교회 만찬이나 슬라이드 쇼를 보러 동네 도서관에 모인 사람들 같았다.

냄비를 고치고 비누를 파는 것 외에 하워드가 장사를 하고 돌아다니면서 이따금 하는 일이 몇 가지 있었다. 가끔은 가욋돈을 벌려고 한 일이지만 대부분은 돈과 관계가 없었다. 미친개를 쏘고, 아기를 받아주고, 불을 끄고, 썩은 이를 뽑아주고, 남자 머리카락을 잘라주고, 벽지의 포츠라는 밀조업자가 집에서 만든 위스키 약 20리터를 팔아주고, 개울에서 익사한 아이를 건지는 일.

익사한 아이는 라 로즈라는 과부의 딸이었다. 개울가에서 놀다가 젖은 돌에 미끄러져 머리가 깨지면서 물속에 엎드린 자세로 기절했다. 물살이 아이를 깊은 곳으로 끌고 가서 하류 쪽으로 수십 미터 데려가다 개울 한가운데 있는 모래톱에 얹어놓았다.

하워드는 신발을 벗고 바지를 걷어올린 다음 물에 들어가 아이에게 다가갔다. 처음에 아이를 들어올리려고 허리를 굽혔을 때는 길 잃은 어린 양처럼 엉덩이에 걸칠 생각이었다. 그러나 작은 몸 밑으로 팔을 넣는 순간 냉기가 느껴지고 물살을 따라 흘러내리는 머리카락이 보이고 아이의 어머니가 뒤의 개울가에 서 있다는 데 생각이 미치자 아이를 누운 자세로 돌려 안아올렸다. 마치 친척들을 만나고 돌아오는 길에 잠이 든 아이를 마차 뒤에서 내려 장작 난로 옆 짚으로 요를 깐 침상에 뉘러 가는 것처럼.

그가 머리를 깎아준 남자의 이름은 멜리시였다. 나이는 열아홉 살이었으며 한 시간 반 뒤에 결혼할 예정이었다. 남자의 어머니는 죽었다. 나이 차이가 많이 나는 누나와 형들은 이미 결혼을 하여 캐나다나 뉴햄프셔나 남쪽 운소켓으로 떠났다. 감자밭 6만 제곱미터를 갈던 그의 아버지는 아들의 머리를 깎는 것이 아니라 머릿가죽을 벗기고 싶었을 것이다. 막내가 결혼을 한다는 것은 자신을 도와줄 마지막 일손이 농토를 떠난다는 뜻이었기 때문이다. 하워드는 수레에서 큰 가위와 중간 크기의 양철 냄비를 가져왔다. 냄비를 청년의 머리에 씌우고 그 둘레를 따라 머리카락을 잘라나갔다. 일을 마치자 포장지를 벗긴 손거울을 청년에게 건네주었다. 청년은 고개를 좌우로 돌려보고 거울을 하워드에게 돌려주었다. 청년이 말했다. 아주 산뜻해 보이는데요, 크로즈비 씨.

그가 이를 뽑아준 사람의 이름은 길버트였다. 길버트는 페놉스콧강 부근의 깊은 숲속에 사는 은자였다. 숲에 들어가 살 뿐 집 같은 것은 없는 듯했다. 물론 사슴이나 곰이나 무스를 잡으러 숲으로 들어가는 이들 중 몇몇은 그가 사람들 기억에서 사라진 지 오래된 덫사냥꾼 오두막에 살고 있을 것이라고 추측하기도 했다. 또 어떤 이들은 나무 위에 지은 집, 아니면 적어도 의지간 같은 데서는 살 것이라고 생각했다. 그러나 그가 숲에서 산다고 알려진 그 오랜 세월 동안 어느 해 겨울에도 불을 피운 재나 발자국 하나조차 사냥꾼들 눈에 띈 적이 없었다. 그렇다 해도 사람이 어떻게 수십 년은 고사하고 단 한 번의 겨울이라도 숲의 한데서 혼자 생존할 수 있는지 도무지 상상도 할 수 없는 일이었다. 하워드는 난롯불과 덫사냥꾼의 오두막이라는 관점에서 은자의 존재를 설명하려 하기보다는 그 노인이 실제로 살고 있을 법한 텅 빈 공간을 떠올리곤 했다. 숲속의 어떤 우묵한 곳을 떠올리곤 했다. 오직 은자만이 느끼고 들어갈 수 있는 어떤 틈 같은 곳. 얼음과 눈, 얼어붙은 숲 자체가 그를 받아주어 불이나 양털 담요 같은 것이 필요 없는 곳. 꽃다발 같은 눈에 휘감긴 채로, 서리가 얽힌 채로, 팔다리는 차가운 장작 같고 피는 싸늘한 수액 같은 상태로 너끈히 살아갈 수 있는 곳.

길버트는 보도인대학을 졸업했다. 소문에 따르면 그는 너새니얼 호손과 동기임을 자랑하곤 했다. 그 소문이 사실이려면 길버트는 백이십 살 가까이 되어야 하지만 아무도 그 소문에 맞서려 하지 않았다. 동물 가죽을 입고 다니며 호칭기도를 중얼거리고 (대개 라틴어로), 따뜻한 계절이면 많지는 않지만 열성적인 파리 떼와 동행하여, 파리가 줄곧 머리 둘레에서 붕붕거리고 콧등을 기어오르고 눈꼬리의 눈물을 홀짝이는 이 지역의 은자가 한때 『주홍 글자』의 저자와 알고 지내던, 얼굴이 말끔하고 말쑥하게 다림질된 옷을 입고 다니던 청년이었다는 이야기는 너무 흐뭇해서 없애버리기가 아까웠기 때문이다. 길버트는 그의 본명이 아닐지도 몰랐다. 하지만 그가 언제 태어났는지 진짜로 아는 사람도 없었기 때문에 그냥 그런가보다 했다.

사람들은 은자 길버트에 관해 추측하고 이야기하기를 좋아했다. 특히 밖에서 눈보라가 으르렁거리는 겨울밤에 장작 난로에 둘러앉았을 때가 제격이었다. 그가 저 밖의 엄청난 혼돈 속에 있다고 생각하면 마음이 편안해지며 전율이 일었기 때문이다.

하워드는 길버트에게 물자를 공급했다. 길버트가 인간세상에 요구하는 것은 거의 없었지만 그래도 바늘과 실, 노끈, 담배는 필요했다. 일 년에 한 번, 5월, 웅덩이에서 얼음이 사라지는 첫날, 하워드는 수레를 몰고 컴퍼트 캠프클럽 사냥 오두막까지 갔다. 오두막도 멀었지만 그곳에서부터 다시 길버트가 요청한 물자를 등에 짊어지고 강변의 좁고 오래된 오솔길을 걸어갔다. 그렇게 걷다보면 어딘가에서 길버트를 만나곤 했다. 두 사람은 고개 숙여 인사했다. 그런 뒤에 함께 덤불을 헤치고 강가까지 내려갔다. 하워드는 보따리를 지고 내려갔고 길버트는 사슴가죽 가방을 들고 파리 신하들과 함께 갔다. 그곳에서 각각 앉을 만한 바위나 마른 풀밭을 골랐다. 하워드는 길버트를 위해 가져온 물건 보따리에서 담배 한 통을 꺼내 건네주었다. 길버트는 뚜껑이 열린 통을 코에 갖다대고 천천히 들이마시며 새로운 담배의 진하고 달착지근한 축축함을 음미했다. 매년 하워드를 만날 때면 그의 물자는 바닥을 드러내고 있었다. 하워드는 새 담배의 향기를 맡는 것이 길버트에게는 정말로 한 해를 더 살았다는, 숲속에서 겨울을 한번 더 견뎠다는 사실을 확인하는 의식이라고 생각했다. 길버트는 담배 냄새를 맡고 잠시 강을 내다보다가 하워드에게 손을 내밀었다. 하워드는 재킷 호주머니 한 곳에서 파이프를 꺼내 은자에게 주었다. 하워드는 다른 때는 담배를 피우지 않았기 때문에 일 년에 딱 한 번 이때만을 위해 파이프를 보관하는 셈이었다. 길버트는 하워드의 파이프 대통에 담배를 채우고 자기 파이프(검붉은 나무의 옹이를 깎아 만든 아름다운 것으로, 하워드는 그것이 오래전 학장 책상의 황동 받침대 위에 있던 것이라고 상상했다)에도 채웠다. 두 사람은 빠른 물살을 지켜보며 말 없이 함께 담배를 피웠다. 길버트가 담배를 피우는 동안은 파리 떼도 잠시 흩어졌지만 원한이나 악의를 품는 것 같지는 않았다. 담배를 다 피우면 두 남자는 자기 바위에 파이프를 두드려 재를 떨어내고 파이프를 집어넣었다. 파리도 은자의 머리 둘레 궤도에 다시 자리를 잡았다(키르쿰 카피트*. 은자는 그렇게 중얼거렸다). 은자는 사슴가죽 가방을 열더니 조악한 나무 조각품 두 개를 꺼냈다. 하나는 무스처럼 보였고 또하나는 비버처럼 보였다. 아니, 마멋 같기도 했고 심지어 땅돼지 같기도 했다. 워낙 형편없는 작품이라 하워드는 은자가 그들 사이의 겨우내 죽은 풀 위에 내려놓는 작고 어설픈 나무 덩어리들이 그냥 어떤 동물이라는 것 외에는 자신 있게 할 수 있는 말이 없었다. 길버트는 조각품 옆에 아름답게 벗겨낸 여우 모피도 내려놓았다. 머리까지 포함된 가죽에서는 썩은 고기 냄새가 났다. 그것을 내려놓는 순간 파리들은 공황에 빠졌다. 은자와 그 가죽 가운데 어느 쪽에서 더 고약한 냄새가 나는지 결정을 내릴 수가 없었기 때문이다. 결국 그들은 더 자극적인 냄새가 나는, 살아 있는 주인에게 충성을 바치기로 했다. 하워드는 물자 보따리를 풀 위에 놓았고 두 사람은

---

* Circum capit. 라틴어로 '주위로 복귀했군'.

각자 가져갈 물건을 챙겼다. 두 사람은 이 봄의 의식을 진행하면서 처음 몇 년 동안은 거의 말을 나누지 않았다. 길버트가 주문하는 물자를 구체적으로 확정할 때만 몇 마디 할 뿐이었다. 어느 해에 길버트는 바늘을 더, 하고 말했다. 이듬해에는 차는 그만—이제 커피로, 하고 말했다. 일단 목록이 구체화되어 최종 확정이 되면 두 사람은 거기에서 말을 끝냈다. 지난 칠 년간은 두 사람 모두 서로 단 한 마디도 건네지 않았다.

하지만 작년에 하워드가 숲에서 길버트를 만났을 때 두 사람은 이야기를 나눴다. 하워드는 은자와 마주쳤을 때, 그의 왼쪽 뺨이 잘 익은 사과처럼 부어올라 반짝이는 것을 보았다. 길버트는 손을 뺨에 갖다대고 발을 질질 끌면서 땅만 보고 있었다. 파리들도 후원자의 통증을 걱정하는지 전보다 조심스럽게 그의 주위에서 붕붕거리는 듯했다. 하워드는 머리를 기울여 말없이 물었다.

길버트가 작은 소리로 대답했다. 이.

하워드는 낡은 껍데기만 남은 듯한 이 사람에게, 실타래 같은 시큼한 머리카락과 누더기 외에는 남은 것이 없는 듯한 이 은둔자에게 아플 이가 남아 있다는 사실이 도무지 믿어지지 않았다. 그럼에도 그것은 사실이었다. 길버트는 가까이 다가오더니 입을 벌렸고 하워드는 눈을 가늘게 뜨고 살피다가 그 축축하고 다 망가진 자줏빛 동굴 안, 거의 텅 빈 저 뒤쪽 잇몸에 검은 치아 하나가 부어오른 선홍색 살의 왕좌에 앉아 있는 것을 보았다. 바람이 은자의 숨을 실어오자 하워드는 숨이 턱 막혔다. 도살장, 그리고 포치 밑에서 죽어 널브러진 반려동물이 눈앞에 어른거렸다.

이. 은자가 다시 말하며, 자기 입안을 가리켰다.

아, 그래요. 끔찍하네요. 하워드는 말하면서 동정어린 웃음을 지었다.

은자가 말했다. 아니! 이! 그러면서 계속 입안을 가리켰다. 하워드는 이 고통에 시달리는 가엾은 사람이 자기더러 이를 뽑아달라고 하는 것임을 깨달았다.

아, 안 됩니다, 안 돼요! 하워드가 말했다, 나는 전혀 몰라—

길버트가 말을 잘랐다. 안 돼! 이! 그가 끽끽거리는 소리로 말했다. 평소보다 한 옥타브 높은 소리였다.

하지만 나한테는 아무런—다시 은자가 말을 자르더니 5킬로미터 떨어진 컴퍼트 캠프클럽 오두막에 세워진 수레로 하워드를 쫓아냈다.

두 시간 반 뒤 하워드는 포츠의 산비탈 증류기에서 받은 옥수수 위스키가 담긴 휴대용 술병과 새는 냄비에 작은 양철조각을 납땜할 때 사용하는 손잡이가 긴 집게를 들고 돌아갔다. 처음에 길버트는 술을 안 마시려 했지만 하워드가 집게로 이를 잡자 기절하고 말았다. 하워드는 차가운 강물을 길버트의 얼굴에 끼얹었다. 은자는 정신을 차리더니 손짓으로 위스키를 가리켰다. 그는 단숨에 그것을 다 마시더니 아픈 이에 닿은 알코올 때문에 다시 기절해버렸다. 다시 물을 끼얹자 길버트는 정신을 차렸다. 두 남자는 한동안 강 건너편의 전나무 위에서 참새 두 마리가 까마귀 한 마리를 쫓는 것을 지켜보며 앉아 있었다.

일찍 녹은 물이 빠르게 내려오는 바람에 강은 높고 또 시끄러웠다. 급류 속에 어떤 인간 족속이 살고 있기라도 한 것처럼 물에 목소리들이 섞여 있는 것 같기도 했다. 길버트가 그 소리에 귀를 기울이며 베르길리우스*를 암송하기 시작했다. 웨레 누오, 겔리두스 카니스 쿰 몬티부스 후모르 리퀴투르,** 하워드는 집게를 은자의 입안에 집어넣어 악취가 풍기는 이를 집고서 온 힘을 다해 잡아당겼다. 이는 꼼짝도 하지 않았다. 하워드는 손을 놓았다. 길버트는 잠시 당황한 표정이더니 이내 다시 기절하여 벌렁 드러누웠다. 파리들도 직립에서 누운 자세로 전환하는 그에게 맞추어 일사불란하게 대열을 재정돈했다. 처음에 하워드는 고객이 죽었다고 확신했지만, 파리들에 둘러싸인 은자의 코에서 나오는 축축한 휘파람 소리를 듣고 그가 아직 살아 있는 쪽에 들어

---

* 로마 시인.

** Uere nouo, gelidus canis cum montibus humor liquitur. 라틴어로 '이른 봄 한사리에 산의 흰서리에서 차가운 물방울이 똑똑 녹아내리면'.

갈 수 있다는 것을 알았다.

노인의 입은 넓게 벌어져 있었다. 하워드는 그의 어깨 위에 두 다리를 벌리고 서서 집게로 이를 잡았다. 마침내 이를 뽑아냈을 때 길버트의 얼굴과 턱수염은 피범벅이었다. 다시 강물을 끼얹자 환자는 소생했다. 그러나 길버트는 하워드가 한 손에 피투성이 집게를, 다른 손에는 유난히 뿌리가 긴 이를 들고 서 있는 것을 보고 다시 실신했다.

이 주 뒤 하워드는 개 버디가 짖는 바람에 잠을 깼다. 침대에서 일어나 혹시 마당에 곰이나 길 잃은 암소가 있지 않나 보려고 부엌문으로 갔다. 문 앞 계단에 악취를 풍기는 번들거리는 가죽으로 싼 다음 노끈으로 묶은 보퉁이가 놓여 있었다. 하워드는 그 끈이 자기가 파는 것과 같은 종류임을 알아보았다. 하워드는 달빛 아래 서서 노끈을 풀고 가죽을 펼쳤다. 가죽 밑에는 붉은 벨벳이 또 한 겹 있었다. 하워드가 벨벳을 펼치자, 인쇄되던 날 그대로인 것처럼 페이지를 자르지도 않은 『주홍 글자』 새 책이 있었다. 하워드는 책을 펼쳤다. 속표지에는 이런 헌사가 적혀 있었다. "힉" 길버트에게: 인생행로의 전성기인 젊은 시절을 함께 나눈 기억에 바칩니다. 늘 신실하고 형제 같은 친구, 너슬 호손, 1852.

이듬해 얼음이 녹자 하워드는 수레 서랍에서 파이프를 꺼내 바지 허벅지에 문지르고 대통을 훅 불어본 다음 재킷 호주머니에 집어넣었다. 그는 길버트에게 줄 물건들을 꾸려 오솔길을 걷기 시작했다. 그러나 은자는 보이지 않았다. 일주일 동안 매일 가보았지만 길버트는 끝내 나타나지 않았다. 이레째 되는 날 하워드는 오솔길에서 벗어나 강가에 앉아 은자를 위해 챙겨온 담배를 대통 가득 담아 피웠다. 담배를 피우며 급류 속의 목소리에 귀를 기울였다. 목소리들은 숲속 깊은 곳 어딘가에 있는 장소 이야기를 하고 있었다. 침대처럼 깔린 이끼 위에 뼈가 놓인 곳이었다. 애도하는 파리 부대가 지난가을 내내 그 위에서 경야를 했으나 마침내 서리가 내리자 그들 또한 죽음에 굴복했다.

이건 책이에요. 제가 상자에서 발견한 책이에요. 상자는 다락방에서 발견했어요. 상자는 다락방에, 처마밑에 있었어요. 다락방은 덥고 고요했죠. 공기는 먼지 때문에 답답했고요. 먼지는 낡은 그림과 책 때문이었어요. 물론 공기 중의 먼지에는 제가 발견한 책에서 나온 것도 있었죠. 따라서 저는 책을 보기 전에 숨으로 들이마신 셈이에요. 읽기 전에 맛부터 본 셈이죠. 책의 붉은 표지에는 대리석무늬가 있어요. 판형이 커요. 종이는 표백한 아몬드 색깔인데 두툼해요. 종이에는 글이 가득하고요. 글은 파란 잉크로 썼어요. 잉크는 진하고 캔버스의 물감처럼 군데군데 두텁게 굳어 있어요. 잉크를 흡수하는 종이가 아니라서 책을 덮거나 페이지를 넘기기 전에 잉크가 말라야 했을 거예요. 잉크의 파란색은 아주 진해서 검은색으로 보여요. 알파벳의 가는 가로선의 장식용 꼬리나 줄을 그어놓은 곳에서만 손의 압력이 약해져서 파란색이 보여요. 할아버지 글씨처럼 보이는데요. 할아버지가 이 책을 쓴 것 같은데요. 이 책은 사전이나 백과사전 비슷해요. 사건들의 이면에서 나온 보고서, 약하고 차가운 북녘 빛, 짧은 여름을 구성하던 조각들로 가득해요. 하나 읽어드릴게요. 지금 편안하세요? 침대를 조금 내려드릴까요? 물을 좀 드릴까요? 아뇨, 다른 사람은 다 자고 있어요. 하나 읽어드릴까요? 이걸 쓴 기억이 나지 않는다고요? 글씨가 할아버지 것과 아주 비슷한데요. 제 글씨하고도 아주 비슷하고요. f가 s를 길게 늘여 가운데에 줄을 그어놓은 것처럼 보이거든요. 그리고 필기체와 인쇄체를 섞어 쓰고. 처음부터, 맨 첫 글부터 시작하는 게 어떨까요? 아뇨, 저는 찰리예요. 샘은 눈을 좀 붙이러 우리 어머니네 가 있어요. 아뇨, 샘은 이제 담배를 안 피우는 것 같아요, 안 피워요. 지난겨울에 폐렴에 걸린 다음부터요. 네, 그럼요. 무슨 일이 있어도 우리한테는 늘 가족이 있었죠. 첫번째는 이런 거예요.

코스모스 보레알리스[*]: 하늘과 구름과 산으로 이루어진, 고요한 웅덩이의 밝은 거죽. 거죽 밑의 물의 몸통에는 갈대와 미사와 송어(낮의 거죽과 밤의 거죽과 얼음 뚜껑으로 봉해져 있다)가 가득하다. 우리는 그것을 모피나 밝은 깃털로 만든 미늘이 달린 비단실로 끌어낸다. 거죽 같은 액체 같은 유리 같은 거죽. 우리의 말은 그 매끄러운 표면(떠오른 달, 회전하는 별들, 훨훨 나는 박쥐들을 비추고 있다)에서 미끄러졌기 때문에, 넓은 유리판을 사이에 둔 것처럼 소곤거리는 것만으로도 충분했다. 꼬투리들이 웅덩이 바닥의 진창에서 솟아올라 물의 거죽에서 터져 열리고, 거기에서 나온 녹색 낚싯밥들이 별들 사이에 마른 분처럼 피어나며 하얗게 빛을 발했다. 우리는 은하들을 사이에 두고 소곤거렸다, 누가 화성이 필요하지?

번개가 가득차는 것은 어떤 것일까? 번개에 의해 안으로부터 쪼개져 열리는 것은 어떤 것일까? 하워드는 발작으로 인한 파열이 그와 같다고 상상하곤 했다. 비록 한 번도 기억하지 못했지만 발작이 일어날 때 피가 끓고 두개골 팬에서 뇌가 튀겨지는 것 같다는 느낌은 있었다. 물론 발작 전에는 추웠고 후에는 으스스했지만. 마치 태양계 가장자리 어딘가에서 회오리치는 전기 폭풍

---

* Cosmos Borealis, 라틴어로 '북방의 우주'.

을 향해 저절로 열리는 비밀 문이 있는 것 같았다. 그는 그 문을 상상했다. 닫히면 문은 보이지 않았다. 세상의 색깔이 문을 망토처럼 덮어버렸다(문은 바깥에 있었고, 움직였다). 그러나 열리면 그 문은 두텁고 무늬 없는 떡갈나무로 이루어져 있었으며, 밖으로 열렸다. 문에는 나무 손잡이가 달려 있었다. 금속 손잡이라면 문 바깥의 전기가 안으로 분출할 수 있었기 때문이다. 하워드는 반대편에도 손잡이가 있는지 궁금했다. 그의 머릿속에서는 있는지 없는지 볼 수가 없었다. 문이 닫혀 감추어져 있거나, 아니면 활짝 열려 빛과 그림자, 풀과 물로 채색된 앞면이 완전히 반대쪽을 바라보고 있었기 때문이다. 열린 문은 가없는 어둠에 네모난 테를 둘렀다. 그곳에 팔랑개비 같은 빛을 둘러싼 우주의 암흑이 있었다. 불꽃의 소용돌이로부터 바늘 같은 전기가 갈라져나왔다. 이 번개는 대부분 번쩍이고 나서 순식간에 사라졌다. 그러나 그 전하 하나가 문을 빠져나와 하워드에게 들어오면 바로 그의 안에 달라붙었다. 그의 내부의 무언가에 매달려 붙들고 놓지를 않았다. 발작 뒤의 춥고 너덜너덜하고 멍한 시간에는 혼란이 지배했다. 눈 뒤에서는 불에 데어 부푼 뇌가 딱딱 소리를 내며 파란 불꽃을 튀겼다. 그는 자신이 먹은 번개에 당혹하여 담요를 뒤집어쓴 채 앉아 아래턱을 늘어뜨리고 축 늘어져 있었다. 마치 선한 의도를 가진 어떤 존재가 그에게 특별한 선물을 주고 싶어 문 뒤에서 전기를 숟갈로 떠먹여주는 것 같았다. 아니, 존재도 아니었다. 그냥 문이 있었다. 어쩌면 문이 여러 개 있는지도 몰랐다. 어쩌면 문도 없는지도 몰랐다. 그냥 이 세상 모양의 커튼과 벽화만 있고, 별을 쏟아내는 우주는 보통 그것들—커튼과 벽화—에 가려져 있는 것인데, 하워드는 어쩌다 그렇게 태어나는 바람에 우주의 원재료를 맛보는 것인지도 몰랐다. 다른, 더 큰, 인간이 아닌 영혼들은 그런 것을 푸짐하게 먹으며 얼마든지 잘 사는지도 몰랐다. 하워드는 천사들을 생각했다. 그러나 그가 알고 있는 1품 천사의 이미지, 긴 금발 곱슬머리에 하얀 가운을 펄럭이고 머리에는 금빛 후광을 두른 존재들은 지금 떠올리는 무시무시하고 어둡고 강력한 종種과 맞아떨어지지 않았다. 그들은 하워드가 섭취하면 배가 부르기는커녕 바로 야윈 몸의 솔기들이 터져버리는 것을 게걸스럽게 먹으며 즐거워했다. 다가오는 발작의 전조, 불꽃, 근질거림은 번개가 아니었다. 번개가 오기 전에 먼저 밀려오는 구워진 공기였다. 실제 발작은 벼락이 살에 닿을 때 일어났다. 원자적이고 거의 비물질적이며 거의 비육체적인 순간에 벌어지는 일이라 앞이니 뒤니 하는 것, B라는 결과를 낳는 원인 A 같은 것은 없었다. 그냥 A, 그냥 B가 있을 뿐이고 중간의 그러면은 없었다. 하워드는 순수하고 무의식적인 에너지가 되었다. 그것은 죽음의 정반대와 같았다. 아니, 죽음과 약간 비슷하기는 했으나 다른 방향에서 오는 것이었다. 하워드는 비워지거나 꺼져서 자아가 없는 지점으로 나아가는 것이 아니라 지나치게 채워져서, 압도되어서 그와 같은 상태에 이르렀다. 죽음이 인간의 어떤 한계 밑으로 떨어지는 것이라면 그의 발작은 그 너머로 쏘아져올라가는 것이었다.

하워드는 생각했다. 어쩌면 커튼과 벽화와 파스텔 색조의 천사들은 자비인지도 모른다. 실제 있는 것들을 인간존재의 허약함에 맞추어 흐릿한 거울에 비춘 모습인지도 모른다. 그러나 가족 성경에서 천사들을 볼 때마다, 그들의 빛나는 황금 후광과 눈부신 하얀 가운이 눈에 띄어 두려움에 몸을 떨었다.

조지는 죽기 아흔여섯 시간 전에 면도를 하고 싶다고 말했다. 그는 꼼꼼하게 신경을 써 단정하게 차려입는 사람이었다. 재킷과 셔츠는 비록 가장 좋은 천을 사용하거나 최신 유행을 따르지는 않았어도, 늘 몸에 잘 맞게 재단되어 있었다. 그러나 얼굴에는 구레나룻이 군데군데 지저분하게 자랐다. 턱수염이나 콧수염은 기르고 싶어도 기를 수 없었을 것이다. 그래서 그에게는 면도가 더욱더 중요했다. 면도를 하지 않고 하루만 지나면 다박수염이 성기게 돋은 아기 같은 얼굴 때문에 꼭 환자, 아니면 몸집만 크다 뿐이지 자신의 욕구도 제대로 처리하지 못하는 아이 같은 인상을 주었다.

맙소사, 내가 언제 마지막으로 면도를 했더라? 면도를 하는 게 어떨까? 그는 거실의 가족을 둘러보았다. 아내, 두 딸 클레어와 벳시, 그들 사이에 다 큰 손자들, 그리고 하나 남은 여동생 마저리가 흩어져 있었다. 마저리는 최근에 입은 목뼈 손상 때문에 두꺼운 목 보호 칼라를 차고 가쁘게 숨을 쉬고 있었다. 칼라는 황갈색 아마포에 싸서 지퍼를 채워놓았는데, 아마포는 바지 정장과 색깔이 맞았다. 그녀는 평생 천식을 앓았으면서도 뒷베란다에서 여성용 긴 담배를 피웠다. 팔짱을 끼고 엄지로 재를 떨었으며 쉭쉭거리는 숨소리와 함께 파란 연기를 조금씩 내뿜었다. 담뱃갑은 황금색 걸쇠가 달린 천 케이스에 넣고 다녔는데, 케이스에는 황갈색 구슬들이 분수 모양으로 박혀 있었다. 그녀는 담배를 철쭉 덤불 속에 던지다가 오빠 목소리를 듣고 거실로 돌아왔다. 방충망이 달린 문이 그녀 뒤에서 쾅 소리를 내며 닫혔다. 장례식장처럼 침침하고 조용한 곳에서는 불경스럽게 느껴지는 큰 소리였다. (평소보다 몸이 안 좋아 병원에 갔던 날 아침 조지의 원래 계획은 그 문에 달 새 유압식 개폐장치를 사러 철물점에 가는 것이었다. 낡은 개폐장치에서 아무런 저항력이 느껴지지 않았기 때문이다.)

왜 아무도 면도를 해주지 않았지? 누가 조지이* 면도를 해줄 거야? 끔찍하잖아. 조지이가 형편없어 보이잖아. 맙소사, 끔찍해 보여.

조지의 손자들 가운데 하나인 새뮤얼이 말했다. 아, 마지 할머니, 할머니 말씀이 맞아요. 이 늙은 염소를 남 보기 흉하지 않게 다듬어줘야겠네요. 내가 할아버지 면도를 해드리죠. 기도하세요, 할아버지. 그리고 가만히 게세요. 그는 고모할머니가 죽을 때까지 목을 조르고 나서 할머니의 담배를 모조리 피우고 싶었다.

조지가 말했다, 나는 글렀어.

샘이 말했다, 이제 할아버지가 통에 들어갈** 차례예요.

조지가 말했다, 나는 어젯밤에 이미 통에 들어갔어.

샘이 델 것 같은 뜨거운 물 한 사발과 뜨거운 수건, 면도 크림, 싸구려 일회용 플라스틱 면도기를 들고 방으로 돌아왔다. 면도기는 할머니가 욕실 개수대 밑 바구니에서 찾아낸 것이었는데, 바구니에는 오랫동안 쓰지 않아 비누 더께가 앉은 세면도구가 가득 담겨 있었다. 그는 할아버지의 전기면도기를 찾을 수 없었고 조지는 그것을 어디에 두었는지 기억하지 못했다. 아무도 잡화점에 달려가 새 면도기를 사올 만큼 마음이 차분하지 못했다.

---

* Georgie, '조지(George)'의 애칭.

** 고생을 하거나 불쾌한 일을 겪는다는 뜻.

샘은 뜨거운 수건으로 할아버지의 얼굴을 누르며 담배를 한 대 피우고 싶었다. 녹초가 되고 히스테리에 걸린 관중 앞에서 할아버지 면도를 하고 싶지는 않았다. 파킨슨병 때문에 조지의 머리가 약간 흔들렸지만 샘이 손으로 잡자 흔들림이 멈추었다. 샘은 수건을 걷어내고 면도 크림 캔을 흔든 다음 분사 단추를 눌렀다. 캔은 오래된 것으로, 욕실 개수대 밑 보관함의 내장 속에서 면도기와 함께 발굴한 것이었다. 조지는 보통 전기면도기를 썼기 때문에 면도 크림은 거의 사용하지 않았다. 캔은 바닥에 녹이 슬었으며 지금은 나오지도 않는 상표가 붙어 있었다. 분사구는 픽픽 소리를 내더니 재채기를 하며 샘의 손에 하얀 침 한 덩이를 뱉어냈다.

샘이 말했다. 땔감은 걱정 마세요, 어머니.

조지가 말했다. 아버지가 한 짐 싣고 집에 오고 계셔.

샘은 캔을 다시 흔들었고 이번에는 진짜 면도 크림에 가까운 것이 한 덩어리 나왔다. 샘은 조지의 얼굴과 목에 거품을 칠했다. 그런 다음 면도기로 우선 뺨부터 시작하여 수염이 난 방향으로만 밀었다. 뺨은 순조롭게 진행되었다. 입술 위쪽은 어려웠고 아래쪽은 더 어려웠다.

마저리가 말했다. 베면 안 돼.

조지의 딸들이 얼굴을 찌푸렸다. 샘의 어머니 벳시가 말했다.

조심해라. 그러면서 샘에게 이를 드러내 위험과 걱정과 응원의 신호를 보냈다.

조지의 부인, 그러니까 샘의 할머니가 말했다. 턱을 잘 깎아. 저이는 늘 턱을 빠뜨려.

샘이 말했다. 담배.

조지가 말했다. 뭐?

샘이 말했다. 아무것도 아니에요. 가만히 계세요, 크레스기 씨.

크레스기 씨, 불만이 있습니다. 어떻게 나한테 이런 싸구려 빨간 페인트를 팔 수가 있는 겁니까!

짧고 가볍게 쳐나가다보니 이윽고 조지의 늘어진 살, 턱 아래와 목 사이의 느슨한 자루 같은 피부가 나타났다. 샘은 피부를 이쪽저쪽으로 팽팽하게 당기며 조심스럽게 조지의 부드러운 피부를 면도날로 긁어냈다. 여기서 샘은 진이 빠졌다. 거기에 니코틴에 대한 갈망이 겹치면서 그는 되는대로 면도를 하기 시작했다. 다 끝났다고 생각하고 조지의 얼굴에 남은 면도 크림을 닦아냈을 때, 목 피부가 겹친 곳에 짧은 수염 한 무더기가 보였다. 샘은 뜨거운 물과 크림을 더 바르는 대신 말했다. 잠깐, 한 군데 빠뜨렸네요. 그러면서 엄지로 피부가 겹친 곳을 팽팽하게 잡아당기고 면도기로 가볍게 긁었다. 그러나 면도기가 피부에 걸리면서 상처가 났다.

젠장. 샘이 말했다.

조지가 말했다. 뭐냐?

피! 마저리가 말했다.

상처는 깊지 않았지만 피는 푸짐하게 흘러 조지의 목을 따라 붉은 기둥이 생겼다. 이 기둥은 여러 주름과 기복을 만나 지류 몇 개로 갈라지며 하얀 면 환자복 상단을 적셨다. 그 바람에 조지를 더럽혀진 침구에서 꺼내 깨끗한 침구 안에 집어넣는 간단치 않은 작업이 불가피하게 되었다. 이 과정의 어려움은 이런 기계적인 면에만 그치는 것이 아니었다. 딸과 손자들이 조지의 표백된 듯한 무력한 나신을 좌우로 굴리는 과정이 포함되어 있었기 때문이다. 이 일을 할 때 마저리는 거실에서 데리고 나가야 했다.

그녀는 조지의 벌거벗은 어깨와 가슴을 보더니 말했다. 끔찍해라! 누가 어떻게 좀 해! 그녀의 눈에 눈물이 고였다. 그녀는 신음을 토했다.

조지는 아무것도 느끼지 못했다. 피가 일단 멈추자 가족은 상처에 반창고를 붙여놓았다. 조지는 새 환자복을 입고 등을 일으킨 자세로 침대에 누워 있었다. 마저리는 부끄러움을 많이 타는 다른 사람들과 함께 거실로 돌아왔다. 샘은 조지에게 거울을 건네주었다. 조지는 거울에 비친 모습에 놀라는 표정이었다. 평생 거울과 유리와 금속과 물에 비친 자신의 모습을 보아왔는데 지금, 이 마지막 시점에, 자기 대신 갑자기 무례하고 짜증 많은 낯선 사람이 나타난 것 같았다. 그 사람은 조지가 퇴장해야만 입장할 수 있음에도 어서 그림 안으로 들어오고 싶어 안달이었다.

조지의 표정 때문에 거실에 있는 사람들이 새삼 불안을 느끼기 시작했다. 샘이 얼른 물었다. 자, 어떻게 생각하세요? 조지가 혼란스러운 표정으로 고개를 들었다. 샘이 말했다, 면도 말이에요. 조지는 멍한 표정으로 손자를 보았다. 샘은 눈길을 그대로 유지한 채 할아버지 쪽으로 얼굴을 살짝 기울이고 더 작아진 목소리로 다시 말했다, 면도 어떻게 생각하세요?

조지가 말했다, 아! 면도, 그 말이로구나! 아주, 아주 좋아. 내가 다시 아주 예뻐졌는걸.

샘이 말했다, 오두막 소년 리틀 리로이처럼요.

조지가 말했다, 아, 그 아이는 아주 조심성 많은 부랑아였지.

바큇자국이 파인 도로가 완만한 두 비탈 사이를 달리고 있었다. 비탈에서 자라는 나무들은 도로 쪽으로 기울어 가장 낮은 가지가 풀을 스칠 정도였다. 해가 낮아지면서 우듬지를 밝게 비추었고 긴 풀, 가장 낮은 가지들로 이루어진 가두리에 모여든 띠모양의 땅거미에도 밝은 곳이 생겼다. 하워드는 좁은 길을 따라 수레를 몰다가, 자신이 지나가고 나면 땅거미가 숲 가장자리 아래에서 새어나와 비탈을 따라 내려오다 흙길로 나설 것이라는 느낌을 받았다. 그의 뒤에서 동물들도 가장자리의 풀 속을 살피러 땅거미와 함께 내려왔다. 발이 검은 붉은여우가 어둠에서 나와 밝은 길을 쏜살같이 가로질러 다시 어둠으로 들어갔다. 하워드에게는 이때가 오후 가운데 최고였다. 밤의 주름들이 낮의 띠들과 섞이는 시간. 그는 수레를 멈추고 프린스 에드워드에게 사과를 한 알 준 다음 땅거미 속으로 기어들어가 조용히 앉아서 천천히 밀려오는 밤과 하나가 되고 싶은 욕구를 애써 참고 있었다. 아니면 그냥 수레를 멈추고 마부석에 그대로 앉아, 땅거미가 다가와 수레바퀴와 프린스 에드워드의 발굽 주위에 고이다가 마침내 그의 신발 바닥, 그런 다음 발목에 이르러 마침내 노새, 수레, 그리고 사람이 밤의 밀물에 잠기는 것을 지켜보고 싶기도 했다. 숲 가장자리에 줄지어 서서 바스락거리며 그가 지나가기를 기다리는 나무들에까지 이른 땅거미 속에 비밀들이 모여들고 있었기 때문이다. 그렇게 비밀들이 눈에 보이지 않게 그 주위의 길을 가득 채우며 밀려든다는 느낌이 들면 팔과 목덜미의 털이 곤두서고 머릿가죽이 팽팽해졌다. 그러나 직접 대면하려고 고개를 돌리면 흩어져버렸다. 그의 시야 바로 너머로 달아나버렸다. 진정한 본질, 숲과 빛과 어둠의 은밀한 비법은 너무 미세하고 섬세하여 관찰할 수가 없었다. 내 무딘 눈으로는―눈의 물주머니와 신경, 그 또한 기적이었고 미세하기 그지없었지만. 빛을 포착할 정도로. 그러나 본질은 숲도 빛도 어둠도 아니고, 내 어설픈 눈길에, 내 둔한 의도에 흩어져버리는 다른 어떤 것이다. 잎과 빛과 그림자와 물결치는 바람으로 이루어진 누비이불이 혹시 갈라지면, 그 이면에 있는 것을 잠깐 볼 기회가 주어질지도 모른다. 자꾸 움직이다보면 꿰맨 곳이 저절로 느슨해질지도 모른다. 누가 느슨하게 풀어줄지도 모른다. 그것을 꿰맨 존재가 실수로 길가의 사탕단풍잎들 속에 헐렁한 바늘땀을 하나 남겨놓았을지도 모른다. 무엇으로 만든 실인지는 몰라도―별들의 빛, 중력, 어둠일까―그 땀 하나가 어찌된 일인지 바람에 헐거워질지도 모른다. 바람은 늘 하얀 봉오리, 녹색 잎, 핏빛과 주황색 잎, 헐벗은 가지를 걱정하며 가만있지를 못하니까. 그래서 무엇인지는 몰라도 이 세상을 짠 재료 가운데 두 조각 사이가 헐거워져, 어쩌면 딱 손가락 하나가 들어갈 구멍이 생길지도 모른다. 그런데 내가 아주 운이 좋아서 이 서랍이 달린 수레에 앉아 있다가 반짝이는 잎들 사이에서 그 구멍을 발견하고, 아주 민첩해서 은빛 나무줄기를 타고 올라가고, 아주 용감해서 그 찢어진 틈에 내 손가락을 집어넣었다. 손이 닿기만 해도 큰 고요와 평안을 얻을 수 있는 그 구멍에.

　이런 것이 하워드의 백일몽이었다. 프린스 에드워드는 동물의 확신으로 나뭇가지들이 지붕처럼 덮인 좁은 흙길을 따라 수레를 끌고 가고, 하워드는 일종의 깨어 있는 혼수상태에 빠져 있었다. 그의 정신은 자고 있을 때와 같았지만, 그의 꿈은 뜬 눈에 의해 그려지고 있었다.

크레푸스쿨레 보레알리스*: 1. 자작나무 껍질은 어스름에 은색과 흰색으로 빛난다. 자작나무 껍질은 양피지처럼 벗겨진다. 2. 개똥벌레들은 빽빽한 풀 속에서 눈을 깜빡이며 산울타리 주위에 후광을 형성한다. 3. 나무들 사이의 공간은 빛나는 석탄처럼 보인다. 4. 여우는 어두운 곳에서 벗어나지 않는다. 올빼미는 가지에서 굽어본다. 쥐는 활발하게 수집한다.

필자가 소문을 듣고 기쁨을 느낀 또하나의 놀라운 시계는 페르시아 왕이 807년에 샤를마뉴대제에게 준 물시계다.

고대인은 늘 아폴로의 전차가 눈금을 매긴 철판에 그림자를 드리우게 하는 것(해가 서쪽 산들 밑으로 가라앉으면 어떻게 할 것인가?), 또는 일정한 간격으로 눈금을 표시한 유리 등잔에 담긴 기름을 태워 사라지는 기름의 양으로 대강의 시간을

---

* Crepuscule Borealis, 라틴어로 '북방의 땅거미'.

알아내는 것보다 정확하게 시간을 포착할 방법을 찾았다. 어떤 합리적이고 민감한 사람이 아마 어느 날 보글보글 거품을 내며 흐르는 시냇물 가장자리에서 쉬고 있다가 반은 꿈이고 반은 깨어 있는 상태에 빠져들었다. 많은 사람들이 그런 상태에서 구름을 들어나르는 도르래와 윈치, 바람을 밀어내는 하늘의 풀무, 지구를 돌리는 톱니와 바퀴를 가장 예민하게 느끼게 된다. 그도 그런 상태에 빠졌다가 자갈들을 넘어가는 물의 은빛 노래에서 어떤 규칙성을 감지하게 되었다. 우리는 그 사람이 누구인지 모른다. 따라서 풍요로운 과거로부터 그를 한번 불러내보는 것도 괜찮을 것이다. 그에게 두툼한 샌들과 흔들림 없는 손, 자연을 향해 열린 가슴과 인간의 진보에 헌신하는 머리를 갖추어주자. 그리고 그가 여러 기계를 쑤셔보고 만지작거리고 끈질기게 노력하다가 마침내 내부에서 꾸준하게 흐르는 물로 시간을 재는 장치를 만드는 것을 감탄하는 마음으로 지켜보자. 그의 이름도 지어주자. 알렉산드리아의 크테시비오스*. 그리고 훗날 아랍인들이 샤를마뉴대제에게 주어, 대제의 마지막 칠년 동안 한시도 쉬지 않고 물방울을 똑똑 떨어뜨렸던 기계장

---

* BC 2세기경에 활동한 그리스의 수학자, 발명가, 기계학자. 물시계를 발명했다고 전해진다.

치의 조상을 만들어낸 공도 인정해주자. 자, 우선 저수지에서 물을 받는 그릇으로 물이 항상 졸졸 흘러야 한다. 물을 받는 그릇에는 수직 막대가 달린 부표가 있다. 막대 끝에는 인형이 있다(터번을 쓰고 가운을 입었으며 숱이 많은 검은 턱수염을 길렀고 검은 눈이 매서운 인형이었다고 상상해도 좋을 것이다). 이 인형은 표시 막대를 들고 있다(이번에도 이 전사가 보이지 않는 적을 향해 던지는 창 모양의 표시 막대였을 것이라고 상상해도 좋을 것이다). 이 인형은 그가 놓인 그릇에 물이 채워짐에 따라 조금씩 위로 올라갔다. 그와 더불어 표시 막대도 하루의 시간을 가리키는 눈금 스물네 개가 새겨진 기둥을 따라 올라갔다. 인형이 스물네번째 눈금에 이르면 그가 떠 있는 그릇의 물은 관에 이르렀다. 이 관은 물을 빨아들여 그릇을 비우고, 그러면 인형은 다시 제1시, 자정의 높이로 가라앉았다.

샤를마뉴대제에게 준 시계는 그런 인형 하나가 부착된 것이 아니라, 문 열두 개가 달린 숫자판이 부착된 것이었다. 해당 시간이 되면 거기에 맞는 문이 열리고 거기에 맞는 수의 작은 황금 공이 밖으로 떨어져 한 번에 하나씩 팽팽하게 펴놓은 네모난 염소가죽을 댄 작은 황동 북을 때렸다. 자정이 되어 공 열두 개가 열두 번을 때리면, 작은 기병 인형 열두 개가 달려가 문 열두 개를 닫았다.

—『합리적 시계공』에서,

케너 데이븐포트 목사 저, 1783

조지는 죽기 아흔여섯 시간 전 탈수 상태에 빠졌다. 두 딸 가운데 동생인 벳시가 침대 옆에 앉아 그에게 물을 주려 했다. 병원에서는 개별로 포장된, 종이 막대가 달린 작은 분홍색 스펀지를 수십 개 주었다. 너무 아파 컵으로 물을 마실 수 없는 환자가 빨아먹을 수 있도록 스펀지를 물에 적셔 입에 갖다대주라는 것이었다. 벳시는 그런 아버지가 우스꽝스러워 보인다고 생각했다. 마치 막대사탕을 빨아먹는 아기 같았다. 그래서 컵으로 물을 마시게 해주고 싶었다.

목이 많이 마르죠? 그 끔찍한 스펀지를 빨아먹는 대신 컵으로 물을 마시고 싶지 않으세요? 그녀는 아버지가 개수대 바닥에서 건진 더러운 설거지용 스펀지를 빨아먹는 이미지를 머릿속에서 지울 수가 없었다.

조지가 말했다. 아, 그거 아주 좋겠다. 맙소사, 정말 목이 말라. 벳시가 컵을 입에 대고 살짝 기울여주자 조지는 그녀를 보았고 물은 모조리 턱을 따라 흘러내렸다. 그녀가 스펀지 하나를 물에 적셔 입안에 밀어넣자 조지는 막대까지 통째로 삼킬 뻔했다. 조지는 숨이 막혀 웩웩거렸다. 벳시는 스펀지를 잡아뺐고, 스펀지는 희고 걸쭉한 점액으로 덮여 있었다.

맛있었다, 조지가 말했다. 목이 정말 말랐거든.

조지는 신부전증으로 죽어가고 있었다. 그의 직접적 사망 원인은 요산 중독이 된다. 그가 간신히 삼킨 음식이나 물은 다시 몸밖으로 나오지 않았다.

벳시가 언니, 어머니, 아들들을 향해 말했다. 목이 많이 마르신 것 같아. 물을 드려야 해.

그녀의 아들 샘이 말했다. 갈증은 할아버지의 문제 가운데 가장 작은 거예요. 어쨌든 이젠 목이 마르지 않을 거예요. 곧 돌아가실 테니까.

(그가 죽어 지역 공동묘지에 묻힌 이듬해 봄에 벳시는 그의 반질거리는 검은 묘석 앞에 빨간 제라늄을 심었다. 묘석에는 그의 부인의 출생일이 잘못 새겨져 있었다. 그러나 그의 부인은, 내가 뒈져서 그 날짜를 새겨야 할 때 같이 고치면 돼, 하고 말했다. 벳시는 가을까지 제라늄을 돌보았다. 매일 퇴근 후 운동화를 신고 집에서 공동묘지까지 3킬로미터를 걸어가 아버지와 이야기를 하며 꽃에 물을 주었다. 그곳에는 관리인이 갖다놓은 물뿌리개와 약 2리터들이 플라스틱 우유통이 있었다. 그녀는 우유통에 물을 채워 식물 밑동에 다섯 번 부었고, 그러면 꽃은 8센티미터 정도 깊이의 흙탕물 속에 서 있게 되었다. 무덤에서 시작된 은빛

물줄기가 녹색 풀밭을 흘러갔다. 무덤이 물이 금방 빠지는 언덕의 비탈에 있었기 망정이지, 그렇지 않았다면 꽃은 일주일이 안 되어 익사했을 것이다.)

템페스트 보레알리스*: 1. 하늘이 은색으로 변했다. 은색 하늘이 비친 웅덩이가 은색으로 변했다. 수은 웅덩이처럼 보였다. 바람이 불었고 나무들이 잎의 은녹색 아랫면을 보여주었다. 하늘이 은색에서 녹색으로 변했다. 우리는 노가 꽂힌 나무배의 이물이 알루미늄 밧줄걸이에 묶여 있는 선착장으로 갔다. 선착장의 나무는 은빛이 도는 흰색으로 표백되어 있었다. 우리는 선착장 가장자리에 무릎을 꿇고 물로 바싹 몸을 숙였다. 그러자 은색 하늘로 이루어진 거죽이 사라지고, 잔가지와 잡초와 피라미와 피를 먹고 통통해진 거머리들이 꿈틀거리며 나아가는 것이 보였다. 눈에 보이지는 않았지만 배가 은색인 작은 민물송어들이 우리 시야 너머에, 몇 미터 떨어진 곳에, 하늘의 거죽이 다시 시작되는 곳 바로 밑에, 뱃고물 너머에 맴돌고 있다는 것을 알았다. 송어는 물속에서 눈에 보이지 않았다. 등이 잡초나 흑녹색 물풀처럼

---

* Tempest Borealis, 라틴어로 '북방의 폭풍'.

녹색이기 때문이다. 그러나 벌레를 먹으려 할 때는 몸을 굴려 수면을 부수며 은색을 띤 녹색 배를 드러낸다. 2. 바람이 소문처럼, 산 뒤에서 부는 폭풍 이야기를 하는 노인들의 웅얼거림처럼 웅덩이 둘레의 전나무 머리를 빗겨주었다. 폭풍이 산 뒤에서 올라와 정상을 덮었다. 번개가 산을 따라 기어 내려와 물을 마시며 전기 혀로 여울을 핥자 퉁방울눈 개구리와 작은 송어와 은색 피라미들이 놀랐다. 천둥이 쓰러지는 나무처럼 우지끈 소리를 내더니 물의 거죽을 때리고 오두막을 흔들었다.

늦봄의 폭풍이 마지막 수선화와 첫 튤립에 눈 모자를 씌웠지만 해가 다시 얼굴을 내밀자 눈은 녹았다. 눈이 꽃들의 마음을 다잡아준 것 같았다. 뿌리는 눈 녹은 차가운 물을 마셨고 줄기는 그 싸늘한 느낌에 허리를 꼿꼿이 폈다. 유연하면서도 강건한 꽃잎들은 완전히 얼어서 바스러질 듯한 막이 덮이는 일은 면했다. 오후가 되자 따뜻해졌고 온기와 더불어 벌이 나타났으며 작은 벌들은 저마다 노란 꽃 안에 자리를 잡고 갓난아기처럼 빨아대기 시작했다. 생각보다 지체되고 있었음에도 하워드는 프린스 에드워드를 세우고 당근을 하나 준 다음 꽃과 벌로 가득한 들판에 내려섰다. 벌은 그의 존재에 조금도 관심을 갖지 않는 것 같왔다. 아니, 봄철 노역 때문에 그가 있는지도 모르는 것 같았다. 하워드는 눈을 감고 숨을 들이마셨다. 차가운 물과 차갑고 용감한 녹색 식물의 냄새를 맡았다. 그 이른 꽃들에서는 차가운 물 냄새가 났다. 그것은 한여름의 고여 있는 향기가 아니었다. 날것 그대로인 녹색의 차가운 광물질 냄새였다. 그는 수선화를 보려고 허리를 굽혔다. 여섯꽃잎 화관이 밝고 작은 해처럼 활짝 펼쳐져 있었다. 벌 한 마리가 꽃 안으로 기어들어가 암술머리와 꽃밥과 암술대를 어루만졌다. 하워드는 용기를 낼 수 있는 만큼 가까이 몸을 기울이고(냄새를 맡으려고 코로 숨을 들이쉬다 가엾은 벌이 코 안으로 들어오고, 쏘고, 그는 불행히도 상처를 입고, 뽑혀나온 죽은 생물은 납작해진 차가운 풀에 드러누워 있는 상상을 했다) 다시 숨을 들이쉬었다. 얼얼한 광물성 냉기에 은근한 달콤함이 섞여 있었지만, 잘 맡아보려고 더 깊이 숨을 들이쉬자 느낄 수 없을 만큼 희미해졌다.

들판은 전에 사람의 손이 닿았던 땅이었다. 들판 뒤편에는 오래전에 무너져 폐허가 된 낡은 집의 잔해가 있었다. 지금 있는 꽃들은 다년생식물의 새로운 세대로, 그 조상은 다듬지 않고 칠도 안 한 집이 서 있던 시절 그 폐허에 살던 여자가 아마 처음 심었을 것이다. 집에는 여자와 연기가 자욱하고 심각한 남편, 그리고 아마 말이 없고 늘 심각한 두 딸이 살았을 것이다. 꽃은 날것 그대로의 땅에 솟아오른 날것 그대로의 집이 있는 날것 그대로의 헐벗은 터에 대한 저항 행동이었다. 그 집은 순수하고 불가피하고 필연적인 광기의 행동이었다. 인간은 어딘가에서는 살아야 하고 어떤 곳 안에 들어가 살아야 하기 때문이다. 여기든 저기든 그것이 난폭한 행동이기는 마찬가지다. 둘 가운데 어느 곳이든 (또다른 어느 곳이든) 그것은 방해, 침입처럼 보이기 때문이다. 그녀가 성경에서 '사람이 모든 것을 다스리게 하라'는 말을 아무리 여러 번 읽어도, 일단 사람들이 파국을 부르는 목소리와 톱과 쟁기와 함께 도착하여 노래하고 망치질하고 새기고 세우면, 무언가가 훼손되고 쫓겨나고 추방당했기 때문이다. 따라서 꽃은 어쩌면 향유香油였을 것이다. 아니, 향유는 아니라 해도, 낫게 해주겠다는 말도 꺼낼 처지가 못 되었던 그녀가 발라주지 못한 향유를 대신하는 행동이었을 것이다. 지금 하워드가 들어가 걷고 있는 꽃밭은 이곳에서 짧은 기간에 걸쳐 벌어진 그 재난과 재생의 얼마 되지 않는 마지막 상속인들이었다. 그는 문득문득 궁금해하던 그 비밀에 가까이 다가간 느낌이었다. 그러나 그 비밀의 드러남에 가까이 다가갔다는 사실은 그 가까움을 의식하게 된 뒤에만 깨달을 수 있었으며 그 현상, 그렇게 의식하게 되는 현상이야말로 그를 비밀에서 밀어내버리는 것이었다. 따라서 약간이나마 통찰을 얻고 뭔가를 챙기는 것은 오직 돌이켜보았을 때만 가능했다. 일종의 잔광 같은 것이 계속 남아 있기는 했지만, 이 또한 말語로는 다가갈 수 없었다. 하워드는 생각했다, 하지만 말이 아니라 풀이나 꽃이나 빛이나 그림자라면 어떨까?

하워드는 수레의 서랍 하나를 열고 핀이 든 상자를 꺼냈다. 그는 핀 상자를 재고 목록에서 지워버리고 자신의 호주머니에서 광택 없는 1페니짜리 동전 두 개를 꺼내 돈을 지불했다. 그는 풀잎으로 잔가지 네 개를 묶어 사각형 틀을 만들었다. 그런 다음 폭을 보아가며 풀잎을 더 골랐다. 이 풀잎들을 사각형 틀에 가로로 올려놓고 핀으로 가지에 고정했다. 처음 몇 개는 너무 팽팽하게 잡아당기는 바람에 핀을 꽂은 곳이 찢어졌다. 마침내 적당한 압력, 풀잎이 핀의 기둥에서 결을 따라 찢어지기 직전까지 버틸 만큼만 당기는 힘의 세기를 찾아냈다. 그는 풀잎을 하나는 잎자루가 왼쪽으로 가고 끝이 오른쪽으로 가도록, 다음에는 끝이 왼쪽, 잎자루가 오른쪽으로 가도록 번갈아가면서 꽂았다. 그렇게 해서 마침내 풀이 네모 틀 위를 빈틈없이 덮는 녹색 판을 이루게 되었다. 하워드는 마지막 풀잎을 틀에 꽂고 나서 다른 서랍을 열어 바느질용 가위를 꺼냈다. 가위는 뻣뻣하고 구름처럼 하얀 네모난 종이에 싸여, 긴 천의 일부를 잘라내는 자신의 모습이 그려진 갈색 판지 상자에 담겨 있었다. 하워드는 가위에서 조심스럽게 종이를 풀어내 풀이 네모 틀의 경계를 넘지 않도록 튀어나온 곳을 잘라냈다. 가위 끝으로만 잘랐고, 자르기를 끝낸 뒤에는 가윗날을 셔츠 소매에 문질러 깨끗이 닦은 다음(셔츠에 녹색 화살촉 모양의 풀 얼룩이 남았다) 가위를 다시 종이에 싸 도로 상자에 집어넣고, 상자는 원래 있던 서랍에 집어넣었다. 그는 자신이 만든 물건을 바람에 갖다대며 어떤 음이 들리기를 기대했다. 해를 향해 들어올리자 밝은 판에 녹색이 환하게 밝혀졌다.

다년생 꽃들과 더불어 야생화도 들판에 점점이 박혀 있었다. 하워드는 미나리아재비(서식지: 오래된 밭, 초지, 훼손된 지역)와 바람에 바들바들 떠는, 이름을 알지 못하는 작고 하얀 꽃들을 모았다. 그는 꽃의 줄기를 그의 풀잎의 날실과 엮었다. 노란 꽃과 하얀 꽃을 번갈아가며 집어넣었다. 꽃을 백 송이 꿰었다. 사슴이 긴 그림자들 속으로 들어와 풀을 뜯었다. 고개를 드니 하루가 거의 지났다는 것을 알 수 있었다. 장사를 내팽개친 것이다. 상자에 있는 돈은 그가 핀을 사려고 자신의 호주머니에서 꺼내놓은 2 페니뿐이었다. 그 동전 두 개 가운데 하나는 온전히 지역 책임자 컬런의 것이었고, 나머지 하나는 거의 전부가 컬런의 것이었다. 하워드는 동전에서 한 조각만, 잘라낸 손톱만큼 작은 조각만 깎아낼까 하는 생각을 했다. 그 조각의 볼록한 쪽은 광택이 없고 더럽고, 오목한 쪽은 반짝반짝 깨끗하겠지. 그것을 들고 집에 가서 캐슬린의 펼친 손에 떨어뜨리는 것이다. 그는 그녀의 놀람,

예의 그 분노를 생각했다. 그리고 그가 등뒤에 있던 풀과 꽃 태피스트리를 그녀의 손에 올려놓았을 때 그 분노가 다시 놀람으로, 이어 기쁨으로 바뀔 것이라고 생각했다. 이것을 이쪽으로도 보고 저쪽으로도 볼 것이다. 내가 해를 향해 들어올린 것처럼 기름등잔을 향해 들어올리고 빛이 살아 있는 녹색을 밝히는 것을 볼 것이다. 판을 얼굴에 갖다대고 꽃과 상처 입은 줄기의 냄새를 맡을 것이다. 치켜든 턱 밑에 갖다대고, 그에게 미나리아재비에 비친 내 모습이 보이느냐고 물으며 웃음을 터뜨릴 것이다. 아마 이렇게 말할 것이다, 이 하얀 꽃 이름은 바람꽃이에요.

　하워드는 몸을 떨었다. 갑자기 추웠다. 여름이 차가워진 땅을 다시 달구겠지만, 지금은 물이 너무 광물질이 많고 단단해 쩽쩽 울리는 것 같았다. 하워드는 물이 흙 속에서, 뿌리 주위에서 울리는 소리를 들었다. 풀 사이를 채운 물은 발목 깊이였다. 웅덩이들이 울렁거렸다. 빛이 구름을 뚫고 그 위에 떨어져 가물거리자 웅덩이는 양철 심벌즈처럼 보였다. 스틱으로 두드리면 소리가 날 것 같았다. 웅덩이가 소리를 냈다. 물이 소리를 냈다. 하워드는 풀과 꽃 태피스트리를 떨어뜨렸다. 붕붕거리는 벌들도 고동치며 울려퍼지는 화음과 하나가 되었다. 들판이 울리며 빙글빙글 돌았다.

죽기 여든네 시간 전에 조지는 생각했다. 모두 계속 움직여 돌아다닐 수 있을 만한 공간만 확보한 채 틀 안에 느슨하게 놓인 타일들 같기 때문이다. 비록 한 번에 몇 개씩, 한 장소에서만 움직여 마치 움직이는 것처럼 보이지 않을 수도 있지만. 그들 사이의 빈 공간, 그 빈 공간이 이가 빠진 공간이다. 마지막 색유리 조각 몇 개, 그 조각들이 자리를 잡으면 그것이 마지막 그림, 마지막 배치가 될 것이다. 그러나 그 마지막 조각들, 광택제를 발라 매끈하고 윤이 나는 조각들은 내 죽음의 어두운 명판들이다. 표백되고 물기가 빠진 회색과 검은색 명판들. 그것들이 자리를 잡기까지는 다른 모든 것이 계속 자리를 옮길 것이다. 그래서 끝이 이렇게 혼란스러운 것인데, 움직임이 멈추었을 때는 나는 이미 그것을 절대 알 수 없는 상태일 것이다. 이 움직임은 그 빈 공간 때문이다. 마지막 조각들이 들어맞아 다른 조각들의 움직임이 멈출 때 그 공간이 틀 안의 어디에 가 있을지는 몰라도, 어쨌든 그곳이 채워지는 것은 다른 사람들만 볼 수 있을 것이다. 그것이 정지한 패턴, 마지막 배치일 것이다. 하지만 그것도 아닐지 모른다. 그 마지막 종결이라는 것 자체가 두루마리의 한 조각, 진주 광택이 나는 타일 한 덩어리일 테니까. 나의 타일들은 대체로 한데 모여 있겠지만, 또다른 전체 속을 움직여다니며 무한한 방식으로 다른 사람들의 기억과 섞일 것이다. 따라서 나는 다른 사람의 틀 속을 둥둥 떠돌아다니는 다른 모든 유리질 사각형들과 얼마든지 결합할 수 있는, 구멍이 숭숭 뚫린 일군의 인상들로 남아 있을 것이다. 누구에게나 자기 삶의 나머지 시간을 위해 남겨진 공간이 있을 테니까. 타일보다 공간이 많은 내 증손자들에게 나는 흐릿하게 배열된 일군의 소문에 불과할 것이고, 그들의 증손자들에게는 어떤 희끄무레한 색조에 불과할 것이고, 그들의 증손자들에게는 그들이 전혀 알 수조차 없는 것이겠지. 따라서 그동안 얼마나 많은 낯선 자들과 유령들이 나의 형상을 만들고 채색한 것일까. 아담까지 거슬러올라간다면, 녹인 모래를 불어 만든 갈빗대가 유리 조각이 되던 때로 거슬러올라간다면. 유리 조각은 이 세상으로 만들어졌기 때문에 세상의 빛을 받아들인다. 그 색유리 조각들에 잠깐 살다 간 자들이 거기에 산다는 것이 무엇인지 조금도 이해하지 못한 채 그곳을 비우고 떠나기는 했지만. 만일 그들이—만일 우리가 운이 좋다면(그래, 나는 운이 좋다, 운이 좋아), 만일 우리가 운이 좋아, 절대 풀지는 못한다 해도 한순간이나마 우리에게 생각해볼 수수께끼가 있다는 만족감을 느낄 수 있다면, 아니, 밖의 수수께끼는 고사하고 그저 수많은 개인적인 수수께끼라도—그런데 밖에 수수께끼가 있기는 한 것일까? 그 자체도 곤혹스러운 문제지만—하지만 어쨌든, 개인적인 수수께끼, 예를 들어 나의 아버지는 어디에 있을까, 왜 나는 모든 움직임을 중단시키고 거대한 배치를 굽어보며 그 윤곽과 색깔과 빛의 특질을 근거로 아버지가 있는 곳을 찾지 못하는 것일까? 아무것도 해결하지 못하더라도, 그저 마지막으로 다시 한번 보지도 못하는 것일까? 무엇 전에 마지막으로? 배치가 끝나기 전에, 중단되기 전에 마지막으로. 하지만 그것은 중단되지는 않는다. 그냥 끝날 뿐이다. 끝에는 잠시도 멈추지 않고 움직여온 타일들이 흩어진 채 그려놓은 최후의 무늬가 있을 뿐이다. 무엇의 끝에? 이것의 끝에.

하워드는 흙투성이에 젖은 몸으로 추위에 떨며 어두운 문간에 서 있었다. 아홉시였다. 저녁 먹을 시간에서는 네 시간이 지났고, 두 딸 달라와 마저리, 둘째아들 조가 잠잘 시간에서는 한 시간이 지났다. 장남 조지는 방과후의 일과 야간의 허드렛일(여기에는 남동생에게 잘 준비를 시키는 것도 포함되었는데, 남동생이 나이는 열 살이지만 정신은 세 살이었기 때문이다)과 숙제 때문에 이때쯤이 잠잘 시간이었다. 그러나 가족은 식당의 식탁 주위에 앉아 있었다. 두 딸이 한쪽 옆, 두 아들이 다른 쪽 옆, 아내 캐슬린이 한쪽 끝에 앉아 있었고 그의 의자는 비어 있었으며 빈 의자 앞에 차가운 음식 한 접시 놓여 있었다. 혼란스럽고 진이 빠져 있었음에도 그가 그들을 보았을 때 떠오른 첫 생각은, 애들이 거의 히스테리 상태일 게 틀림없어, 라는 것이었다. 그는 늦었다는 것만 알았을 뿐 몇시인지는 몰랐다. 그는 그날 들어 두번째로 어떤 겹친 상태 한가운데 있다는 느낌을 받았다. 부서지고 반쯤 얼어붙고 피투성이가 된 그가 식당으로 밤을 몰고 와 제때 이루어지는 가족의 식사에 자신의 괴로운 시간을 섞어버린 것 같았다. 눈앞에 보이는 것을 도무지 정리할 수가 없었다. 가족이 아홉시에 저녁을 먹는 것이 지극히 정상인 다른 세계에 우연히 들어와버린 것 같았다. 캐슬린이 그를 보았다. 아무 말도 하지 않았다. 하워드는 그녀의 생각을 알 수가 없었다. 자기더러 진흙 자국을 남기며 식당으로 들어가, 식탁에 앉아 고개를 숙이고 늘 하던 대로 기도를 하고―이보다 더 나은 것이 없음을 기뻐하게 하소서―나이프와 포크를 들고 차갑게 굳은 음식을 마치 뜨거운 음식인 양, 그리고 자신은 더럽지 않고 상처가 나지 않고 물에 흠뻑 젖지 않은 양, 지금이 밤 아홉시가 아닌 양, 세상이 있는 그대로가 아니라 있어야 할 그대로인 양 먹으라는 것인지 뭔지.

조가 입에서 엄지를 빼내더니 말했다, 아빠는 흙투성이!

달라가 아버지를 보며 말했다, 엄마, 엄마, 엄마!

마저리가 천식으로 씨근거리며 말했다, 아버지. 아버지. 정말. 더러워요!

조가 말했다, 아빠는 흙투성이! 아빠는 흙투성이!

달라는 하워드가 서 있는 어두워진 문간을 물끄러미 보며 말했다. 엄마, 엄마, 엄마. 부를 때마다 목소리가 조금씩 커졌고, 조금씩 날카로워졌다. 캐슬린이 아이들을 보고 아무 대꾸 없이 그 자리에 그대로 앉아 있으라고만 말한 뒤에도 달라는 멈추지 않았다. 캐슬린은 일어서서 남편을 데리고 세탁실로 가 마른 옷을 주고 수건으로 얼굴과 손의 흙을 닦아냈다.

조지가 조에게 가서 말했다. 괜찮아, 조. 아빠는 흙투성이지만 엄마가 씻겨줄 거고 이제 우리도 드디어 저녁을 먹게 될 거야. 조지는 조가 흥분해서 바닥에 떨어뜨렸던 담요를 주워주었다.

조는 담요 한 귀퉁이를 코 위로 끌어올리고 엄지를 다시 입에 넣었지만 엄지를 잇새에 문 채 계속, 아빠는 흙투성이, 하고 말했다.

조지는 달라에게 가서 아이가 마시는 물에 냅킨을 적셔 이마를 토닥여주며 말했다. 괜찮아, 달라, 괜찮아. 마침내 아이가 약간 진정되었다.

엄마가 어떻게든 해야 돼, 엄마가 어떻게든 해야 돼. 달라가 작은 소리로 말했다. 마저리는 천식 때문에 숨을 쉴 때마다 휘파람소리가 났으며 목소리는 끽끽거렸다. 마저리가 말했다. 어, 나는—그녀는 다음 말을 할 공기를 모으기 위해 숨을 들이쉬었다, 한번 더, 한번 더—먹을 거야. 마저리는 오래전에 식어버린 으깬 감자로 손을 뻗었다. 그러나 사발을 들어올리기는 했지만 너무 힘이 없어 쿵 하고 내려놓은 뒤 다시 의자에 축 늘어졌다. 조지는 마저리의 의자를 식탁 밖으로 돌리고 일어나는 것을 도와주었다.

조지가 말했다. 이제 자야겠다. 내가 증기 텐트랑 천식 가루를 갖다줄게. 엄마가 뭐라 해도 걱정하지 마. 내가 닭고기하고 감자를 갖다줄게.

캐슬린은 세탁실에서 하워드를 씻겼다. 하워드는 말없이 앉아서 심하게 깨문 혀를 입천장에 갖다대 검사해보았다. 캐슬린은 그의 뺨이 피부가 벗겨져 방금 씻어낸 피만큼이나 새빨갛게 반짝일 때까지 문질러댔다. 하워드가 말했다. 처음 이런 일이 생겼을 때 어머니가 나한테 이렇게 해주시던 게 기억나네. 캐슬린은 그에게 입힌 깨끗한 셔츠의 단추를 채우며 말했다. 이제 가서 당신 가족하고 함께 저녁을 드셔도 돼요.

식사를 마치고 식탁을 치우고 잠옷으로 갈아입고 나자 열시 십오분이 되었다. 캐슬린은 아무 일도 없었던 것처럼 행동했다. 새끼들이 음식 접시를 앞에 둔 채 하워드를 기다려야 했던 네 시간의 간극을 무시했다. 프린스 에드워드가 끄는 수레, 느리지만 확실한 걸음으로 끄는 수레에 실린 하워드가 축 늘어진 채 진입로로 들어와 비틀거리며 문을 통과했을 때, 그녀는 다시 저녁시간을 이어갔다. 그때가 마치 오후 다섯시인 것처럼. 오후 다섯시라는 시간을 아홉시라는 시간에 슬그머니 밀어다놓은 것처럼. 아니면 그 다섯시와 아홉시 사이의 네 시간을 붙잡아 추방해버린 것처럼. 아니면 그녀 자신과 자식들이 시간과 함께 나아가지 못하도록 억지로 막아버린 것처럼. 그 바람에 아이들 각각과 그녀 자신은 추가로 네 시간이라는 짐을 지게 되었다. 이제 그들 각각은 평생 동안 그 네 시간에 마음을 쓰며 그것을 가지고 곡예를 부려야 할 터였다. 처음에는 낯설고 소화가 되지 않는 하나의 수수께끼로서, 나중에는 거의 일 년 뒤에 다시 찾아올 밤의 서곡으로서. 그녀와 자식들이 차가운 음식이 가득 담긴 접시를 앞에 두고 하워드를 기다리던, 수레와 노새와 덜거덕거리는 마구 소리를 기다리던 또 한번의 밤. 그러나 그날 밤에는 하워드가 돌아오지 않았다.

딸들과 조가 잠자리에 들고 부엌이 정돈되고 캐슬린이 침실에서 잠옷으로 갈아입자 여전히 멍한, 발작의 전기 때문에 여전히 금이 간 듯한 하워드가 자신과 여동생들의 책을 치우던 조지를 멈춰 세우고 말했다, 조지, 난…… 그러자 조지가 말했다, 괜찮아요, 사실은 괜찮지 않았지만. 그의 어머니와 아버지는 용케도 자식들에게 발작이 찾아온 현장을 감추고 마치 간질이 존재하지도 않는 것처럼 행동해왔고 그래서 조지는 병에 대한 소문, 묘한

가 오늘보다 일찍 일어났는데! 엄마! 큰일났어요! 조가 멜빵바지를 뒤집어 입은 모습이 보일 것이다. 그러고도 싱글거리며 가장 좋아하는 식사인 메이플시럽을 뿌린 팬케이크를 달라고 할 것이다.) 물을 길어 온다. 불을 지핀다.

추운 아침이면 가슴이 몹시 아프다. 우리는 이 세상에서 편치 않지만 그럼에도 이것이 우리가 가진 모든 것이기 때문에, 이것이 우리 세상이지만 여기에는 갈등이 가득하고 따라서 우리가 우리 것이라고 부를 수 있는 것은 갈등밖에 없기 때문에. 그러나 그것조차도 아무것도 없는 것보다는 낫다, 안 그런가? 그러니 감각이 없는 두 손으로 서리가 레이스 장식처럼 내려앉은 장작을 쪼개며, 너의 불확실성이 하느님의 뜻이고 하느님이 네게 베푸는 은총이라는 것, 네 아버지가 설교에서 늘 말하고 또 집에서 너에게 말하듯이 그 불확실성은 아름다운 것이며, 더 큰 확실성의 일부라는 것을 기뻐하라. 그리고 도끼가 장작을 물고 들어갈 때, 네 가슴 아픔과 네 영혼의 혼란이 곧 네가 아직 살아 있다는, 아직 인간이라는, 아직 세상의 아름다움을 향해 열려 있다는, 그런 것을 받을 만한 일을 한 적이 전혀 없는데도 그것을 받았다는 뜻이라는 사실에서 위안을 얻어라. 그리고 네 가슴 아픔에 화가 날 때는 기억하라. 너는 곧 죽어서 땅에 묻히리라는 사실을.

하워드는 자신의 가슴 아픔에 화가 났다. 매일 잠에서 깰 때마다 가슴에 아픔이 있다는 것에, 적어도 옷을 입고 뜨거운 커피를 마실 때까지는 아픔이 그대로 남아 있다는 것에 화가 났다. 비록 자신의 잡동사니 수레의 물건들을 확인하고, 프린스 에드워드에게 꼴을 준 다음 수레에 묶을 때까지는 아니라 해도. 그날의 장사를 마칠 때까지는 아니라 해도. 그날 밤에 잠들 때까지는 아니라 해도. 자신의 꿈이 그것 때문에 괴롭지는 않다 해도. 그는 아픔에 화가 나는 것만큼이나 화나는 것 자체에도 화가 났다. 그가 자신의 화에 화가 나는 것은 그것이 그 자신의 기백과 겸손의 한계를 보여주는 증거였기 때문이다. 그것이 모든 사람의 짐이라는 것을 안다 해도 마찬가지였다. 아픔에 화가 나는 것은 그것이 자기 멋대로 찾아왔기 때문이었고, 강요당하는 느낌이 들었기 때문이다. 판결이었기 때문이다. 매일 아침 자신을 아무리 격려해도 그것 때문에 아무런 효과가 없었다. 날이 좋건 나쁘건, 큰 친절을 목격했건 작은 위법을 목격했건, 까닭 없는 슬픔을 느꼈건 자연스러운 기쁨을 느꼈건, 늘 가슴에 그 아픔이 있었기 때문이다.

오늘 아침—새벽 전에 눈이 내리고 하워드가 한때 농장이 있던 들판을 보려고 수레를 멈추었다가 몽롱한 상태에서 잔가지와 풀과 꽃으로 희한한 물건을 만든 직후, 이미 만들었다는 것도 잊어버린 채로 발작이 일어나고 들판에서 덜덜 떨며 깨어나 마침내 자신이 누구이고 어디에 있는지 깨달아 집으로 향했던 금요일 아침 다음에 찾아온 월요일 아침—오늘 아침에도 그가 돌아다니려 하는 시골길 가운데 어딘가에 또 한번의 발작이 숨어 있을 것이라는 두려움이 찾아왔다. 바위나 나무 밑동 뒤에 또는 나무의 우묵한 곳이나 어떤 낯선 둥지 안에 벼락이 똬리를 틀고 있다가 그가 지나가면 신호를 받은 듯 튀어올라 폭발하며 그를 꿰뚫을 것이라는 두려움.

이런 허영심이 있나! 뻔뻔스럽게도 스스로에게 그런 관심을, 좋든 나쁘든 그런 관심을 선택하다니. 너 자신 위에 너 자신을 올려놓다니. 네 먼지 낀 모자 꼭대기를 보라. 싸구려 펠트 모자, 누덕누덕 기운 늘어진 모자, 그전에 쓰던 누덕누덕 기운 늘어진 펠트 모자 조각으로 기운 모자를 보라. 멋진 왕관이로구나! 네가 얼마나 대단한 왕이기에 그런 불쾌함을 느낀단 말이냐. 얼마나 중요한 존재이기에 하느님이 돌보시던 일을 멈추고 네 머리에 벼락을 던진단 말이냐. 높이, 나무들 위로 올라가보라. 도로의 먼지와 도랑의 흙 사이에서 네 왕관은 이미 보이지도 않는구나. 하지만 그래도 네가 눈에 띄기는 한다. 더 높이 올라가라, 찌르레기가 날개를 퍼덕여 올라갈 수 있는 가장 높은 곳까지라도. 너는 어디로 갔느냐? 아, 저기 있는 것 같구나. 저것이, 느릿느릿 움직이는 저 조그마한 것이 너다, 안 그러냐? 자, 이제 더 높이 올라가라, 구름의 아랫배까지. 너는 어디로 사라졌느냐? 이제 더 높이, 어디까지 올라가느냐, 조심하지 않으면 발가락이 달에 있는 산에 챌지도 모른다. 너는 어디 있느냐? 아, 너는 됐다. 네 집, 네 카운티, 네 주, 네 나라는 어디에 있느냐? 아, 저기 있구나! 이제 더 높이, 네 머리카락과 속눈썹이 해의 너울거리는 불길에서 튄 불꽃에 불이 붙는 곳까지 올라가라. 그 밝은 천체들 가운데 어느 곳에서 네가 네 흙의 왕국, 네 잡동사니 수레를 다스리느냐? 좋다, 저거로구나. 네 말이 맞기를 바란다. 화성에는 땜장이가 필요 없으니까. 이제 더 높이, 바다의 왕의 이름을 딴 여덟번째 행성을 지나 더 높이 올라가라. 거기서 다시 더 높이, 지금은 사람들 꿈속에서만 존재하는 어렴풋한 아홉번째 행성을 지나— 그래! 너는 어디로 사라졌느냐? 저 반짝거리는 것들 수백만 개 가운데 너는 어디 속해 있느냐? 네가 고되게 일하고 물건을 팔러 다니고 땅에 쓰러져 잡초 속에서 몸부림치는 곳이 도대체 어디냐?

날씨가 따뜻해졌고 일요일이면 가족은 교회에 다녀온 후 포치에 나가 앉았다. 포치는 집의 전면에 길게 자리잡고 있었으며, 앞에 야생화가 피어 목에 두툼한 칼라를 단 듯했다. 7월 초에는 야생당근과 매발톱꽃, 조팝나물과 물망초, 루드베키아와 초롱꽃이 피었다. 포치와 도로변 사이의 잔디에는 바랭이와 클로버 사이에 부처꽃이 무리 지어 피어 있었다. 포치 바닥은 고르지 않아, 한쪽 끝(현관문이 있는 곳)에서 다른 쪽 끝(식당 식탁이 보이는 창문 바로 너머)까지 약간 기울어 있었다. 도로에서 보면 집은 왼쪽으로 기울고 현관은 오른쪽으로 기울어, 그 둘이 쓰러지지 않고 서 있는 것은 둘이 잡아당기는 힘 덕분인 것처럼 보였다. 하지만 집 옆쪽에서 보면 그 반대처럼, 즉 둘이 서로에게 기대 있어 서로의 무게 덕분에 쓰러지지 않고 버티는 것처럼 보였다. 어느 각도에서 보든 이 농가는 서 있는 것이 신기해 보였다. 벽들은 모두 당장이라도 쓰러져 차곡차곡 쌓이고 축 늘어진 지붕이 그 무더기 위에 떨어져내려, 납작해진 집이 단정하게 쌓아놓은 카드 한 벌이 되어버릴 것 같았다.

포치는 페인트를 칠하지 않았으며, 나무널은 은색을 띤 흰색으로 표백되어 있었다. 하늘은 구름으로 가득찰 때면 현관의 나무와 똑같은 은색으로 바뀌어 결만 있으면 나무가 될 것 같았고, 나무는 바람 한 줌만 불어도 흔들리다 하늘로 바뀔 것 같았다. 현관문 바로 오른쪽 바닥에는 발로 디디면 마치 나뭇가지 위에 놓인 듯 현관 전체가 까닥이는 지점이 있었다. 포치에는 낡아빠진 의자가 두 개 있었는데, 캐슬린은 한때 붉은색이었던 낡은 흔들의자에 앉아 콩깍지를 까다가 옆마당에서 뒹구는 조를 향해,

내가 볼 수 있는 데서 놀아, 하고 소리를 질렀다. 하워드는 다른 의자에 앉았다. 등받이가 사다리 모양인 낡은 의자로, 바닥과 평행사변형을 이루고 있었기 때문에 하워드가 어떻게 앉느냐에 따라 이쪽저쪽으로 기울었으며, 등받이는 세로 널에 끼운 곳이 좌우로 빠졌기 때문에 이 분마다 일어나 의자를 다시 맞춰야 했다. 아이들은 뒤집어놓은 물통이나 포장용 나무상자에 앉았다. 개버디와 고양이 러셀은 조각난 햇빛이 비쳐 드는 곳에 앉았다. 달라와 마저리는 캐슬린을 도왔다. 그러니까 마저리는 꽃가루나 돼지꽃 때문에 천식 발작을 일으켜 위층 침대에 누워 있지 않을 때, 달라는 말벌이나 거미가 눈에 띄지 않을 때 도왔다는 말이다. 그러나 조만간 그런 벌레가 눈에 띄기 마련이었는데, 그러면 달라는 비명을 지르며 집안으로 뛰어들었다. 그럴 때면 거의 어김없이 바닥의 용수철 같은 지점을 디디는 바람에, 달라가 집의 깊고 텅 빈 곳으로 달아나는 동안 나머지 가족은 흔들리는 포치에서 몸을 가누어야 했다. 하워드와 조지는 크리비지*를 했다.

7.

2에 15.

3에 24.

---

* 카드놀이의 일종.

4에 30.

계속.

2에 31.

그들은 판 없이 게임을 했고, 신문 만화면의 여백에 숫자를 적어 점수를 기록해나갔다. 아버지가 말했다, 조지, 크리비지 판이 안 보이는데. 내가 말했다, 이상한데요, 아버지. 포치에 있어야 하는데. 우리가 여기에 두었으니까요. 나는 아버지가 찾다가 포기할 때까지 찾는 것을 돕는 척하다가 나도 포기하는 척했으며, 우리는 그냥 낡은 신문조각에 점수를 기록했다. 사실 크리비지 판은 내가 가져갔다. 내가 훔쳐서 레이의 헛간으로 가져간 것이다. 레이와 나는 그곳에서 담배를 피우며 공깃돌이나 화살촉을 가지고 크리비지를 했다.

15를 놓치셨는데요. 오른쪽 잭이 3이 많잖아요.

그렇구나. 네가 또 이겼구나, 조지.

수상한데요. 아주 수상해요.

캐슬린이 말했다, 조지, 가서 동생을 데려와라. 얼른 가서 데려와.

안 보이네.

싫어요. 조지가 나무상자에서 내려왔다.

가봐. 그래서 조지는 갔다. 그는 집 모퉁이를 돌며 동생을 불렀고, 나무 속에 틀어박혀 꽃을 한 움큼 씹어먹는 동생이 보이자 자갈을 하나 집어 동생을 향해 던졌다. 귀에 돌을 맞자 조는 울기 시작했다. 조지는 모퉁이 너머의 어머니와 아버지가 들을 수 있도록 큰 소리로 말했다. 아, 조, 울지 마. 내가 꺼내줄게. 조, 울지 말라니까. 내가 물을 갖다줄게. 보리지와 데이지의 쓴맛을 헹궈내야지.

자작나무 껍질과 낙엽으로 만들어 공기처럼 맑고 차가운 물에 띄운 작은 배는 어떻게 되었을까? 얼마나 많은 함대가 도토리, 검은 깃털, 어리둥절한 버마재비 같은 보물을 싣고 웅덩이 한가운데나 가을 냇물로 떠밀려갔을까? 풀로 만든 그 배들을 바다를 가르는 강철 선체들과 나란히 놓자. 이들 모두가 인간의 백일몽으로 지어진 즉흥 작품이며, 대양에서의 포위 공격으로건 10월의 바람으로건 결국 스러질 것이기 때문이다.

태우려고 만든 바지선들은 어떻게 되었을까? 어느 날 석양 무렵 하워드는 저녁식사 후에 집 근처 숲속을 걷다가 조지가 좁은 길에 무릎을 꿇고 땅바닥의 무언가를 살피는 것을 보았다. 조지는 그가 오는 소리를 듣지 못했기 때문에 하워드는 숲속에 가만히 서서 아들을 지켜보았다. 조지는 일어서더니 좁은 길을 따라 서둘러 집으로 돌아갔다. 그는 하워드의 시야에서 사라졌고 잠시 후 앞쪽 현관문이 쾅 닫혔다. 하워드는 아들이 무릎을 꿇은 곳으로 갔다가 낙엽 위에 잠든 것처럼 몸을 웅크리고 죽은 쥐를 보았다. 죽은 지 오래되지 않았다. 장화 끝으로 건드리자 머리가 뒤로 젖혀지고 팔다리가 벌어졌다가 다시 웅크리는 자세로 돌아갔다. 현관문이 다시 열렸다 닫히는 바람에 하워드는 뒤로 물러나 나무 그림자 속으로 들어갔다.

조지는 돌아와 쥐를 신문지로 싼 다음 그 수의를 조리용 끈으로 꼭 묶었다. 그리고 신문지에 싼 쥐를 빈 부엌 성냥갑에 집어넣었다. 하워드는 등유 냄새를 맡고 아들이 신문지를 등유에 적셔왔다는 것을 알았다.

마당 뒤의 숲으로 들어가면 작은 웅덩이가 나왔다. 매년 오리 두 쌍과 캐나다기러기 작은 무리가 머물렀다 가는 곳이었다. 깊은 곳이라고 해봐야 2미터도 안 되었다. 조지는 가끔 거기에서 작은 민물송어를 잡아 물가에 피운 불에 구워먹었다. 초여름 토요일이면 송어가 하루살이 알을 먹으려고 수면으로 올라오는 해질녘에 낚시를 했다. 저녁이 깊어지면 박쥐들이 벌레를 먹으려고 어둠에서 물위로 휙 날아오곤 했다. 이 박쥐들이 제물낚시를 공격했기 때문에 그럴 때면 조지는 낚시를 그만두었다. 박쥐가 미늘에 걸려 거기서 벗어나려다 약한 날개가 찢어지면서 미친듯이 소리를 지를 것이라는 끔찍한 상상을 했기 때문이다. 박쥐를 손으로 잡아 미늘에서 빼낸다는 것은 생각도 할 수 없는 일이었기 때문에 그럴 경우 유일한 선택은 줄 끝에 매달려 버둥거리는 동물을 놓아둔 채 달아났다가, 우연히 그곳을 지나가던 여우가 박쥐를 잡아먹었기를 바라면서(그리고 박쥐와 함께 미늘까지 삼키지는 않았기를 바라면서, 만일 그랬다가는 이제 여우 또한 창자에서 목구멍을 통해 밖으로 이어지며 입가를 찢는 팽팽한 줄에 연결된 낚싯대를 끌고 숲속 어딘가를 돌아다니고 있을 테니까) 다음날 아침에 낚싯대를 챙기러 가는 것뿐이었다. 그래서 조지는 박쥐들이 나오면 그때까지 잡은 고기가 있을 경우에는 얼른 구워먹고 어둠이 내려앉는 것을 지켜보다가 집으로 돌아갔다.

조지는 물로 걸어갔고 하워드는 거리를 두고 소리 없이 쫓아갔다. 조지는 물가에 이르자 잭나이프로 자작나무 껍질을 크게 벗겨냈다. 그런 다음 검은 실을 꿴 굵은 바늘로 껍질 양끝의 두 모서리끼리 꿰매 카누 모양의 배를 만들었다. 조지는 배 한가운데 작은 관을 넣고 멜빵바지에서 꺼낸 석탄 한 조각을 그 옆에 놓았다. 그리고 부엌 성냥을 바지 지퍼에 그어 석탄에 불을 붙이고 배를 물에 띄웠다. 배는 웅덩이를 둥둥 떠내려갔다. 타오르는 석탄이 비친 자작나무 껍질은 마치 빛을 발하는 동물 가죽처럼 보였다. 공기는 고요했고, 웅덩이 수면은 기름처럼 매끈하여 풍경을 거울처럼 비췄으며, 또 기름처럼 걸쭉해 보이기도 했다. 그 날 밤따라 물의 거죽이 자신을 통과하는 물체의 영향에 더 저항이라도 하는지 작은 배 꽁무니를 따라가는 잔물결이 아주 느리게 퍼져나갔기 때문이다. 물 가장자리의 풀에서 올라온 하얀 나방들이 불과 희롱하려고 날개를 파닥거리며 배를 향해 나아갔다. 불이 성냥갑에 다가가 문질러대자 마침내 연기가 피어오르기 시작했다. 불은 이내 성냥갑 안에 이르러 등유에 흠뻑 젖은 수의를 건드렸고, 그와 동시에 작게 퍽 하는 소리가 나면서 밝은 불길이 관가棺架를 삼켰다. 자작나무는 딱딱 소리를 내며 불꽃을 뱉어냈다. 이윽고 희끄무레한 연기가 뭉게뭉게 피어올랐는데, 하워드는 쥐가 타기 시작했다고 생각했다. 물위에 타오르는 불길을 배경으로 조지의 실루엣이 환하게 밝혀졌다. 화장火葬용 장작은 쉭쉭 소리를 내다 마지막으로 연기를 한 번 뿜어내더니 가라앉았고, 웅덩이는 다시 거무스름하게 잔잔해졌다.

하워드의 마음에 화장이 떠올랐다. 검을 손에 쥔 채 용머리 이물이 달린 배의 갑판 위 장례용 침상에 누운 바이킹 왕의 모습, 배에 불을 붙여 어두운 파도 속으로 보내면 고물에서 불길이 질풍 속의 페넌트처럼 나부끼는 광경을.

하워드는 아들이 어둠 속에서 그를 지나 움직이는 것을 보지 않고 느꼈다. 그는 귀를 기울여 아이가 나무들을 헤치고 좁은 길에 올라서 마당을 건너 집안으로 들어가기를 기다렸다가 움직이기 시작했다. 그러나 집으로 가는 것이 아니라 집을 지나 도로로 가서, 거기서 다시 거꾸로 방향을 틀어서 집으로 왔다. 그래야 집안의 누가 보더라도 그가 나갈 때 이야기한 대로 저녁식사 후 산책에서 돌아오는 것처럼 보일 터였기 때문이다. 하워드는 집의 정면을 향해 걸어오며 창문으로 조지와 달라와 마저리가 식탁에서 숙제를 하는 것을 보았다.

꿀로 빚을 갚을 거야!

수레에 바퀴가 달린 집 대신 벌의 왕국이 들어가 있다면 어떨까? 한쪽 옆면에 나무판을 대고 위는 황동 경첩으로 고정시켜, 나무판을 위로 연 다음 모서리에서 장대로 받쳐놓으면 돼. 벌집을 들여다볼 수 있는 창도 있어. 내가 벌의 습관, 근면성, 충성심에 관해 강연을 하는 동안 사람들은 서서 벌이 일하는 것을 지켜볼 수 있겠지. 한 사람당 2센트를 받을 수 있어. 어린아이들한테는 공짜로 벌집을 보여줄 수 있지. 학교에서 전교생을 보낼지도 몰라. 아니, 더 좋은 건 내가 아예 학교로 가서 운동장에 설치를 하는 거야. 수레 위에는 꽃가루를 얻기 위한 꽃밭을 만들고 창 맞은편에 벌집으로 들어가는 입구를 내면 돼. 그럼 구경하는 사람들이 벌을 방해하지 않겠지. 수레 뒤쪽에 진열장을 설치해서 밝은색 리본을 묶은 꿀단지와 밀랍과 벌집을 넣어두고 강연이 끝난 뒤 청중에게 팔면 돼. 나무판에는 페인트로 이름을 적어둘 수도 있지. "놀라운 크로즈-비스!"*

그러나 겨울이 왔고 하워드는 수레를 헛간에 넣어두었다. 쥐와 집을 나온 고양이들은 반쯤 얼어붙은 휴전 상태에서 서랍 안에 보금자리를 만들었다.

조지는 딱 한 번만 빼고 아버지의 발작을 모두 소문으로만 경험했다. 흔들리고 헝클어진 채 의자에 앉아 있는 아버지 위로 어머니가 몸을 기울인 모습은 종종 눈에 띄었다. 아버지의 머리에는 침이, 턱에는 피가 묻어 있었다. 아버지는 앉아서 코로 숨을 빠르게 들이쉬고 내쉬며 마치 참호에서 폭탄이 터진 뒤 자신이 여전히 살아 있는 것, 심지어 말짱한 것에 충격을 받은 병사처럼 주먹을 쥐었다 폈다 하면서 처음에는 손바닥, 그다음에는 손등을 보았다. 조지는 발작이 눈에 띄지 않은 것은 아버지가 발작이 올 때를 미리 알고, 발작에 시달릴 때 아이들의 눈에 띄지 않도록 어머니의 도움을 얻어 아이들이 없는 집안 어딘가로 가거나 마당으로 나갔기 때문임을 알게 되었다. 혹시나 한 아이가 따라오면 캐슬린은 억양이 없는 조용한 목소리로 말했다, 당장 있던 곳으로 돌아가. 아버지와 엄마는 바빠. 조지와 그의 동생들이 아

---

*Cros-bees! 하워드의 성인 'Crosby'의 뒷부분을 벌을 뜻하는 'bee'로 바꾼 것.

버지의 간질 발작을 본 것은 딱 한 번, 1926년 크리스마스 저녁 식사 때였다.

아이들은 캐슬린이 크리스마스 식사로 준비한 햄을 보고 깜짝 놀랐다. 이제까지 그렇게 큰 햄은 본 적이 없었다. 게다가 흑설 탕과 당밀 이불을 덮고 있었다. 개 버디는 착한 태도로 따지자면 아이들보다는 자기가 햄을 먹을 자격이 있다는 듯이 차려 자세로 앉아 있었다. 캐슬린이 갈빗대에 발길질을 하여 쫓았지만 버디는 깨갱 소리만 낼 뿐 그 자리에 그대로 버텼다. 고양이 러셀도 방으로 들어와, 전혀 관심 없는 척하는 것이 한 조각이라도 얻어먹을 수 있는 비결이라도 된다는 듯 식탁에서 멀리 떨어진 벽을 마주보고 앉아 앞발을 핥았다.

하워드는 이 행사를 위해 특별히 고기 써는 칼을 갈아놓았다. 그는 일어서서 햄 위로 몸을 기울이며 자식들과 아내를 향해 싱긋 웃었고, 아내는 얼굴을 찌푸리며 조지에게 남동생을 의자에 똑바로 앉히라고 말했고 딸들에게는 엉덩이를 의자에 내려놓지 않으면 종아리를 숟가락으로 맞을 줄 알라고 말했다. 하워드의 칼이 햄을 파고들자 달콤한 향기가 방으로 더 진하게 퍼져나가는 바람에 캐슬린을 포함한 모두가 최면에 걸린 듯했다. 캐슬린은 얼굴에서 찌푸린 표정을 거두고, 심지어 잠시 감탄의 눈길로 햄을 빤히 보지 않을 수 없었다. 그러나 하워드가 두 조각을 잘라낸 뒤 그녀는 평소의 냉정한 태도를 회복하여 아이들에게 아버지 앞에 접시를 내밀어 고기를 받아 가라고 지시하기 시작했다.

조지, 잭이 먹을 햄을 받아다가 잘라줘. 아니, 더 작게. 그걸 한꺼번에 삼키려고 하다가 숨이 막힐 거야. 달라, 멍청한 짓 좀 그만해. 콩 좀 가져다줘. 하워드, 더 얇게 잘라요. 이걸로 일주일을 버텨야 한단 말이에요. 당신이 가족을 제대로 부양하기 위해 받아야 할 돈 대신 햄을 받아 와도 괜찮다고 생각하는 바람에 말이에요.

하워드는 포크로 으깬 감자를 떠올렸다. 그런 다음 콩 두 꼬투리를 찌르고 햄 한 조각을 찔렀다. 그는 음식을 입으로 가져가다 넣기 직전에 멈추었다. 턱 관절의 근육이 늘어졌다. 숨이 가빴다. 눈꺼풀이 떨렸다. 눈알이 구멍 안에서 굴렀다. 포크와 음식이 손에서 떨어져 접시에 부딪히며 쨍그랑거렸다.

엄마, 무슨—

하워드는 다리를 모아 일어서려 했지만, 의자 위에서 몸이 비틀려 돌아가버렸고 의자가 그의 밑에서 빙글 돌았다. 하워드는 바닥으로 쓰러지며 옆에 있던 의자의 앉는 곳에 머리를 찧고 말았다.

캐슬린이 마지에게 소리를 질렀다. 조를 데리고 나가. 그녀는 이미 문 옆에 한데 모여 몸을 웅크린 채 떨고 있는 어린 자식 셋을 한번에 밀어 밖으로 내보내려 했다. 그녀는 식탁 모퉁이를 돌아 아직 의자에 앉아 입을 벌린 채 멍하니 포크를 허공에 들어올리고 있는 조지에게 손을 내밀었다.

조지, 그 숟가락 이리 내. 조지는 어머니를 보았다. 조지, 숟가락. 어머니는 평소와 달리 화를 내거나 목소리를 높이거나 냉혹하지 않았고 외려 다정하다는 느낌이 들었다. 조지는 포크를 던지고 으깬 감자에서 숟가락을 뽑아들었다.

조지가 말했다, 여기 아직—

캐슬린이 말했다, 어서 숟가락 이리 내, 조지. 그녀는 조지의 손에서 숟가락을 낚아채더니 남편에게 달려들어 남편의 가슴 위에 다리를 벌리고 섰다. 하워드는 끙끙거리는 소리를 냈고 캐슬린은 남편이 혀를 물어 끊지 못하도록 재갈을 물리듯이 숟가락을 가로로 입안에 밀어넣었다. 하워드는 숟가락을 물었고 조지는 아버지의 입술이 이를 드러내며 아래위로 말리는 것을 보면서 생각했다, 해골 입 같다, 사람 입 같지 않다, 아버지 입 같지 않다.

조지, 이리 와서 숟가락 잡아. 이렇게. 조지는 아버지의 가슴 위에 앉는 것이 두려웠다.

두 손으로 잡아. 몸을 기울여. 머리가 바닥에 쾅쾅 부딪히지 않게 해. 조지는 아버지의 몸이 자기 밑에서 떨리는 것을 느끼면서 이러다 아버지 몸이 갈가리 찢길 게 틀림없다고, 아버지의 몸이 찢어져 열리고 말 거라고 확신했다.

엄마.

나는 가서 나무토막을 가져올게. 캐슬린이 식당에서 뛰어나갔고, 조지는 그녀가 부엌 식탁에 부딪히는 바람에 냄비와 팬이 바닥에 와장창 떨어지는 소리를 들었다. 그녀는 신음을 토하면서도 조지가 그날 아침 새로 패놓은 불쏘시개 조각을 가지고 돌아왔다. 그녀가 조지와 하워드에게 도착한 순간, 숟가락 손잡이가 하워드의 입안에서 쪼개지며 조지의 몸이 아버지의 얼굴 쪽으로 확 기울었다. 조지는 몸의 균형을 잡으려 했으나 아버지 머리 밑의 바닥에 고이는 미끄럽고 시커먼 피 웅덩이에 두 손이 닿으며 미끄러졌다. 조지는 손바닥에 힘을 주어 다시 몸을 일으키다가 아버지의 벌어진 입 속으로 숟가락 손잡이 반쪽이 들어가는 것을 보았다. 조지는 숟가락을 잡으려고 손가락을 하워드의 입 안으로 집어넣었고, 하워드는 그 손을 물었다. 조지는 숨이 턱 막혔다. 자신의 주먹이 아버지의 피 묻은 이에 둘러싸인 것이 보였다.

캐슬린이 낮고 단조롭게 말했다. 괜찮아, 조지이. 괜찮아. 나무토막을 잡을 수 있어? 나무토막을 잡아. 그녀는 하워드의 입을 벌리기 시작했다. 내가 턱을 잡을게, 조지이. 그녀는 용수철이 달린 곰덫을 쥐듯이 남편의 입을 움켜쥐었다.

저러다 아버지 입을 부서뜨리면 어쩌나? 조지는 생각했다.

나무토막을 안으로 집어넣어, 조지이—끝을. 끝을 집어넣어.
밀어넣어봐. 하워드의 머리는 바닥을 찧고 찧고 또 찧었다. 조지
는 간신히 아버지의 입꼬리 쪽 잇새에 나무토막 끝을 밀어넣었
다. 캐슬린이 얼른 나무토막을 잡더니 더 깊이 밀어넣었다. 그녀
는 보지도 않고 바닥에서 의자 쿠션을 잡아 바닥을 찧는 남편의
머리가 뜨는 순간 그 밑으로 밀어넣었다. 하워드의 다리가 식탁
다리를 걷어찼다. 달라가 문간에 서서 비명을 질렀다. 마지는 숨
을 헐떡였다. 조는 끽끽거렸다.

아버지가 망가졌어!

그래, 조지이. 이제 다 됐다, 우리 어린 양.

아버지의 장화가 바닥을 걷어차고 식탁 다리를 걷어차는 바람에 아
주 시끄러웠다. 식탁 위의 모든 것이 위로 올라갔다가 소리를 내며 다
시 떨어졌다. 아니면 식탁에서 튀어나가 바닥에 시끄럽게 부딪히거나
박살났다. 잔과 음식이며 포크와 나이프가 바닥 여기저기에 흩어졌고
우리 개 버디는 낑낑거리다 짖어대고 조와 달라는 비명을 질렀지만 아
버지는 그 한가운데서, 철사와 용수철과 갈빗대와 내장이 튀어오르고
폭발하고 풀리고 떨어져나가는데도, 마치 집중하거나 아니면 완전히
방심한 것처럼 묘하게 조용했다. 내 손가락들을 물어 끊을 지경이었는
데도 웃음을 짓고 있었다. 아니, 이미 끊어버린 느낌이었다, 그것도 조

용하게. 어머니는 아버지의 턱을 쥐고 삼목 토막을 그 피 묻은 잇새에 억지로 쑤셔넣었다. 나도 이제는 사람을 해치고 있다는 느낌이 들지 않았고, 그래서 더 역겨웠다. 내 손가락 주위가 온통 피였다. 손가락들은 손에서 떨어져나가 간신히 대롱대롱 매달려 있는 것 같았다. 피가 쿵쿵 고동치는 것이 느껴지기는 했지만. 아버지 얼굴에도 입안에도 온통 피였다. 그건 내 피였다. 머리에도 바닥에도. 그건 아버지가 쓰러지면서 의자에 부딪혔을 때 머리에 입은 상처에서 나오는 피였다. 어쩐 일인지 우리 고양이 러셀이 고개를 까닥이는 게 눈에 들어왔다. 귀는 곤두서고 눈이 넓게 벌어지고 눈동자가 수축된 채로 피 냄새를 맡고 피를 말끄러미 보면서 작은 삼각형 코를 씰룩거리고 있었다. 하지만 나는 공포를 느끼는 대신 생각했다, 그래, 이게 그거구나. 이제 그게 뭔지 알겠다. 아버지는 늑대인간이나 곰이나 괴물이 아니구나. 이제 나는 도망칠 수 있겠구나.

그리고 여기 캐슬린이 있다. 침대에 누워 있다. 침대는 새까맣게 타버린 시야만큼이나 검은 나무의 헐벗은 가지들 위에 자리잡고 있다. 검고 굵은 가지에 수액은 재로 변한, 밤의 실로 짠 나무. 때는 겨울이라 겨울바람이 가지들을 흔들고 침대는 가지들과 함께 움직인다. 때는 겨울이고 나무는 잎으로 이루어진 밝은 망토를 벗어버렸다. 때가 겨울인 것은 그녀가 헐벗은 마음으로 눈을 뜬 채 누워 충만했던 시절을 기억하려 하기 때문이다. 그녀는 생각한다, 나도 한때는 분명히 젊은 여자였는데.

그녀는 침대의 반쪽에 누워 있다. 잠든 남편의 거무스름한 형체가 나머지 반을 차지하고 있다. 그는 등을 돌리고 깊이 잠들어 있다. 마치 다른 세상에서 자고 있는 것 같다. 이불 위로는 그녀의 얼굴만 보인다. 흰 달걀처럼 빛난다. 얼굴 아래로는 턱밑에 다리미질을 하고 풀을 먹인 희고 깨끗한 시트가 끼워져 있다. 맨 위 누비이불 위로 반듯하게 접혀 있다. 소녀 시절 어머니가 가르쳐준 대로 정확히 15센티미터를 접었다. 머리카락은 위로 올려 핀을 꽂고, 그 위에 오래전에 어머니가 떠준 수면용 모자를 썼다. 머리카락은 허리까지 내려오지만 감을 때만 풀어내린다— 여름에는 한 달에 두 번, 겨울에는 한 달에 한 번. 적갈색이지만 윤기는 사라졌다. 정수리는 숱이 줄고 있다. 남편 머리의 상처에서 나는 피가 붕대 밖으로 새 깨끗한 베갯잇을 더럽힐지도 모른다는 생각이 들자 버럭 화가 치민다. 복도 건넛방에서 조지가 자면서 신음을 토하는 소리가 들린다. 손가락이 부러진 것 같지는 않지만 하워드가 물어서 생긴 상처가 제대로 아물려면 한두 바늘 꿰매야 할 것이다. 크리스마스라 전화를 해서 복스 박사를 부를 수가 없었다. 그래서 내일 아침에 무엇보다 먼저 조지를 데리고 박사의 진료실로 가야겠다고 계획을 세운다.

그녀의 엄한 태도와 웃음기 없는 통치는 자식들이나 남편이 상상하는 것보다 훨씬 깊은 쓰라림을 감추고 있다. 그녀는 아내가 되고, 이어 어머니가 된 충격에서 결코 헤어나오지 못했다. 매일 아침 아이들을 깨우러 가서 침대에서 평화롭게 자고 있는 아이들을 처음 볼 때 주로 느끼는 감정이 원망, 상실감이라는 사실에 그녀는 당황한다. 그 감정들이 너무 무시무시해서 그녀는 그것을 집안을 다스리는 겹겹의 엄격함 밑에 묻어버렸다. 그녀는 아내이자 어머니가 된 이래로 여남은 해 동안 집안을 이렇게 거의 군대나 다름없이 다스려온 것이 사랑 때문이라고 스스로도 반쯤은 믿게 되었지만, 사실은 자신에게 사랑이 없다는 사실이 너무 겁이 난다. 어느 얼어붙을 듯이 추운 1월 아침 일찍 아이 하나가 열이 나 고통스럽게 기침을 하다 잠이 깨면 그녀는 아이의 이마에 입을 맞추고 이불을 더 꼭 여며준 다음 레몬을 섞은 꿀물을 만들기 위해 물을 끓이는 대신, 이 세상에서 편안함은 인간의 운명이 아니며 만일 그녀가 콧물이 나고 목이 아플 때마다 하루 일을 쉰다면 집이 그들 주위에서 스르르 무너져버리고 그들은 둥지 없는 새가 되고 말 것이라고 말한다, 그러니 어서 일어나 옷을 입고 네 오빠가 장작 패는 걸 도와줘, 네 누이 물 긷는 걸 도와줘. 그러면서 몸을 떠는 아이의 이불을 잡아젖히고 차가운 옷을 던지며 소리친다, 얼른 옷 입어, 물을 갖다 끼얹기 전에. 그녀는 적어도 환한 낮에는 이것이 사랑이라고, 아이들을 강하게 기르는 최선의 방법이라고 확신하게 되었다. 돌무더기를 대할 때와 마찬가지로 자식들과 아무런 관련을 느끼지 못하기 때문에 자기 자식들을 이런 식으로 대한다는 생각을 막지 않으면 도저히 자신을 감당하며 살 수 없을 것이다.

그녀는 도주와 나무 속의 침대에 관한 꿈에 반쯤 빠진 채 졸다가, 이제 병든 남편을 어떻게든 해야 할 때라고 결정을 내린다. 복스 박사가 조지의 손을 봐준 다음에 물어볼 것이다.

다음날 아침 그녀는 일찌감치 옷을 입었다. 창문 안쪽에 성에가 끼었고 해는 아직 보이지 않았다.

하워드가 꿈틀거리더니 물었다, 뭐해?

캐슬린이 말했다, 조지를 의사한테 데려가려고요.

왜? 무슨 일인데? 하워드가 물었다.

캐슬린이 대답했다, 물린 상처 때문에요, 하워드. 당신이 물어서 생긴 상처 때문에.

하워드가 쉰 목소리로 말했다, 물어? 물었다고?

일층 방 두 개를 진료실로 사용하는 복스 박사네 집까지는 3킬로미터가 조금 넘는 거리였다. 캐슬린과 조지가 도로 가장자리를 따라 걸어가는 사이 새벽이 쫓아왔다. 그녀가 앞에서 가고 조지가 발을 끌며 그녀 뒤를 따라왔다. 조지는 아직 잠이 덜 깬 추위와 아픈 손 외에는 아무것도 느끼지 못했다. 처음에는 밤이 깜부기불만큼 밝아지더니 이윽고 지평선 너머에서 붉은빛이 나오며 서쪽에서 오는 구름의 바닥을 밝혔다. 캐슬린은 복스 박사에게 남편 이야기를 하겠다는 결심이 흔들릴까봐 걱정했지만 조지와 함께 진료실로 걸어가면서 결심은 외려 더욱 굳어지고 있었다.

복스 박사의 집은 웨스트코브로 들어서기 직전 도로가 마지막으로 굽이를 이루는 곳에 폭 들어가 자리잡고 있었다. 캐슬린과 조지는 포치가 집 전체를 감싼 이층짜리 건물이 곧 눈에 보일 것이라고 생각하며 야트막한 언덕에 올라섰다. 여름이면 심하게 아프지 않은 환자들, 또는 간혹 전혀 아프지 않은 환자들이 포치에 앉아 수다를 떨면서 쌀쌀 아픈 배를 치료할 외용제나 욱신거리는 티눈에 쓸 습포제를 받아 갈 차례를 기다렸다.

그러나 집이 사라졌다. 캐슬린은 걸음을 멈추고 주위를 둘러보았다. 새벽을 구릿빛으로 채색하던 구름은 이제 돌 뚜껑처럼 머리 위에 고정되어 있었다. 바람에 눈보라가 소용돌이쳤다. 캐슬린이 맞는 자리에 서 있는 것도 분명했지만, 의사의 집이 사라진 것도 분명했다. 땅에 집 대신 구덩이가 있었다. 에테르 병, 붕대 두루마리가 절인 오이나 토마토와 배 시럽과 함께 놓여 있던 복스 박사의 지하실 창고는 이제 비바람에 드러난 텅 빈 구덩이가 되어, 벌써 겨울바람에 쓸려온 돌 부스러기와 눈으로 채워지고 있었다.

어떻게 된 거예요, 엄마? 토네이도가 온 건가요?

복스 박사의 앞마당이었던 곳에서부터 도로까지 새로 파헤쳐진 흙과 깊은 바큇자국이 나 있었다. 그 자취는 굽이를 돌아 웨스트코브 쪽으로 쭉 이어졌다. 캐슬린은 집의 기초 가장자리에 섰다. 집이 제자리에 없었기 때문에 전에 뒷마당이었던 곳의 나무들 너머로 호수가 보였다. 캐슬린은 도로 쪽으로 몸을 돌렸다가 다시 땅의 구덩이로 몸을 돌렸다. 어째야 좋을지 알 수가 없었다. 웨스트코브 전체가 사라진 것일지 모른다는, 도로 굽이 너머까지 걸어가면 멀리 벌거벗은 채 생살을 드러낸 빈터가 보일지도 모른다는 공포가 속에서 퍼덕거렸다. 호숫가를 따라 사라진 건물들의 드러난 기초가 곰보처럼 점점이 박혀 있을 것 같았다. 작은 읍 전체가 박혀 있던 곳에서 뽑혀 북쪽 산맥 너머 어딘가로 끌려간 흔적만 남아 있을 것 같았다.

들려요, 엄마?

바람 뒤에 다른 소리가 있었다. 캐슬린은 조지의 성한 손을 잡고 다시 도로에 올라섰다. 어디에서 나는지 모르지만 우르릉거리는 소리가 들렸다. 그녀는 움직임을 멈추고 소리의 정체를 파악하려 했다. 천둥소리는 아니었다. 기차도 아니었다. 가만히 서서 귀를 기울이자, 그 소리와 더불어 땅이 약간 흔들리는 것이 느껴졌다. 그녀는 도로의 굽이를 향해 다시 걷기 시작했다. 굽이에 이르기 직전 소리가 또렷해졌다. 남자들이 서로에게, 그리고 그녀가 평생 들어왔기에 절대 잘못 들을 리 없는 어투로 동물에게 외치는 소리가 들렸다. 짐승들이 멍에를 당기는 소리와 마구馬具 소리도 들렸다. 또다른 소리, 무거운 목재가 서로 마찰하며 내는 소리도 들렸다.

저 위에 뭐가 있어요, 엄마. 조지는 캐슬린의 손을 놓고 앞으로 달려갔다. 캐슬린이 이름을 한번 불렀지만, 조지는 이미 모퉁이를 돌아 사라졌다. 이제 거세고 굵어진 눈발이 돌 빛깔 하늘에서 폭포처럼 쏟아져내렸다. 캐슬린은 머리와 목의 스카프를 고쳐 썼다. 추웠다. 발가락 끝은 얼얼했고 코에서는 콧물이 떨어졌다.

캐슬린은 남쪽에서 읍으로 다가갈 때면 언제나 보게 되는 웨스트코브의 첫 모습이 눈에 들어오기를 간절히 바라며 모퉁이를 돌았다. 도로의 굽이는 언덕 꼭대기에 있었기 때문에 읍이 아래로 내려다보였다. 읍 너머는 지평선까지 뻗은 호수로, 겨울에는 한가운데 있는 섬 네 개에 자라난, 등이 굽은 검은 수풀만 보일 뿐 희고 광대한 평원이나 다름없었다. 캐슬린은 이 눈보라 속에서도 섬들이 보일지 궁금했다. 안 보일 것 같았다. 그러나 읍과 호수 대신 복스 박사의 집이 보였다. 집과 받침대들은 줄지어 놓인 육중한 통나무들 위에 올라가 있고, 통나무들 밑에 대패질을 한 굵은 사각 목재들이 길 앞쪽을 바라보는 방향으로 통나무와 직각을 이루며 나란히 깔려 바닥을 이루고 있었다. 사람들은 통나무 위의 집을 한 번에 30센티미터씩 끌어당겼다. 빨간 격자무늬 모직 외투를 입고 둥근 챙이 달린 모자를 쓴 남자들이 커다란 쇠망치나 쇠지레를 들고 집을 빙 둘러싼 채 모서리 너머로 서로 소리를 질러대고 있었다. 집 뒤에서는 평상형 트럭 한 대가 놀고 있었다. 뚜껑 없는 평상에는 거대한 쇠 잭 네 대가 실려 있었다. 조지는 집과 어머니의 가운데쯤 서 있었다. 그는 집과 어머니를 번갈아 보았고, 캐슬린은 아들을 향해 손을 내밀었다. 그녀는 아들에게 이르자 손을 잡았고, 그들은 도랑을 딛듯이 도로 가장자리를 따라 나란히 집을 향해 걸어갔다. 남자들은 그들을 무시하거나 캐슬린 쪽으로 대충 고개를 한 번 끄덕였다. 집은 앞쪽으로 한 번 비틀거릴 때마다 통나무 위를 움직였고, 통나무들은 그 밑에서 사각 목재 위를 굴렀다. 캐슬린은 그 과정이 거의 대책 없을 정도로 느릴 수밖에 없다는 것을 당장에 알아보았다. 집이 2미터나 2미터 반 정도 앞으로 움직이면, 사람들은 잭으로 집을 들어올리고 밑의 통나무들의 줄을 다시 맞춘 다음 방금 집이 통과한 통나무들을 가져다 앞쪽에 다시 깔아놓아야 했다.

어머니와 아들은 집의 앞쪽 모서리에 이르자 거대한 황소 여덟 쌍이 집을 끄는 것을 볼 수 있었다. 줄을 지어 멍에에 묶인 황소들은 캐슬린의 손목만큼이나 굵은 사슬로 집에 연결되어 있었다. 한 남자가 채찍을 들고 황소들 대오를 오르내리면서 욕을 하고 엉덩이에 채찍질을 했다. 황소들은 추위 속에서 몸을 들썩이며 김을 내뿜었다. 남자가 소리를 지르며 채찍질을 할 때마다 집과 연결된 사슬이 팽팽하게 당겨졌고, 황소들이 한 쌍씩 차례로 집의 무게를 잡아당기면 나무와 가죽과 쇠에 잔물결이 일었다. 그때마다 건물이 간신히 몇 센티미터 앞으로 나아가면서 창문이 덜거덕거리고 틀이 부르르 떨렸다. 그러면 채찍을 든 남자는 소리를 질렀다, 이제 쉬어라, 강아지들아. 그 말이 떨어지기 무섭게 동물 열여섯 마리는 마치 서커스 곡예라도 하듯이 즉시 끄는 것을 멈추었다. 이 남자는 조지의 가장 친한 친구 레이 모렐의 아버지 에즈라 모렐이었다.

복스 박사는 도로 가장자리 쪽으로 물러나 자신의 집과 일의 진행에 약간 거리를 두고 서 있었다. 다른 남자들과 똑같은 차림이었지만 모자와 안경의 품질이 달랐다. 직업이 직업이니만큼 안경이야 그럴 만했다. 읍의 의사는 무조건 가장 좋은 눈을 갖출 필요가 있었으니까. 반면 모자는 사람들 앞에서 그가 스스로에게 용납하는 유일한 도락이자 웨스트코브에서 그의 지위를 보여주는 유일한 상징이기도 했다. 모자는 런던의 상점에서 온 것으로, 복스 박사는 그 상점이 그의 머리를 똑같이 복제해놓은 나무 모형을 갖추고 있어 매년 수천 킬로미터 떨어진 진짜 머리에 쓸 모자를 그 나무 머리에 맞추어 제작해 보낸다고 말하곤 했다. (청진기나 혀 누르는 기구를 찾지 못하면 두 머리가 뒤바뀌어 그런 것이라고, 진짜 머리는 런던에 가 있고 나무 머리가 웨스트코브에 와 있어서 그런 것이라고 농담을 했다.) 모자만 빼면 다른 남자들과 다를 바 없이 빨간 격자무늬 모직 외투, 거무스름한 모직 바지, 무릎 밑에서 끈으로 묶은 묵직한 장화 차림이었다. 그는 파이프 대를 으득으득 깨물고 있다가 이따금 그것을 빼고 말하곤 했다, 바로 그거야, 이 사람들아! 아니면 이보게들, 조심해. 그 성에 무슨 일이 생기면 어머니 복스가 내 껍질을 벗겨버릴 거라네! 그는 캐슬린과 조지가 다가오는 것을 보자 뒤로 물러나 약간 고개를 숙이며 캐슬린더러 어서 지나가라고 손으로 앞의 공간을 쓸더니 바로 차려 자세로 돌아와 조지에게 경례를 했다.

지나가시지요, 부인. 지나가게, 병장. 사령부를 전선에 더 가까운 곳으로 옮기는 것뿐이라네!

방해해서 죄송해요, 박사님, 캐슬린이 조지 뒤에 서서 아이 어깨에 손을 얹고 말했다. 다름이 아니라 어제—

복스 박사는 전문가로서 귀를 기울이고 있다는 것을 보여주려고 입에서 파이프를 잡아빼고 약간 변색된 큼지막한 이들을 꽉 다물었다. 그러나 캐슬린이 말을 이어가기도 전에 그는 조지의 붕대를 감은 손을 보았다.

어허, 병사, 보아하니, 임무 수행중에 부상을 당했구먼. 어디 좀 보세.

캐슬린은 조지에게 앞으로 한 걸음 나가라고 다그쳤고, 조지는 수줍어하며 의사에게 손을 내어주었다.

걱정 말게, 병장, 조심할 테니까. 복스 박사는 쭈그리고 앉아 붕대를 풀었다. 그는 물린 자국을 보더니 조지의 손을 뒤집었다 되돌리기를 두 번 되풀이하고는 휘파람을 불었다. 개가 달려들었나, 응, 병사? 조지는 어머니를 보았다.

캐슬린이 말했다, 어, 사고였어요. 우린—

안됐지만 깊이 물린 데는 한두 바늘 꿰매야겠는걸, 의사가 말했다. 부러진 데는 없지만 한참 아플 거야. 어쩌면 통증이 오래 남을지도 몰라. 노인이 되어서까지 말이야. 어떤 개야? 광견병이 있는지 봐야 하는데.

캐슬린이 말했다, 그게 문젠데요, 박사님. 제가 좀…… 우리가 좀…… 박사는 조지의 손에서 눈을 떼고 위를 보았다.

네, 네, 물론이죠, 부인. 물론입니다. 그는 조지의 손에 붕대를 다시 감았다. 잘 들어라, 병장, 그는 조지에게 말했다. 네 어머니와 나는 잠시 이야기를 해야 하니 네가 있을 만한 따뜻한 곳을 찾아봐야겠다. 댄! 대니! 박사는 조지의 등에 손을 대더니 놀고 있는 트럭 쪽으로 몸을 틀었다. 운전석 창문은 내려져 있고 한 남자가 머리를 밖으로 기울인 채 담배를 피우고 있었다. 그는 박사가 이름을 부르자 고개를 들었다.

대니, 창문을 올리고 이 병사가 그 안에서 몸 좀 녹이게 하게. 근무중에 부상을 당했네!

트럭에 있던 남자 댄 쿠퍼는 담배를 문 입술에 힘을 주더니 머리를 트럭 안으로 집어넣고 창문을 올린 다음 문을 열고 트럭에서 내려섰다.

좋을 대로 하십쇼, 박사님, 그가 말했다.

자, 타라. 그래, 그거야, 병장, 박사는 조지가 조수석에 올라가는 것을 도우며 말했다. 네 어머니와 금세 이야기를 끝낼 테니 여기서 시간이나 죽이고 있어라.

트럭 안은 금방 따뜻해졌다. 좌석은 갈라진 갈색 가죽으로 덮여 있었다. 조지는 외투 아랫자락 아래로 좌석의 망가진 용수철을 느꼈다. 낡은 안내서며 신문, 오래전에 수분이 증발해버리고 남은 커피가루가 안에 깔린 커피잔이 그와 운전석 사이에 어지럽게 널려 있었다. 유리에 서서히 김이 서렸다. 조지는 사람과 황소와 움직이는 집이 은빛 안개 속에서 유령처럼 변하는 것을 지켜보았다. 아버지가 해준 유령선 이야기가 기억났다. 백 년 전에 해안 바위에 부딪혀 가라앉았지만, 지금도 안개 낀 밤이면 그때 죽은 승무원들이 애통해하는 소리와 용골이 쪼개지는 소리가 들려온다는 이야기였다.

캐슬린과 박사는 십 분 동안 이야기를 나누었고, 조지는 이야기가 끝날 때 어머니가 고개를 숙이고 두 손으로 얼굴을 가리는 것을 보았다. 조지는 어머니가 우는 것을 한 번도 본 적이 없었다. 그는 그것이 아버지 때문이라는 것, 상황이 심각하다는 것을 알았다. 복스 박사는 캐슬린을 한 팔로 끌어안고 등을 두 번 두드린 다음 놓아주었다. 복스 박사는 트럭을 향해 행진하듯이 걸어왔다. 조지는 유리를 통해 박사 너머 어머니의 흐릿한 모습을 보았다. 어머니는 외투 소매로 얼굴을 닦더니 울음을 눈과 함께 진구렁에 처넣으려는 듯이 몸을 흔들었다. 그러고 나서 하늘을 향해 잠시 고개를 쳐들고 있었다. 복스 박사가 트럭 문을 열더니 조지에게 경례를 했다.

좋아, 병장, 우리는 바로 읍내로 들어간다. 거기 가서 네가 다시 전투에 참가할 수 있도록 고쳐주겠다.

조지는 트럭에서 내려 어머니에게 갔다. 어머니는 얼굴이 달아올랐고 눈은 빨갰다. 그러나 조지를 향해 웃음을 짓더니 손을 잡았다.

괜찮아, 조지이, 그녀가 말했다. 조지는 처음으로 어머니가 아직 젊은 여자라는 것을 깨달았다. 복스 박사는 다시 트럭에 올라가 있던 댄 쿠퍼 말고도 다른 두 남자와 더 상의를 하더니 캐슬린과 조지에게 돌아왔다.

준비됐나, 분대?

캐슬린이 말했다. 아주 슬퍼 보여요. 집이 길 한가운데 나와 앉아 있으니. 그녀는 다시 울기 시작했다.

아, 가엾은 크로즈비 부인. 자, 자. 우리는 무엇이든 해야 합니다. 뭔가를 해야 할 때가 온 거지요. 우리가 모든 문제를 해결하게 될 겁니다.

캐슬린은 흔들리는 마음으로 장작을 팼다. 하워드는 장사를 나가 아직 돌아오지 않았다. 딸들은 응접실에서 자수를 놓으며 조를 돌보고 있었다. 조는 그가 반려동물처럼 대하는 곰가죽 바닥깔개 어설라와 대화를 나누고 있었다. 조지는 위층, 캐슬린과 하워드의 침대에서 자고 있었다. 바람은 아직 거셌다. 하지만 날이 어두워지면 잠잠해지다 사그라지겠지, 캐슬린은 생각했다. 아직도 바람에 눈송이가 희끗거렸다. 달콤하면서도 얼얼했다. 해가 지고 있었다. 해는 뒤쪽 빈터 너머의 너도밤나무 숲속으로 가라앉으며 우듬지들을 밝혀, 헐벗은 동맥 같은 가지들을 빛으로 이루어진 뇌 주위의 검은 혈관 망으로 바꾸어놓았다. 나무들은 그 가느다란 줄기 꼭대기에서 자라는, 빛을 발하는 기관들의 무게 때문에 축 늘어져 있었다. 뇌들은 자기들끼리 중얼거렸다. 그들은 비밀을 외부에 털어놓지 않았으며 겨울의 지혜를 간직하고 있었다―주홍색과 오팔색의 차가운 정신들, 광택이 나는 간결한 정신들이 금속성을 띤 푸른빛 어스름 속에서 너울거리고 있었다. 그러다 그들은 이내 사라졌다. 빛은 하늘과 나무에서 서쪽 지평선의 한 지점으로 깔때기에 들어가듯 빨려들었다. 그곳에서 땅에 삼켜지는 것 같았다. 나무의 가지는 어둠이었고 그 밑으로 그보다 덜 어두운 어스름이 깔려 있었다. 캐슬린은 생각했다, 꼭 하워드의 뇌 같다―밝혀졌다가, 너무 밝게 밝혀졌다가 연료가 떨어지면 어두워지는 게. 정신에는 빛이 얼마나 많이 필요할까? 필요가 있을까? 램프들을 가득 밝혀놓은 방처럼. 빛이 환하게 밝혀진 뇌. 그녀는 외투 호주머니를 두드려, 아름다운 페놉스콧강을 굽어보는 헤퍼티커힐 꼭대기에 자리잡은 뱅고어 메인동부 주립병원의 접힌 안내서가 있는지 확인해보았다. 복스 박사가 그 브로슈어를 주었을 때 그녀는 무엇보다 먼저 그 병원의 원래 이름이 '메인동부 정신병원'이었다는 것부터 떠올랐다. 그러나 브로슈어의 사진들은 깨끗한 방과 널찍하고 해가 잘 드는 구내, 그녀의 눈에는 웅장한 호텔처럼 보이는, 별관 네 개가 달린 거대한 벽돌 건물을 보여주었다. 호텔이라는 생각은 잔인하다기보다는 자비롭게 다가오는 느낌이었다. 속을 가득 채운 빛이 새어나오며 사라져가는 뇌들로 가득한, 갑자기 낯설어 보이는 뒷마당에 있다보니 그 병원이 마치 따뜻하고 안전한 피난처처럼 느껴졌다. 그녀는 얼음으로 덮인 행성을 여행하는 굶주리고 몸이 얼어붙은 여행자나 되는 것처럼 그런 피난처를 떠올려보았다. 언덕 하나를 간신히 돌파했을 때 창마다 불이 밝혀진 산막이 보인다. 굴뚝에서 연기가 무럭무럭 피어오른다. 사람들은 피난처를 공유하게 되어 고마워하는 낯선 사람들이 느끼는 꿈같은 기쁨을 마음껏 함께 나누며 모여 있다. 브로슈어는 외투 양쪽 호주머니 어디에도 없었다. 캐슬린은 조지가 부부의 침대에 눕도록 도와주다가 방 어딘가에 두고 왔음을 깨달았다.

조지는 부모의 침대에서 잤다. 물린 손 주위로 몸을 웅크리고 누워 있었다. 손에는 붕대가 꽉 묶여 있어, 얕은 잠 속에서 검은 개가 그의 손을 입에 넣고 놓아주지 않았다. 개는 조지의 눈을 똑바로 쳐다보았고, 조지는 자신이 손을 빼려고 하면 개가 꽉 물 것임을 알았다. 개는 조금도 움직이려 하지 않았다. 지치지도 않았고 먹거나 잘 필요도 없었다. 앞으로 평생 다시는 움직이지도 못하고 개의 입에 손을 집어넣은 채 가만히 앉아 있기만 해야 한다는 생각에 조지는 무서워졌다. 그는 공황에 빠져 반사적으로 손을 잡아챘다. 개의 턱이 덫처럼 콱 닫혔고 개의 이빨이 닿는 첫 압력에 조지는 화들짝 놀라며 잠을 깼다. 조지는 어머니를 찾으며 훌쩍거렸다. 방은 추웠고 창의 푸른빛은 너무 흐릿해서 밝다는 느낌이 들지 않았다. 추위뿐인 것 같았다. 그 추위가 침대와 그의 몸 사이, 유일하게 온기가 있는 그곳을 파고드는 것 같았다. 조지는 몸을 떨며 다시 훌쩍거렸다. 침대 속으로 더 깊이 파고들려 했지만 이불 위에 누워 있었기 때문에 온기를 얻을 수 없었다. 아, 엄마. 조지가 신음을 토하며 팔꿈치에 기대 몸을 일으켰다. 물린 손을 보았다. 붕대가 빛을 발했다. 방의 마지막 빛이 거기에서 나오는 것 같았다. 손바닥의 피가 붕대에 눌려 고동치는 것이 느껴졌다. 손이 아팠다. 다시 어머니를 부르고 싶었지만 마당에서 **톡톡** 도끼를 치는 소리가 들렸다. 어둠과 추위 속이다보니 어머니가 장작이 아니라 바위를 쪼개는 것처럼 들렸다. 개에 관한 꿈의 뒤끝이라 불현듯 침대에 누워 오도 가도 못하는 몸으로 부서진 손을 붙들고 추위에 떨면서 검은 얼음이 끼워진 창문 너머로 어머니가 쓸데없이 돌에 도끼질을 하는 소리나 들으며 남은 평생을 살아야 할 것 같은 느낌이 들었다. 그에게 가장 필요한 것은 어머니의 따뜻한 무릎 위에 몸을 웅크리는 것인데, 어머니가 따뜻한 두 손으로 그의 얼굴을 쓰다듬으며 부드럽고 고요한 목소리로 다 괜찮다고 다독여주는 것인데. 그러나 조지는 몸을 일으키고 앉아 침대 밑으로 두 다리를 내렸다. 그는 일어서서 바닥의 완전한 어둠 속에 한 발을 내밀어, 굵은 실을 엮어 만든 바닥깔개의 가장자리나 신발짝이 없나 확인했다. 걸려서 넘어질까봐 조심하는 것이었다. 그는 발을 질질 끌며 문이 있는 쪽으로 갔다. 마치 강을 건너듯 물린 손을 머리 위로 힘없이 들어올리고 성한 손으로 문 왼쪽에 있는 어머니의 화장대가 만져질 때까지 어둠을 토닥였다. 문을 열자 훨씬 깊은 어둠이 나타났다. 조지는 복도와 층계로 나가는 모험을 하는 대신 화장대 위를 손으로 더듬어 램프를 찾았다. 램프의 유리를 들어 옆에 내려놓고 이번에는 성냥갑을 손으로 더듬어 찾았다. 그런 다음 물린 손바닥 뿌리로 성냥갑을 배에 누르고 성한 손으로 성냥을 그었다. 화장대 꼭대기가 나타나고, 성냥을 든 그의 모습이 램프 유리에 나타났다. 램프 옆에 팸플릿이 있었고 팸플릿에는 메인동부 주립병원이라고 부르는, 학교처럼 보이는 건물의 사진이 있었다. 조지는 이것이 복스 박사가 조지의 손을 꿰맨 뒤(겨우 네 바늘이었고 처음에는 아프지도 않았다) 어머니에게 준 것임을 깨달았다. 건물 사진 밑에는 정신이상자와 정신박약자를 위한 메인주 북부와 동부의 보호시설이라는 설명이 붙어 있었다. 조지가 성냥을 램프 심지에 갖다대자 빛이 위와 옆으로 부풀어오르며 방안을 채웠다. 빛은 마치 액체처럼 가구와 벽과 바닥과 천장과 조지의 눈을 녹였다. 그는 팸플릿을 펼치고 읽기 시작했다. 병원 환자들은 수많은 정신이상 증상을 악화시키는 광적인 현대세계에서 구원받은 듯한 느낌을 맛본다. 그들은 물 치료, 장시간의 휴식, 농작물 수확, 돼지치기를 즐긴다. 또 가구를 만들고 수리하며 세탁을 한다……

그건 놔둬라, 조지. 내려가서 저녁 먹을 시간이야. 캐슬린이 어느새 위층에 올라와 있었다. 갑자기 그녀의 말이 들리자 조지는 깜짝 놀랐다. 갑자기 머리와 목과 다리와 팔이 모두 아프고 열이 나는 느낌이었다. 캐슬린은 조지가 팸플릿을 읽다가 들킨 것에, 있는지조차 몰라야 하는 것이 이제는 무슨 뜻인지까지 알게 된 것에 일종의 수치심을 느낀다는 것을 알았다. 그녀 또한 갑자기 하루의 무게가 느껴지며 춥고 배고프고 짜증이 났다.

내 화장대는 네 마음대로 뒤질 수 있는 곳이 아니야, 그녀가 말했다. 그녀는 조지의 손에서 브로슈어를 낚아채고 그를 방에서 층계로 쫓아냈다. 조한테 가서 저녁 먹을 준비 시키고 여동생들한테 우유를 한 잔씩 따라놓으라고 해. 어서.

네, 엄마. 조지는 울음을 터뜨리고 싶은 충동을 간신히 억눌렀다. 그는 아래층으로 내려갔다. 캐슬린은 브로슈어를 반으로 접어 면양말 속에 쑤셔넣은 뒤 양말을 화장대 맨 아래 서랍 뒤쪽의 스웨터 밑에 넣었다.

그날 밤 캐슬린과 아이들은 하워드 없이 저녁을 먹었다. 그는 일곱시가 되어도 장사에서 돌아오지 않았다. 식사 후에 캐슬린은 장작 난로 옆의 안락의자에 앉아 조의 멜빵바지를 수선하기 시작했다. 달라와 마지는 인형 두 개를 가지고 조지 워싱턴과 앤드루 잭슨을 위해 차를 준비하는 수전 B. 앤서니*와 벳시 로스** 흉내를 내며 놀았다. 달라는 수전 B. 앤서니가 이미 탁자에 앉아 차 준비가 제대로 되었는지 확인하고 있는 벳시 로스에게 콩콩 뛰어가게 했다.

달라는 수전 B. 앤서니가 벳시 로스에게 고개를 숙이게 하며 말했다, 새해 복 많이 받으세요, 벳시!

마지는 벳시 로스를 일으켜 무릎을 구부리는 인사를 시켰다. 행복한 1927년이 되기를 빌겠어요, 앤서니 여사!

달라가 말했다, 아냐, 마지, 1776년이야.

조지는 다친 손으로 무릎에 놓인 『성냥팔이 소년 마크』라는 책을 펼쳐 쥐고 다른 손에는 사과를 들고 있었다. 그는 활자를 보고 있었지만 내용이 머리에 들어오지는 않았다. 그는 아버지, 자신을 문 아버지, 이제 정신병원으로 끌려갈 미친 사람인 아버지

---

* 미국의 여성 참정권·노예제 폐지 운동가.

** 미국 국기를 최초로 만들었다고 알려진 인물.

를 생각했다. 갑자기 동생 조도 조만간 정신병원으로 보내질 것이라는 생각이 들었다.

응접실 한쪽 구석에는 오래전부터 낡은 곰가죽 바닥깔개가 깔려 있었다. 가끔 추운 밤에 가족이 응접실에 모여 있을 때, 아이들이 그 위에 앉아 서커스에서 곰을 타는 흉내를 내곤 했다. 하워드는 그 바닥깔개에 어설라라는 이름을 지어주었다. 곰가죽은 너덜너덜하니 더러웠고, 주둥이에서 눈구멍 사이까지 털이 다 빠져 있었다. 눈구멍은 원래 빈 것인지 안에 있던 유리 눈을 파낸 것인지 알 수 없었다. 전해 겨울에 조지는 거기에 공깃돌을 집어넣었다. 한쪽은 금빛 불꽃이 있는 뿌연 녹색이었고 또하나는 흑요석의 검은색이었다. 검은 눈이 들어가자 곰은 살아 있는 것처럼 보였다. 뿌연 녹색 눈은 어설라가 반쯤 눈이 먼 것 같은, 또는 다른 세상을 보는 것 같은 느낌을 주었다. 녹색 안의 금빛 불꽃은 마치 백내장 속에서 아주 작은 별들이 회오리치는 것처럼 보였기 때문이다. 조지는 사과를 한 입 베어물고 조를 지켜보았다. 조는 바닥깔개에 올라타고 곰을 타는 시늉을 하다가, 곰이 갑자기 풀쩍 뛰어오르기라도 한 듯 바닥깔개에서 굴러나왔다.

소란 좀 그만 피워라, 조, 캐슬린이 말했다.

조는 벌떡 일어나 웃음을 지으며 조지에게 다가오더니 바닥깔개를 가리키며 말했다, 조지, 저 어설라가 나를 물려고 노려보는 것 같아!

　조지는 토요일까지 기다렸다가 달아났다. 아버지의 수레에 프린스 에드워드를 묶고 짐승과 수레를 이끌고 도로로 나갔다. 고삐를 꽉 쥐고 노새 바로 옆을 걸으면서 소곤거리고 재촉하고 소리를 내지 못하게 했다. 집이 시야에서 사라지자 수레에 올라타 고삐를 잡아채며 히야, 아이야, 하고 말했다. 그냥 가죽줄을 가볍게 당기며 혀를 어금니에 갖다대 딱 하는 소리를 내는 아버지의 방식이 아니라 친구 레이 모렐 아버지의 방식이었다. 그는 조지가 전에도 들어보지 못했고 앞으로도 들어보지 못할 이상한 억양으로 말을 했으며, 지난 세기가 완벽하게 보존된—아니, 단지 보존만 된 것이 아니라 지금도 여전히 현실인—곳을 가리고 있는 짙은 안개로부터 걸어나온 사람 같았다. 레이의 아버지 에즈라는 황소 열여섯 마리를 소유하고 있었다. 그는 황소들을 몰 때, 히야, 히야, 아이들아, 또는, 잘해라, 그대 강아지들이여, 하고 말했다. 모렐 씨는 조지가 아는 사람들 가운데 그대라는 말을 쓰는 유일한 사람이었다.

　그래서 조지는, 히야, 아이야, 하고 말했고 프린스 에드워드는 간신히 눈치를 채고 마치 평소 가던 길이 아니고 평소 자신을 몰던 사람이 아니고 평소 자신에게 보내던 신호가 아니라는 것을 다 알고 있음을 보여주려는 듯 평소보다 느린 속도로 걷기 시작했다. 화창한 주말 아침, 열의 없는 노새에다가 수레 부피로 인해 늦어지는 속도라는 추가의 무게까지 더해지면서 조지가 은근히 그려보던 속도와 도주와 추격과 피신의 장면들은 희석되고 말았다. 이전 며칠 동안 학교에 있을 때면 조지의 머릿속에는 나무들이 쌩쌩 지나갔다. 나무줄기와 빛이 번갈아 획획 지나갔다. 사냥개들이 짖고 자리를 다투며 물가의 갈대와 부들 덤불을 지났고, 개들이 지나간 뒤에 줄기들이 양쪽으로 갈라지며 짐승 같은 자신의 머리가 바짝 긴장한 채 뾰족하게 물위로 반쯤 나타나는 것을 보았다. 그러나 지금 그는 환한 날빛 속에서 집채만큼이나 크고, 심벌즈가 가득한 옷가방만큼이나 시끄러운 수레 위에 앉아 느릿느릿 움직이고 있었다. 처음으로 그 많은 서랍에 뭐가 들어 있는지 궁금해졌다. 그는 수레에 있는 물품 목록이 자신의 머리에 막연하게 자리잡고 있다는 것을 깨달았다─솔, 대걸레, 냄비, 파이프, 양말, 멜빵, 광택제. 수레에 관해 생각할 때마다 그의 머릿속에 등장하는 딱 하나의 그림이었다. 그것은 마치 도로 이정표 게시판 광고처럼 떠올랐다. 간단하면서도 모든 것을 포괄했으며, 이제 조지는 그것이 엉성하게 왜곡되어 있다는 것도 깨달았다. 그는 수레의 옆면을 살펴보았다. 서랍을 무슨 나무로 만들었는지도 모르겠다, 조지는 생각했다.

친구 레이 모렐의 농장으로 들어가는 갈림길이 나오자 조지는 아무 생각 없이 그 길을 택했다. 그는 예전에 생선이나 고기를 저장하던 창고, 지금은 연장 헛간, 어쨌든 지금은 사용하지 않는 짝이 안 맞는 널빤지와 테와 손잡이며 나무나 쇠로 만든 날들을 두는 헛간으로 다가갔다. 각 물건은 쓸 데까지 쓰는 바람에 갈라지거나 닳거나 무뎌져서, 알뜰하고 가난한 농부들이 사는 시골에서도 가장 알뜰한 레이 아버지가 못질을 하거나 묶거나 망치로 다시 제자리에 집어넣더라도 그 나무나 쇠 조각이 원래 하던 일을 단 한 번도 더 해낼 수 없는 것들이었다. 저장 창고는 큰길에서 모렐의 집으로 가는 좁은 흙길을 따라가다 나오는 또하나의 갈림길 끝에 있었다(읍에서 멀리 떨어진 이곳에서는 큰길 또한 흙길이었지만, 그래도 단단히 다져지고 손질이 된 흙길이었다). 조지는 아무 생각 없이 갈림길에서 두 번 다 좁은 길을 택했다. 저장 창고는 그와 레이 모렐이 레이의 아버지가 시킨 일―우유를 짜거나 마당을 쓸거나, 또 가장 자주 한 일로는 레이 아버지의 거대한 황소들의 멍에를 풀고 먹이고 살피는 일―을 하고 나서 들어가 담배를 피우고 크리비지를 하고 이야기와 농담을 나누던 곳이었다.

(레이 모렐은 열두 살 나이에 이미 동정으로 늙은 까다로운 독신남의 분위기, 기념주화와 탁월풍을 알고 아버지가 늘 지하실

층계 밑에 감추어두는 병에 든 송진 같은 밀조 진에 벌써 맛을 들인 사람의 분위기를 풍겼다. 오랜 세월이 흘러 아무 어려움 없이 더 나은 술을 살 수 있게 되었을 때도 레이는 계속 가장 형편없는 진만 골라 샀고, 그러다 부은 간이 동작을 멈춰버렸다. 그는 사람들이 그가 어린 시절 자작농의 가난에서 생겨난 검약 습관 때문에 속을 버리는 싼 술 취향이 생겼다고 생각하는 것을 보고 슬며시 웃음을 지었다. 사실 그가 그런 술을 마신 것은 학교를 마친 오후에 벽의 판자 틈으로 햇빛이 먼지 긴 칼날처럼 쑤시고 들어오는 낡은 저장 창고에서 세상에 둘도 없는 친구 조지 워싱턴 크로즈비와 페인트 희석제로도 쓸 수 있는 밀주를 마시던 기억이 언제나 마음을 위로해주었기 때문이다.)

에즈라는 카운티 전역과 그 너머까지 무언가 큰 것을 끌어야 할 일이 있을 때 부르는 사람으로 알려져 있었으며, 이것은 많은 유치한 농담의 재료가 되었다. 그의 황소 가운데 가장 작은 놈도 어깨까지 높이가 180센티미터에 육박하고 가장 큰 놈은 225센티미터가 넘었다. 황소는 그가 아주 좋아하는 두 가지 가운데 하나였다. 또하나는 야구로, 그는 매주 신문을 보고 경기 결과를 확인하며 박스스코어를 몽땅 외운 뒤 밭을 갈거나 황소들에게 채찍질을 하면서(두 마리에서 부대 전체인 열여섯 마리까지 짝을 지어 빌려주었으며 부리는 일은 언제나 직접 했다) 타율과 타

점과 자책점을 혼자 중얼거렸는데, 옆에서 들으면 무작위로 고른 숫자들이 냇물처럼 흘러가는 것 같았다. 이 통계 가운데 에즈라 모렐에게 이모저모로 생각해보는 기쁨을 가장 많이 안겨준 것은 타율이었으며, 그래서 에즈라는 새로운 황소가 들어올 때마다 그 무렵 아메리칸리그에서 가장 타율이 높은 선수의 이름을 붙여주었다. 그 결과 그가 채찍을 휘두를 때면 에드 델러핸티, 엘머 플릭, 조지 스톤, 트리스 스피커, 조지 시슬러, 해리 헤일먼, 베이브 루스, 세 나폴레옹 라주아 가운데 하나, 여섯 타이 코브 가운데 하나(그에게는 황소의 수가 최고 타율 선수보다 많았기 때문에 선수들 이름이 바닥나면 다시 첫 이름으로 돌아가되 그 선수가 수위타자 자리에 오른 다른 해로 구분했다)가 괴로워하는 소리를 들을 수 있었다. 히야, 나폴레옹 1번, 그대 강아지여, 제대로 좀 해보시게, 에즈라는 그렇게 고함을 지르곤 했다. 그건 4할 2푼 2리의 행동이라고 볼 수 없잖네! 그러나 다른 스포츠팬들과는 달리 에즈라는 다른 사람과 시합 이야기를 나누는 데서 기쁨을 얻지는 않았다. 아들이 감히 위대한 코브가 지난 원정경기에서 얼마나 잘했느냐고 물으면 에즈라는 아들의 귀를 비틀며 말했다. 위대한 코브 3번이 또 외양간에 똥을 한가득 쌌다, 그대 수다쟁이 강아지여. 꼴 주는 거 늦어질라 어서 가서 치우기나 해라.

조지는 프린스 에드워드를 헛간 앞의 나무에 묶었다. 헛간 안은 바깥보다 외려 춥게 느껴졌다. 사각으로 통나무를 짜나가 만든 헛간 벽의 빈틈, 그리고 바깥 지붕널이 다 떨어져 바람에 날려가고 남은 지붕 판자들 사이의 이음매를 통해 햇빛이 흘러들었다. 지붕에서 흘러들어온 빛은 바닥을 향해 직사각형들을 떨어뜨렸지만 이 직사각형들은 내려오다 묵직한 서까래에 부딪혀 부서졌다. 서까래 몇 개에는 고기를 매달아 저장할 때 쓰는 갈고리가 여전히 달려 있었다. 서까래와 들보가 만나는 오목한 곳에는 버려진 제비둥지가 있었다. 둥지 바닥에는 먼지 덮인 새똥더미가 여전히 남아 있었다.

조지는 헛간 안에 서 있었다. 갑자기, 만일 집을 나가 달아나야 한다면 여기는 올 곳이 아니라는 사실을 깨달았다. 달아난다는 것은 멀리 간다는 뜻이었다. 그러나 그는 멀리 가본 적이 없었다. 프랑스혁명이나 섬터요새나 로마제국 같은 것들이 먼 것이었다. 어쩌면 500킬로미터 떨어진 보스턴도. 그는 이곳과 보스턴 사이의 500킬로미터에 무엇이 있는지 전혀 알지 못했다.

조지는 못통 세 개—두 개는 자신과 레이가 앉는 데 썼고 나머지 하나는 집에서 가져온 크리비지 판을 올려놓는 데 썼다—옆에 있는 재와 담배꽁초 더미를 쑤셨다. 아직 두세 모금은 빨 수 있을 만한 긴 꽁초가 눈에 띄었다. 그는 꽁초 끄트머리를 두 손가락으로 잡고 들어올렸다. 그러나 성냥이 없었다. 조지는 담배를 다시 꽁초 더미에 버렸다.

문 하나가 헛간 맞은편 벽에 세로로 세워져 있었다. 오래전에 타버린 옛 버튼의 집에서 가져온 것이었다. 5센티미터 두께의 떡갈나무로 만들어 덩치가 엄청났다. 경첩과 손잡이에는 도끼 자국이 있었다. 눈에 보이는 면은 불에 타 그슬리고 홈이 나 있었다. 조지와 레이는 헛간에 앉아 찾아낼 수 있는 것—담배만큼이나 둘둘 만 옥수수 껍질인 경우도 많았다—을 피우고 조지가 자기 집에서 훔쳐온 판으로 크리비지를 하면서 1906년 겨울 이야기를 하기 좋아했다. 그때는 눈이 4미터 가까이 쌓이고 해가 석 달 동안 비치지 않았다. 버튼은 정신이 홱 돌아 큰 도끼를 들고 집안에 들어가 모든 가구를 빠갠 뒤 부서진 조각들을 응접실 한가운데 쌓아놓고 등유를 잔뜩 부은 다음 성냥불을 갖다댔다. 그러나 문의 도끼 자국은 버튼이 낸 것이 아니었다. 문을 부수고 들어가 버튼 부인과 아이들을 구하려고 했던 자원봉사 소방대원과 이웃들(사실 그 둘은 같았다. 즉 모두 이웃이고 모두 자원 소방대원이었다. 불을 끄는 사람이면 그냥 소방대원이었으니까)이 낸 것이었다. 문이 너무 두꺼워 창문이나 뒷문을 뚫고 들어가야 한다는 것을 깨달았을 때에는 불길이 너무 거세 포치에서 뛰어내릴 수밖에 없었다. 그때, 그러니까 그들이 그 사실을 깨달았을 때, 문을 뚫을 수가 없다는 사실을 집단적으로 이해했을 때, 집 안에서 무언가가 폭발하는 바람에 문이 경첩에서 뜯겨나 밖으로 튕겨나오면서 문 앞에 있던 사람들을 들이받았다. 그 결과 사람들과 문은 앞쪽 진입로에 쓰러졌다. 그러니까 사람들은 땅바닥에 쓰러지고, 문은 사람들 위에 쓰러진 것이다. 지금 헛간에서 눈에 보이는 면이 불에 타며 연기를 내뿜고 있었다. 그러나 한 가지 중요한 점이 있었는데, 이것이 그 이야기를 자꾸 되풀이하는 이유이기도 했다. 마침내 불을 끄고 주검들을 찾아냈을 때, 부엌에 있는 톰 버든의 주검 외에 어른 한 명(여자로 판명되었다)과 아이 두 명의 주검이 버든의 커다란 더블베드의 철제 프레임(매트리스, 시트, 담요는 다 타버렸다)의 테두리 내에 웅크린 몸을 서로 바싹 붙인 채 발견된 것이다. 그들은 마치 낮잠이라도 자듯이 차분하고 평화로운 모습으로 파삭파삭한 덩어리가 되어 연기를 뿜고 있었다. 모든 이가 그들이 버든의 부인과 자식들이라고 생각하여 읍에서는 장례 준비를 시작했고 포터 씨는 관을 만들기 위해 타버린 주검들의 크기를 최대한 정확하게 쟀다. 그러나 그때 친정어머니를 만나러 우스터에 갔던 버든 부인이 자식들을 데리고 나타났다. 톰 버든이 꼭지가 돌아 집에 불을 지르던 오후에 그의 집에서 자고 있던 여자와 아이들이 누구인지는 끝내 밝혀지지 않았다.

조지는 세워진 문 뒤로 기어들어가 누웠다. 물린 손을 차가운 나무에 갖다대고 문이 타는 듯이 뜨겁다고, 엄청난 불을 가두고 있다고, 불이 문을 두드리고 그을다 점점 커져서 마침내 문을 경첩에서 떼어내 날려버렸다고 상상했다. 불이 문의 건너편을 쿵쿵 두드렸다. 조지는 손을 무릎으로 내렸다. 꽉 쥐어 주먹을 만들어보려 했다. 아직도 너무 아파 꽉 오므릴 수가 없었다. 다시 한번 그는 우선 아버지가 지상에서 그냥 사라지기를—죽는 것이 아니라, 어디에 갇히는 것이 아니라, 그냥 기적적으로 갑자기 존재하지 않게 되기를—바랐고, 이어 아버지 자신이 아이가 되어 자기 아버지한테 물리기를, 그래서 자기 아버지한테 공격당하는 것이 얼마나 끔찍한 일인지 직접 겪어보기를 바랐다. 그전 일주일 내내 조지의 감정은 아버지를 실제로 볼 때를 빼고는 이 두 가지 생각을 오갔다. 아버지는 그 주 내내 거의 집에 없었으며, 있을 때에도 걷어차인 개처럼 구석에 처박히거나 벽을 따라 움직이거나 문간 너머에만 머물렀다. 조지는 집안에서 아버지가 눈에 띌 때마다 자신이 미친 아버지를 두었다는 사실에, 그 아버지를 사랑하고 동정하고 미워한다는 사실에 화가 나 울음이 터져나오는 것을 참아야 했다. 그는 다친 손을 외투 안에 넣고 잠이 들었다. 반쯤 열린 입에서 작은 구름 모양으로 피어오른 숨이 곧 부서질 듯 위태롭게 위쪽으로 굴러가다 문에 부딪혀 부서졌다.

캐슬린이 하워드에게 조지가 집을 나갔다고 말했다.

하워드가 말했다, 어떻게 알아?

캐슬린이 말했다, 연장 헛간에 조만 혼자 두고 나갔으니까. 장작을 패지 않았으니까. 물을 긷지 않았으니까. 달라의 산수 공부를 도와주지 않았으니까. 프린스 에드워드와 당신 수레를 끌고 나갔으니까.

그가 말했다, 멀리 가지는 못할 거야. 그는 생각했다, 멀리 갈 수 있었으면 좋겠는데.

그녀가 말했다, 그런데 당신 수레가 없는데 오늘 장사는 어떻게 할 거예요?

그가 말했다, 캐슬린.

그녀가 말했다, 레번셀러네 가서 레이디 고다이버를 빌리면 되잖아요. 조지는 아직 3킬로미터도 못 갔을 텐데.

그가 말했다, 캐슬린. 하지만 그녀는 이미 집을 돌아 김을 뿜는 비눗물과 옷이 가득한 양철 빨래통으로 돌아가고 있었다.

조지가 집을 나간 것 같아.

그렇군.

그래.

글쎄, 나는 도무지.

나도 그래.

두 남자는 하늘을 보다가 이윽고 닭들이 종종걸음을 치며 모이를 쫀 곳을 따라 더러운 눈이 둥글게 원을 그리고 있는 흙 마당을 보았다. 잭 레번셀러는 입을 오므리더니 바람을 내뿜었다.

하워드는 레번셀러네 헛간 쪽을 보았다. 그곳은 커다란 차고라고 부르는 것이 더 정확했는데, 잭 레번셀러가 딸 에밀리를 위해 산 늙은 말을 두려고 고쳐놓은 곳이었다. 무조건 말을 한 마리 가져야겠다고 생각한 에밀리는 일주일 동안 식사 때마다 나감자 싫어, 말 갖고 싶어! 같은 말을 되풀이했다. 마침내 아버지는 열두 살짜리의 연극을 더 견디지 못하고 저 너머 덱스터의 말 농장으로 가 그곳에서 가장 싸고 가장 비루먹고 가만히 있어도 씨근거리는 말을 6달러에 샀다. 에밀리는 콧물이 질질 흐르고 귀에 딱지가 앉고 갈빗대가 통의 나무널처럼 드러나고 골반 또한 유난히 불거진 말을 보자 소리를 질렀다. 저게 뭐야! 그러자 아버지가 말했다. 저게 네 말인데 배가 좀 고파 보이는구나. 그리고 좀 추운 것도 같고. 사실이었다. 6월 말이고 기온은 25도가 넘었음에도 말은 떨고 있는 것 같았다. 잭은 뼈가 앙상한 엉덩이를 찰싹 두드리다가 털이 상당히 빠져버렸다는 것, 그리고 암말이라는 것을 알고 말했다. 이게 네 말이고 이름은 레이디 고다이버야. 자, 가서 물 한 통과 건초, 그리고 낡은 파란 담요를 갖다가 네 새 말을 돌봐줘라. 에밀리는 소리를 질렀다, 나는 저런 역겨운 동물은 싫어! 틀림없이 저건 탈 수도 없을 거야! 그러면서 딸이 그 비참한 짐승은 일절 상대하지 않으려 하는 바람에 아버지는 말을 사서 자기 집으로 데려온 순간부터 직접 돌봐야 했으며, 들어주는 사람만 있으면 자기가 들이는 시간이나 죽을 때까지 말을 먹여 살리느라 들이는 귀리를 생각하면 6달러보다 훨씬 큰 돈을 손해본 것이라고 불평을 했다.

하워드가 말했다, 레이디 고다이버—

잭이 말했다, 하루에 1달러야.

하워드가 말했다, 1달러라.

잭이 말했다, 귀리는 별도.

귀리는 별도라.

두 남자는 손을, 그리고 닭을 보았다.

어, 그냥 걸어가면 될 것 같군.

그럴 것 같아.

그래, 고맙네, 잭.

천만에, 하워드.

하워드는 캐슬린에게 레번셀러가 레이디 고다이버를 빌리는 데 1달러를 원해서 그냥 걸어가기로 했다는 말을 하지 않고 집을 지나쳐 계속 갔다. 그녀에게 그 말을 하면, 1달러면 대체로 그가 하루에 버는 돈, 나중에 컬런에게 비와 머리핀 값을 제하고 1, 2페니의 이윤을 챙겨주고 난 뒤에 그가 버는 돈의 두 배임에도 레번셀러에게 다시 돌아가라고 할 터였다. 그는 앞쪽 창문은 높이 솟고 회색 페인트는 벗겨져나가고 칠을 하지 않은 덧문은 썩어가는 모습으로 겨울 풀과 눈으로 이루어진 둥지에 앉아 있는 집을 지나쳤다. 밖은 밝고 안은 어두웠다. 지나가면서 눈 위에 손그늘을 만들고 식당 안을 들여다보았지만 식탁과 빈 의자들만 보였다.

하워드가 집이 보이지 않는 곳으로 멀어진 뒤, 캐슬린은 빨래를 중단하고 두 손을 앞치마에 닦고 집안으로 들어간다. 자신이 방으로 간다는 사실을 감출 필요가 없음에도 뒤꿈치를 들고 층계를 올라가 침실로 간다. 안으로 들어가 화장대 맨 아래 서랍을 연다. 화장대는 문간 바로 옆에 있다. 캐슬린은 서랍 뒤쪽을 더듬어 정신병원 브로슈어를 감춰둔 면양말을 꺼낸다. 양말에서 브로슈어를 꺼낸 다음 보지도 않고 화장대 위 한 구석에 잘 보이도록 놓아둔 뒤 빨래를 하러 돌아간다.

하워드가 아들을 찾는 것은 어렵지 않았다. 수레와 노새가 새로 만든 자국은 마당을 떠나 읍에서 먼 쪽으로 가고 있었다. 하워드는 도로를 따라 걸어가며 새로 내린 눈 위로 솟아오른 겨울 잡초들을 보았다. 하워드가 그때까지 알고 있던 것보다 종류가 많았다. 터진 꼬투리의 껍질이 파삭한 것도 있었고, 가시가 있는 것도 있었고, 원추형 꽃차례에 희끄무레한 혹이 달린 것도 있었다. 어떤 것은 서리에 질식한 듯 등이 부러져 허리를 굽히고 눈 속에 머리를 묻고 있었다. 줄기와 가지와 덩굴이 서로 얽힌 그물은 해골 같았다. 뼈가 가는 멸종한 벌레들의 화석을 늘어놓은 것 같았다. 한번 그렇게 보이자 그 모든 뼈가 해와 흙에 더럽혀져 원래의 살아 있는 하얀색에서 갈색으로 변한 것 같았다. 원래의 진짜 모습, 질긴 섬유질의 꽃과 씨를 흘리는 녹색은 짐작도 할 수 없었다. 하워드는 겨울 인간, 여름을 본 적이 없는 인간이 이 잡초들을 보면 그런 추론을 하지 않을까 하는 생각을 했다. 자신이 납골당을 보고 있다고 생각하지 않을까. 그 사람은 이것을 진실로 받아들일 것이고, 그런 잘못된 진실에 기초해서 세상에 대한 생각을 쌓아나갈 것이다. 그 가시 많은 생물들이 덤불과 들판을 헤쳐나가던 때에 관해 이야기를 지어내고 터무니없는 추측들을 이야기하고 논문을 발표하고 화려한 방에서 똑같이 격식을 갖추어 정장을 차려입은 진지한 사람들에게 이야기를 하고, 결론을 내릴 것이다. 모두 엉터리로. 하워드는 생각했다, 나는 저게 돼지풀인지 야생당근인지도 잘 모르겠다.

에즈라 모렐의 농장으로 가는 갈림길에 이르렀을 때 수레바퀴 자국이 농장 길을 따라 방향을 튼 것이 보였다. 슬픔, 실망, 아들에 대한 깊은 사랑의 순간이 찾아왔다. 그 순간 그는 아들이 정말로 탈출할 기회를 잡지 못한 것이 못내 아쉬웠다. 왜라든가, 그럴까 아닐까라든가, 누구라든가, 어떤 결과나 영향이 있을까 하는 문제들은 신경쓰지 않기를. 네가 네 뒤에 끌고 다닐, 아마도 주로 나 때문에 끌고 다닐 슬픔과 씁쓸함과 원한의 자취는 신경쓰지 않기를. 그저 네가 이 춥고 좁은 구역의 테두리 너머로 나아가는 데 성공했기를 바랄 뿐. 그래서 백만 년 뒤 고고학자들이 우리 세계의 층을 솔로 떨어내고 줄로 우리 방들의 경계를 표시하고 모든 접시와 탁자 다리와 정강이뼈에 꼬리표를 붙이고 숫자를 표시할 때 네가 거기 없기를 바랄 뿐. 그들이 찾아내 미성년 남성이라는 딱지를 붙일 유해에 네 것은 없기를 바랄 뿐. 네가 비밀이 되기를. 그들은 그 비밀의 존재 자체를 모르기에 비밀을 풀 생각 같은 것은 하지도 못하게 되기를 바랄 뿐. 하워드의 마음에 조지의 작은 손뼈를 살피는 고고학자의 모습이 떠오른다. 그는 동료들에게 한때 이 손의 주인이었던 소년은 다른 사람, 성인에게 물렸는데, 그것은 아마 어떤 야만적인 제의의 일환일 수도 있고, 이곳 사람들이 그 시절에는 지금까지 상상했던 것보다 훨씬 야생동물에 가까웠기 때문일 수도 있다고 설명한다.

하워드는 헛간에 들어섰다. 통나무를 짜 만든 벽 틈에는 원래 있던 풀과 진흙이 사라지고, 그후에는 일요일 신문에서 뜯어내 뭉쳐서 쑤셔넣은 만화 페이지들마저 사라져버려 그 틈으로 빛이 새어들어왔다.

조지. 어디 있니?

여기예요, 아빠.

어디?

여기요. 조지는 낡은 문짝 뒤에서 기어나왔다.

하워드의 눈이 헛간 안의 침침한 실내에 적응했다. 낡은 문짝 뒤에서 내다보는 조지의 얼굴이 보였다. 불이 기억났다. 여자와 아이들 이야기가 기억났다. 그는 생각했다. 내 아들이 폐허 뒤에 숨어 있다. 내 아들이 어떤 집의 마지막 타버린 상징 뒤에 숨어 있다. 집도 사람과 똑같이 유령이 될 수 있는데. 그가 이런 생각을 하는 것은 자신이 그 여자와 아이들을 상상할 때마다(사실 그들은 나에게 달라붙어 있다. 그는 생각했다. 유령은 그런 것이고, 그것이 유령이 하는 일이니까. 선반에서 접시를 떨어뜨리든, 밤에 문을 훅 불어 열든, 아니면 그냥 우리 마음속에 자리잡든 전부 유령이 하는 일이다) 그들이 그 집에 늘 있었고 그 집이 그들과 마찬가지로 이 땅에서 사라졌다는 것을 깨달았기 때문이다. 우리는 길게 파낸 도랑 안에 있는 해골에 관한 논문을 발표하는 사람들과 같았다. 우리는 그 뼈들이 애디 버튼과 아이들 것이라고 확신했지만, 사실 그렇지 않았다. 그리고 목재에서 재로, 아직 그것을 잊지 않은 사람들의 희미해지는 기억으로 변해버린 집의 마지막 흔적 뒤에 나의 아들이 있다. 만일 그 문이 우리보다 오래 살아남는다면 대부분의 것과 마찬가지로 또하나의 유물이 되겠지(어딘가에, 여기 말고 어딘가 의외의 장소에서—평원의 풀 속, 강어귀의 늪지 섬, 북극 크레바스 속의 다른 유물들 사이에서. 아마 아직 만들어지지는 않았고 지금 만들어지는 쪽으로 나아가고 있는, 만들어지는 쪽으로 끌려가고 있는 장소에서—아니 형성되고 있다고 해야 하나. 살아 있는 나무 속에, 지하의 두 지층 사이의 경계선 속에, 별과 검은 하늘 속에 잠복해 있고 또 늘 잠복해 있다는 의미에서 만들어지고 있다는 뜻이니까. 그러나 이때조차, 만들어지기 전조차, 이미 부서지는 것 또는 다시 만들어지는 것을 향해 쏜살같이 달려가고 있는 것인지도 모른다. 모든 것은 파괴되기 위해 만들어진다. 어떤 것이 경이롭다면 그것이 아직 파괴되지 않았다는 사실 자체가 경이로운 것이다. 아니다, 그는 생각했다. 어떤 것이 경이롭다면 애초에 만들어졌다는 사실 자체가 경이로운 것이다. 이 만들어지고 부서지는 엄청난 변화를 넘어 계속 유지되는 것은 무엇일까?)

내 아들이 여기 있다. 그렇게 이미 희미해지고 있다. 그 생각에 그는 두려움을 느꼈다. 그 생각이 찾아오는 순간, 그것이 사실임을 알았기 때문에 두려웠다. 아들이 그의 앞에 무릎을 꿇고 있음에도, 익숙하고 일상적인 모습임에도, 그애가 이미 희미해지고 얇어지고 있다는 사실을 갑자기 깨달았다. 아들은 그의 눈앞에서 희미해지고 있었고 이 사실은 불가피한 것이었다. 아직 어떤 현실적인 의미에서 희미해지는 과정이 시작된 것은 아니고 그 순간 그와 아들, 침침한 곳에 서 있는 아버지와 시커먼 문에 약간 가려진 채 무릎을 꿇고 있는 아들은 그 희미해짐이 시작되는 시점을 향해 나아가고 있을 뿐 아직 도착한 것은 아니라는 것 또한 하워드는 이해했지만, 그래도 달라질 것은 없었다. 하워드는 그 시점이 다가오고 있다는 것, 어떻게 된 일인지 자신이 그 존재를 미리 흘끗 보았다는 것을 분명히 알고 있었다. 마치 그 순간이 타버린 문이라도 되는 것처럼. 녹슬고 낡은 톱과 삽과 갈퀴들 사이에 기대어 헛간에 자리를 잡고 있지만, 그럼에도 아까 그 뼈를 가진 멸종한 생물들과 마찬가지로 상상할 수도 없고 알 수도 없는 물체라도 되는 것처럼.

어머니가 걱정한다, 조지. 돌아가야 해.

알아요, 아빠.

조지는 일어서서 아버지에게 걸어갔다. 하워드는 아들의 어깨에 잠시 손을 얹었다가 아이의 눈을 들여다보았다. 하워드는 무슨 말을 할 것 같았지만 이내 웃음을 지으며 손을 내렸다. 조지는 수레에 올라탔고 하워드는 프린스 에드워드의 끈을 풀었다. 노새는 하워드의 인도에는 순순히 응했으며 아버지와 아들은 아무 말 없이 수레를 몰고 집으로 돌아갔다.

다음날 저녁 하워드는 자신의 집을 지나친 뒤에야, 그날 아침 아내의 화장대 위에서 '메인동부 주립병원'이라는 곳을 안내하는 브로슈어를 보았다는 것, 아내가 자신을 거기에 보낼 계획이라는 것을 깨달았다. 그는 읍 중심가에서 벗어나 남쪽으로 가고 있었다. 집안 식탁에는 저녁이 준비되어 있었다. 모두 식탁에 앉아 그가 진입로 흙길로 들어서서 프린스 에드워드를 묶고 건초를 준 다음 안으로 들어와 기도하기를 말없이 기다리고 있었다. 그는 늘 이런 말로 기도를 끝맺었다, 하느님, 사람에게 자신의 일을 기뻐하는 것보다 더 나은 게 없다는 것을 알게 하소서. 아멘.

그는 그 자신에게 아무 말도 하지 않았다. 의식적인 생각이 그의 행동을 재촉하지 않았다. 마치 무엇을 할지 생각하며 하루종일 지낸 것처럼 행동에 말을 맞추었을 때는 이미 행동을 한 뒤였다. 그 행동이란 그의 가족을 네모난 액자처럼 둘러싸고 그들에게 황금빛으로 박(箔)을 입히고 있는 부엌 창문을 지나 그냥 수레를 몰고 가는 것이었다. 만일 하루종일 어떻게 할 것인지 생각을 했더라면 외려 그의 결심이 희석될 수도 있었다. 운명에 자신을 맡겨버렸을지도 몰랐다. 생각을 했더라면, 운명에 담긴 의미를 따지지 않고 그냥 그 운명을 받아들였을 것이다. 그러나 아내가 닭 요리가 담긴 접시나 뜨거운 빵이 든 바구니를 건네주면서 동시에 그를 병원에 넣을 계획을 짜는 것을 보고 있을 수는 없었다. 하워드는 그때까지 자신의 발작에 대한, 모든 것에 대한 그들의 침묵이 그녀에 대한 자신의 고마움과 자신에 대한 그녀의 의리를 나타낸다고 생각하고 있었다. 그들의 침묵이 서로 주고 또 받아들인 친절의 표현이라고 생각하고 있었다.

하워드와 그의 집 사이의 거리가 벌어졌고, 그와 동시에 그 거리가 시간이라도 되듯이 그를 그의 삶으로부터 격리했다. 수레에서 나는 동유와 등유 냄새 때문에 방과 층계가 떠올랐다. 그는 다시는 그곳으로 들어갈 수 없다는 것을 이미 알고 있었다. 그리고 그가 앉아 있는 곳, 청소하고 문지르고 기우고 정리하고 유지하기 위한 가정용품으로 가득찬 흔들리는 수레도 하나의 집이라는 것을 깨달았다. 나는 집에 앉아 있구나, 그는 생각했다. 그는 생각했다, 하느님, 사람에게 자신의 일을 기뻐하는 것보다 더 나은 게 없다는 것을 알게 하소서. 저는 두 가지 색깔의 구두약과 나무 탁자에 쓸 밀랍, 해면과 더러운 접시에 쓸 수세미만 갖추고 있으면 모든 게 다 좋다고 생각할 터이니, 하느님, 제가 우는 소리를 들으소서. 제가 양동이 영수증을 써주고, 현금을 받고 상의 호주머니에 밀주를 슬쩍 찔러주고, 사람들한테 저의 똑 부러지게 똑똑한 두 아들과 아름다운 두 딸 이야기를 할 때, 하느님, 제가 우는 소리를 들으소서. 달과 금성이 올빼미와 쥐를 다스리러 떠오른 뒤에도 노새를 녹초가 되도록 밀어붙일 때, 하느님, 저의 수치를 알아주소서. 저는 가족에게로, 제 아내, 제 자식에게로 돌아가지 않을 것이기 때문입니다. 제 아내의 침묵은 당신을 두려워하는 엄격하고 품위 있는 사람들의 인내가 아니기 때문입니다. 그것은 모욕의 고요, 원한의 고요입니다. 때를 기다리는 고요입니다. 하느님, 저를 용서하소서. 저는 떠납니다.

1월 초, 얼음이 녹고 하루종일 비가 내렸지만 석양 직전에 폭풍 구름이 지나가자 비는 나무들 속에만 내렸다. 눈에서 김이 피어올랐다. 해가 몸을 낮추면서 반은 자신으로 반은 다가오는 저녁으로 엮은 줄무늬로 세상을 덮자, 나무들은 반은 빛 속에 반은 어둠 속에 서 있었다. 하워드는 밤늦도록 프린스 에드워드를 몰았다. 노새는 다루기 어려웠다. 몇 번이나 방향을 반대로 틀려고 했다. 몇 번이나 발을 멈추고 전진하지 않으려 했다. 마침내 하워드는 굴복하고 이제 옛집이 되어버린 집으로부터 남쪽으로 30킬로미터 정도 떨어진 곳에서 밤을 보내기로 하고 수레를 멈추었다. 빈터를 보고 도로에서 벗어났는데 어찌된 일인지 그곳에는 이미 눈이 녹았고 수레를 세워둘 만큼 널찍한 원형의 풀밭도 있었다. 하워드는 프린스 에드워드를 풀고 꼴을 먹인 다음 그 자신도 그날 오후에 아껴둔 점심을 먹어 배를 채웠다. 집을 떠나는 문제를 의식적으로 생각하는 것은 스스로 막고 있었지만 그의 어떤 부분은 나중을 위해 햄샌드위치와 차가운 감자를 아껴두어야 한다는 것을 알고 있었던 것이다.

하워드는 수레의 뒷바퀴 한 짝에 몸을 기대고 촛불을 밝힌 하늘을 물끄러미 바라보다 자신이 켠 촛불을 돌아보며 촛불이 별빛으로 파랗게 변하면 좋겠다고, 별이 타오르는 심지처럼 금빛으로 변하면 좋겠다고 생각했다. 캐슬린과 아이들은 여전히 차가운 음식을 앞에 놓고 식탁에 앉아 있을까?

그래, 그가 그들에게 서커스 조랑말과 실크 드레스를 갖다줄 수 있다면 어떻게 될까? 반대로 재만 남기고 거친 모직 셔츠를 입히고 손과 발을 물어버린다면? 하워드는 둘 다 아내의 마음에 평화를 가져다줄 수 없을 것이라고 생각했다. 그녀의 경건함은 인내의 자세, 억압의 얼굴에 지나치게 의존하고 있었다. 붉은 리본도 난로의 재와 다를 것이 없었다. 그녀 자신은 오직 가장 물렁뼈가 많은 닭고기 조각, 탄 비스킷, 가장 푸슬푸슬한 감자만 먹으면서 아이들이 저능하고 히스테리가 있고 병약하다며 가지가지 불평을 하고, 그런 것들이 질 좋은 스테이크나 새 보닛이 없기 때문에 생긴 결과라고 암시하지만, 그것은 그저 핑계일 뿐이었다. 열두 코스의 연회 식탁을 앞에 둔 왕좌에 앉아 있다 해도, 그녀 앞에 하늘과 들에서 가져온 하느님의 모든 생물이 있다 해도, 그 생물들이 꼬챙이에 몸통을 꿴 채 구워져서 자신의 몸에서 나온 질펀한 즙에서 헤엄치고 있다 해도, 그녀는 접시에 가장 맛있는 음식을 잔뜩 쌓아놓은 다음 자식들이 그렇게 약한 것은 너무 잘 먹어서이며 아이들에게 정말 필요한 것은 차가운 포리지* 한 통과 흙한 대접이라고 한탄할 것이다.

하워드는 생각했다, 그게 사실이 아닐까? 머리를 조금만 움직여도, 왼쪽이나 오른쪽으로 한 걸음만 내디뎌도 우리는 지혜롭고 품위 있고 의리 있는 사람들에서 자만심 강한 바보로 바뀌는 것이 아닐까? 빛이 바뀌어 눈을 한 번 깜빡거린 다음 아주 약간만 다른 각도에서 세상을 보게 되어도 세상에서 우리의 자리는 완전히 달라지지 않는가. 해가 바닥이 벗겨지는 싸구려 접시를 비춘다—그럼 나는 땜장이가 된다. 달이 잎 없는 나무 둥지 안의 알처럼 빛난다—그럼 나는 시인이 된다. 화장대 위에 정신병원 브로슈어가 있다—그럼 나는 미치광이 간질병 환자가 된다. 집이 내 뒤에 있다—그럼 나는 도망자가 된다. 그의 절망은 자신이

---

* 오트밀을 물이나 우유로 끓인 죽.

바보라는 사실에서 온 것이 아니었다. 그는 자신이 바보라는 것을 알았다. 그의 절망은 아내가 그를 바보로, 쓸모없는 땜장이로, 2페니짜리 종교 잡지에서 엉터리 시를 베끼는 사람으로, 간질병 환자로 볼 뿐, 고개를 살짝 돌려 자신을 더 나은 무언가로 보려 할 이유를 전혀 찾지 못한다는 사실에서 왔다.

그는 수레 밑의 풀밭에서 잤다. 달이 떠올라 그의 잠자는 형체 위에서 호를 그렸다. 그가 텅 빈 방과 버려진 복도를 꿈꾸는 동안 밤은 자기 식으로 놀았다. 이리 몇 마리가 언덕에서 나왔다. 그들은 수레 둘레를 한 바퀴 돌며 코를 킁킁거리더니 어슬렁어슬렁 멀어졌다. 그는 새벽 직전에 잠을 한 번 깨 나무들 속에서 빛을 보았다고 생각했지만, 풀을 헤치고 올라간 약한 바람이 가지들 안으로 들어가 빛을 흩어버리자 다시 눈을 감았다.

그는 프린스 에드워드가 그의 머리 옆의 풀에 코를 대고 킁킁대는 소리에 잠을 깨고 얼른 모자를 움켜쥐었다. 노새가 전에 그의 모자를 벗겨 먹고는 속에 가스가 차서 앓고, 그는 뒤에서 해에 코가 타고 눈이 시려 눈물이 고인 적이 있었기 때문이다. 새들이 쨱쨱거리며 놀람과 경고의 휘파람을 주고받았다. 이른 시간이라 그가 누운 수레 밑의 풀은 아직 파란색과 회색과 자주색이었다. 수레 그림자 바깥의 눈은 파란색이었다. 떠오르는 해의 황금빛은 나무에 떨어진 빗물이 밤새 얼어 생긴 얼음 덮개에 굴

절되어 산들바람을 맞으며 은빛으로 반짝였다. 어찌된 일인지 수레 밑 하워드 옆의 풀밭에 밤새 버섯이 한 무더기 자라 있었다. 하워드는 버섯들을 살피다가 아무것도 없던 곳에서 그런 추위에도 불구하고 그렇게 짧은 시간에, 그렇게 크게 자란 것에 약간 놀랐다.

3

하워드는 조지에게 자신의 아버지 이야기를 한다는 생각을 해
본 적이 없었다. 하워드는 혼자 생각했다, 맞다, 그랬다. 아버지
는 늘 위층 방의 비탈진 천장 밑에 끼워넣은 호두나무 책상에서
글을 쓰고 있었다. 우리가 저녁을 먹을 때도 거기에 있었고, 내
가 공부를 할 때도 거기에 있었다. 아버지도 가끔 그 이야기를
했다. 아버지는 이렇게 말했다, 정말 이상한 일이야. 내가 여기
서는 콩을 먹고 있으면서, 저기에서는 또 설교를 써대고 있으니.
우리는 아무 말도 안 했다. 하지만 식탁에서 아버지 왼쪽에 앉아
있다가 일어나 아무런 장식이 없는 좁은 복도를 통과하여 이층
으로 올라가는 유일한 길인 좁은 층계를 올라가 서재로 가면, 거
기에서 등을 구부리고 일을 하고 있는 아버지를 보게 될 거라는

생각에 등골이 오싹하곤 했다. 가끔 저녁을 먹는 동안 내내 내가 책상에 있는 아버지와 식탁에 있는 아버지 사이를 계속 오가는 일종의 순환 고리 안에 들어가는 상상을 하기도 했지만, 늘 두 장소에 동시에 있을 수 있는 아버지의 능력과 오직 한 곳에밖에 있을 수 없는 나의 한계 때문에 뜻대로 되지는 않았다. 아버지는 이상하고, 부드러운 사람이었다.

바람 한줄기가 나무들을 헤치고 올라오며 합창 같은 소리를 내곤 했다. 그러면 꼭 숨 같았다. 꼭 숨소리 같았다. 초췌한 산들 뒤의 우묵하게 꺼진 땅에 늘어선 나무들 속 어딘가에 뇌우들처럼 모여 있다가 역시 뇌우들처럼 비탈을 타고 기어올라오는 수천 영혼들의 숨. 그 소리는 들을 수 없고, 전혀 들을 수 없고, 기압으로 느낄 뿐이었다. 그 앞에 압축된 모든 것처럼 소리 또한 수축해 있다는 것, 납작해져 있다는 것. 이것은 또한 볼 수 없었다. 전혀. 하지만 그 결과는 거의 볼 수 있었다. 물이 납작해지고, 그래서 거기서 나오는 빛의 각도가 바뀌고, 풀이 빳빳해지고, 그래서 녹색에서 은색으로 바뀌고, 제비들이 떠밀리듯이 웅덩이 위를 날다가 변화에 적응하면서 원래의 자리로 다시 돌아가고, 마치 바람이 자기가 가기에 앞서 무언가를 보내고 있는 것처럼. 내 목덜미에서 정수리에 이르기까지 머리카락이 쭉

빳 서고, 마치 기류가 통과하기라도 하는 것처럼. 기류가 내 머리 꼭대기에서 훌쩍 뛰어내릴 때면 나무에 등을 대고 있던 나는 진짜 바람이 목덜미를 타고 올라오면서 시작되어 내 머리카락과 물과 풀을 헝클어뜨리고 제비들을 빙빙 돌리는 것을 느끼곤 했다. 바람의 합창 같은 목소리가 우리 목구멍에서 이름 붙일 수 없는 그 모든 오랜 설움을 휘저어놓으면 우리 목소리는 목구멍 안에서 콱 막혀 잊어버린 옛 노래들의 음계를 따라 올라갈 수가 없었다. 아버지는 말하곤 했다. 잊어버린 노래는 사실 우리가 알지 못했던 노래란다. 알았던 기억이 있다고 생각할 뿐이지. 우리가 진짜로 해야 할 일은 우리가 그 노래들을 전혀 안 적이 없지만 동시에 그 노래들이 분명히 찬란하다는 점을 이해하는 것이야. 내가 수달을 쫓아 웅덩이를 가로지르거나 물 쪽으로 돌출된 땅 근처 쓰러진 전나무 옆에서 낚시를 할 때면 아버지는 처마밑의 책상에서 나한테 그런 말을 하곤 했다. 아버지의 목소리가 들리면 물 건너 나무들이 그리는 선 뒤로 간신히 희끄무레하게 보이는 우리집을 보곤 했다. 나는 그곳에서 아버지의 열린 창문이 어머니가 가정의 최소한의 예의라고 고집하여 걸어놓은 무늬 없는 하얀 커튼을 들이쉬고 내쉬고 있다는 것을 알고 있었다. 아버지는 내 귀에 대고 소곤거렸다. 끈과 병뚜껑과 깨진 잔을 가져와라. 사탕 껍질과 5센트짜리 동전과 매끈한 자갈을 가져와라. 떨어진 깃털과 자른 손톱을 가져와라. 옛 노래들이 또다시 우리의 작은 집을 흔들어 땅바닥에 주저앉혔으니 다시 지어야겠다. 웅덩이 건너 우리집은 깜빡거리다 꺼져버렸다. 사라져버렸다. 애초에 집이란 워낙 허약한 관념이었으니까. 그러면 나는 다시 건너편 물가에 서 있곤 했다. 거기서 우리집을 짓게 될 곳을 바라보았다. 우리가 숲을 걷어내고 기초를 파기만 하면 집을 지을 수 있는 그곳을.

저 차가운 은빛 물, 내 턱까지 오는 저 차가운 돌 같은 물속에 앉으면, 늪의 뒤얽힌 풀이 내 눈높이에 있으면, 그 고요한 물속에, 그 고요한 공기 속에 앉으면, 등뒤의 밝은 날이 눈앞의 어두운 맷돌 구름 뚜껑 아래에 있는 모든 것의 얼굴을 비추면, 북쪽에서 오는 폭풍을 지켜보고 있으면, 그 기분이 어떨지 어떻게 궁금하지 않을 수 있겠는가? 아버지가 내 귀에 소곤거리고 있다, 가만히 있어라, 가만히, 가만히. 그래도 너는 모든 것을 바꾸어놓고 만다. 네가 와서 물속에 무릎을 꿇기 전에 폭풍을 기다리던 늪은 어땠을까? 어떻다고 말할 것도 없었다. 이제 집에서 몇 킬로미터 떨어진 곳에서, 춥고 후회로 가득한 채, 집에 가면 엉덩이를 허리띠로 맞고, 냉대를 당하고, 평소보다 일을 더 하게 될 것을 확신하며 물을 떠난 뒤에 지켜봐라. 꼭 지켜봐라. 물이 너의 존재를 스스로 치유하는 것을 지켜봐라. 상처를 치료하는 것이 아니라, 네가 매질을 당할 위험을 무릅쓰고 다시 찾아올 경우에 자신을 다시 내어주려고 치유하는 것을 지켜봐라. 다음에는 하늘이 어둡고 나무와 돌이 밝은 것이 아니라, 하늘이 밝고 세상이 음울하다는 이유로 또 오려 하겠지. 아니면 바람은 없는데 비만 온다는 이유로. 아니면 바람이 불면서 해가 난다는 이유로. 아니면 면사綿絲처럼 보이는 구름들로 장식된 하늘에 별이 가득하다는 이유로. 의회에서 법안 천 개를 통과시킨다 한들 그보다 좋지는 않을 것이다.

오, 상원의원, 바지를 벗으시오! 넥타이를 푸시오! 각반을 삼가고, 저기 하루살이와 잠자리가 무리를 이루어 살고 개구리가 의원과 눈을 맞추는, 바닥에 미사가 깔린 얕은 세계로 들어가시오. 하느님이 의원에게 주신 세계에 반대하는 필리버스터는 중단하시오. 아우성, 창피스러운 버릇, 곧게 편다는 미명하에 실제로는 길을 구부리는 짓은 이제 그만두시오. 무어족과 힌두족, 줄루족과 훈족을 멸망시키려는 시도는 이제 그만두시오. 그래 봐야 의원에게 득이 될 것은 조금도 없소. 눈으로 보시오, 그리고 수호신이 되시오! 나는 숨 한 번으로 의원의 세계, 쇠붙이로 만든 기념비, 돌로 만든 기념비, 줄무늬가 있는 화려한 넝마를 흩어버릴 것이오. 그것들은 볼링 핀과 구주희* 핀들처럼 흩어질 것이오. 촛대에 꽂힌 촛불을 끄는 것이 그보다 더 힘들 것이오. 푸우! 자, 의원은 사라졌소.

아버지가 일요일에 하는 설교는 부드러우면서도 모호했다고 할 수 있다. 신도석에 허리를 세우고 앉은 사람들은 졸다 잠이 들기 일쑤였고 이 구석 저 구석에서 코고는 소리가 들리는 일도 적잖았다. 아버지의 목소리는 느릿느릿 이어지며 들판의 모든 작은 생물의 중요성을 이야기한 뒤 거의 모든 기어가는, 헤엄치는, 날아다니는 짐승을 기억나는 대로 다 열거했고, 그런 다음 다시 그것들이 하느님의 다른 어떤 피조물 못지않게 중요하다고 반복했다. 그리고 곡물 창고의 쥐를 생각해보세요, 아버지는 그렇게 말하곤 했다. 그리고 까악까악 우는 까마귀, 그리고 견과를 모으는 다람쥐를 생각해보십시오. 그들 또한 하느님의 피조물 아닙니까? 그리고 여기저기 뒤지고 다니는 래쿤도.

이런 서툰 설교와 아버지가 비탈진 지붕 밑에서 쓰는 정열적이고 심지어 강박에 사로잡힌 듯한 글은 전혀 조화를 이루지 않았다. 하지만 아버지가 서재에서 글을 쓰는 시간이 늘어나면서

---

* 현대 볼링의 전신.

설교는 점점 형편없어지다 마침내 두서없는 웅얼거림이나 다를 바 없는 것으로 변해갔다. 실제로 귀를 기울여 들으면 설교 여기저기서 예언자 이름이 툭툭 튀어나오기도 하고, 시편이나 장이나 절을 인용하는 말이 들리기는 했다. 그러나 읍 사람들은 그런 웅얼거림을 오래 참지 못했다. 처음에는 에움길을 매우 좋아하는 지성을 갖춘 사람이 틀림없다고 생각했고 심지어 그리스도를 흉내내어 우화를 이야기하듯 설교하기를 좋아하는 것 같다고 생각하기도 했지만, 곧 지겨워져서 불평을 하기 시작했다. 처음에는 신중한 편지로, 이어 교회에서 나오는 길에 직접 아버지한테. 아버지는 이런 비판에 진짜로 놀란 반응을 보였다. 아버지의 마음에는 정말로 있던 것이 설교에는 들어가지 않은 것에 충격을 받은 듯했다. 이럴 수가, 그린리프 부인, 아버지는 말하곤 했다, 설교가 마음에 안 드셨다니 정말 죄송합니다. 길은 좁지요. 내가 흔들렸나보군요. 아버지는 그렇게 말하곤 했고 혼란에 빠진 표정이었다. 이것이 아버지가 어떤 식으로든 우리 세계로부터 풀려나 이미 멀리 떠내려가고 있었음을 보여주는 첫번째 표시였다.

마침내 신도들이 큰 불안을 느낀 나머지(아버지가 설교를 하다가 분명 어느 대목에서 사실 악마도 결국 그렇게 나쁜 것은 아니라는 이야기를 했던, 특히 당혹스러웠던 일요일 아침 예배 뒤에) 새로운 목사의 악화되어가는 상태를 논의하기 위한 특별 모임을 요구했다. 아버지가 집사와 신자들을 만나기로 한 수요일 아침, 어머니는 아버지의 옷을 입혀주다시피 해야 했다. 아버지는 창백한 얼굴에 면도도 하지 않았다. 꼭 아이처럼 보였다. 어머니는 아버지를 보며 소리쳤다, 뭐하는 거예요? 우리는 당신 모임 때문에 교회에 가야 해요. 어쩌면 좋아, 하느님, 어쩌면 좋아요. 아버지가 악화되던 기간 내내 어머니는 그런 식으로 속을 드러낸 적이 없었다. 그저 식사를 준비하고 다리미질을 하고 살림을 했다. 처음에는 아버지가 좀 부진한 상태라고, 설교는 무력한 반면 설교 준비에 들이는 시간은 점점 길어지는 것이 어느 성직자의 이력에서나 볼 수 있는 자연스러운 밀물과 썰물의 한 부분이라고 믿었던 것 같다. 어쩌면 아버지가 일종의 건강한 신앙 위기를 겪고 있고, 거기에서 빠져나오면 믿음도 새로워지고 신념도 전보다 강해질 것이라고까지 믿었을지도 모른다. 어머니가 무슨 생각을 했는지는 몰라도 어쨌든 그것을 입 밖에 꺼낸 적은 한 번도 없었다.

어머니는 마침내 간신히 면도를 시키고 옷을 입혀 아버지를 교회로 데려가면서 나에게 학교에 가지 말고 집에서 집안을 정리하면서 기다리라고 명령했다. 어머니와 아버지가 떠난 뒤 나는 부엌 식탁에 앉아 역사 교과서를 꺼내 학교에서 공부하던 나폴레옹에 관한 장을 펼쳤다. 백마를 타고 뽑아든 검으로 보이지 않는 적을 겨누며 공격을 이끄는 나폴레옹의 그림이 있었다. 나는 교과서에 집중할 수가 없었다. 아버지가 걱정되었으니까. 아버지는 병(그때 처음으로 내 마음에 떠오른 단어였는데, 나는 그 말에 충격을 받고 갑자기 겁에 질렸다)에 걸린 기간 내내 나에게 전과 다름없이 상냥하면서도 어느 정도 거리를 두는 태도를 보였다. 그러나 얼마 전부터 아버지가 어떤 그리움 같은 것이 깃든 표정으로 나를 보는 것이 느껴졌다. 나를 보는 것이 아니라 나의 그림이나 사진을 보는 것 같다는 느낌, 나를 기억하고 있는 것 같다는 느낌이 들었다.

마치 아버지가 그냥 희미해져버리는 것 같았다. 점점 눈에 보이지 않게 된 것이다. 어느 날 나는 아버지가 책상 앞 의자에 앉아 글을 쓰고 있다고 생각했다. 분명히 종이에 무언가 휘갈겨쓰고 있었다. 하지만 사과를 따 담을 봉투가 어디 있느냐고 묻자 아버지는 사라져버렸다. 아버지가 정말 거기에 있었던 것인지, 애초에 내가 어떤 미적거리는 잔상을 향해 질문을 한 것인지 알 수 없었다. 어쨌든 아버지는 세상으로부터 점차 새나갔다. 처음에는 그냥 흐릿해지거나 주변으로 밀려나는 것 같았다. 하지만 어느새 옷을 제대로 걸칠 만한 골격도 갖추지 못하게 되었다. 어머니가 시켜서 상자에 앉아 콩깍지를 까거나 감자 껍질을 벗기고 있을 때 아버지가 뒤에서 질문을 던져서 대답을 했는데도 아무런 대꾸가 없어 뒤를 돌아보면, 문틀에 마치 장난꾸러기 아이가 갖다놓은 것처럼 모자나 허리띠나 구두 한 짝이 놓여 있곤 했다. 마침내 아버지를 전혀 볼 수 없는 날이 찾아오고야 말았지만 그래도 그림자나 빛의 짧은 교란에서, 또는 내가 차지하고 있던 공간에 갑자기 뭐가 더 들어찬 듯 약간 늘어난 압력으로 아버지를 느낄 수 있었다. 또는 아버지의 순모 겨울 외투로 눈이 녹아드는 것 같은, 철에 어울리지 않는 냄새를 희미하게 맡기도 했다. 그 냄새를 맡은 때는 델 듯이 더운 어느 8월의 정오였다. 그 무렵 내가 회상이 아니라 분명히 다른 존재로서의 아버지를 몇 번 느꼈을 때처럼, 아버지는 엉뚱한 순간에 내가 있는 이 세계를 한번 살펴볼까 생각하다가 아버지가 있던 어떤 겨울의 장소에서 공교롭게도 곧장 삼복더위 속으로 들어와버린 것 같았다. 그러나 그렇게 오고 나면 아버지는 희미해져버려야 하는 운명만, 자신이 엉뚱한 곳을 찾아왔다는 사실만 확인하는 듯했다. 그래서 이런 소스라치게 하는 방문 동안 나는 아버지를 볼 수 없었지만, 아버지가 놀라고 당황하고 곤혹스러워하는 것은 느낄 수 있었다. 있었다는 사실조차 잊고 있었던 형제를 갑자기 꿈에서 만나거나 몇 시간 전에 멀리 떨어진 비탈에 두고 온 갓난아기가 갑자기 기억날 때처럼. 어쩌다 다른 일에 한눈을 팔았을 때, 어쩌다 다른 삶을 믿게 되었을 때 그런 태만이 생기잖는가. 그러나 그런 끔찍한 기억, 그런 갑작스러운 재회의 충격은 자신의 태만을 탓하는 슬픔에서 오기도 하지만 다른 어떤 것을 어떻게 그렇게 철저하게, 또 어떻게 그렇게 빨리 믿어버리게 되었나 하는 당혹감에서 오기도 한다. 사실 우리가 처음 꿈꾸었던 그 다른 세상은 비록 현실은 아니지만 그래도 늘 더 낫다. 그 세상에서는 연인을 차버리지도 않았고 아이를 버리지도 않았고 형제에게 등을 돌리지도 않았으니까. 아버지가 우리에게서 떨어져나갔듯이 세상은 아버지에게서 떨어져나갔다. 우리는 아버지의 꿈이 되어버렸다.

또 한번은 지하실에 둔 나무통에서 아버지가 사과를 더듬는 것을 보았다. 어둠 속이라 간신히 분간할 수 있을 뿐이었다. 아버지가 사과를 한 알 잡으려고 할 때마다 사과는 아버지 손에서 빠져나갔다. 아니, 아버지가 사과에서 빠져나갔다고 해야 할까. 아버지의 손아귀 힘은 창문 틈으로 스며드는 바람보다 강하지 않았기 때문이다. 아버지는 한 번 잠시 집중하는 것 같더니 사과더미 꼭대기에 있던 사과 한 알을 움직이는 데 성공했다. 하지만 그 사과는 다른 사과들의 등을 따라 굴러내리다 통 입구에서 멈추고 말았다. 설사 나의 약한 두 손으로 사과를 집어들 수 있다 해도 내 사라져가는 이로 어떻게 그것을 깨물 수 있으며 내 공기 같은 창자로 어떻게 그것을 소화시킬 수 있겠는가 하는 느낌이었다. 나는 이것이 나 자신의 생각이 아니라 아버지의 생각임을,

심지어 아버지의 생각들조차 그의 이전 자아에서 새고 있음을 깨달았다. 손, 이, 창자, 심지어 생각까지도 모두 그저 대체로 인간 조건의 편의에 따른 것일 뿐인데, 아버지는 인간 조건으로부터 물러나고 있었기 때문에 그런 고유의 것들도 어떤 알 수 없는 거품으로 돌아가고 있었다. 그 거품 속에서 그것들은 별이나 허리띠 버클, 달 먼지나 철로의 대못이 되는 임무를 다시 부여받을지도 몰랐다. 어쩌면 이미 다 그렇게 되었고 아버지가 희미해져가는 것도 그것을 깨달았기 때문인지도 몰랐다. 이런, 나는 행성들과 나무, 다이아몬드와 오렌지 껍질로, 지금과 그때로, 여기와 저기로 만들어졌구나, 내 피 속의 철은 전에는 로마 쟁기의 날이었구나, 내 두피를 벗기면 고대 선원이 심심풀이로 새겨놓은 무늬로 덮인 두개골이 보이겠구나, 그 선원이야 자기가 내 두개골에 홈을 파고 있는지 몰랐겠지만―맞아, 내 피는 로마의 쟁기이고, 내 뼈에는 바다의 씨름꾼이자 대양을 달리는 자라는 뜻의 이름을 가진 사람들이 무늬를 새기고 있고, 그들이 그리는 그림은 계절별 북방의 별자리이고, 내 피가 흙을 가를 때 그것을 곧게 유지해주는 사람의 이름은 루치아노이고, 그는 땅에 밀을 심을 것이니 나는 이 사과, 이 사과에 집중할 수가 없어, 이 모든 것의 유일한 공통점은 내가 아주 깊은 슬픔을 느낀다는 것, 이것은 사랑일 수밖에 없다는 거야, 그들은 무늬를 새기고 쟁기질을 하는

중에 나무통에서 사과를 집으려 하는 환영 때문에 집중이 안 되어 곤란해하고 있어. 나는 고개를 돌리고 다시 층계를 올라갔다. 아직 흙에서 빛으로 완전히 돌아가지 못한 아버지가 혹시라도 당황할까봐 삐걱거리는 계단 몇 칸은 건너뛰었다.

어머니가 4월의 어느 이른아침에 아버지가 옷을 입는 것을 도와주었다고 상상해보라. 밖은 어둡고 바람이 불었다. 마치 구름에서 끌로 파낸 조각이 떨어지듯이 하늘에서 눈보라가 소용돌이치며 내리쏟아지고 있었다. 비가 오고 바람이 불고 강과 호수는 물이 불어 둑 너머로 퍼져나갔기 때문에 우리 셋은 나흘 동안 함께 집안에 있었다. 이틀 전 밤에는 심지어 올드 새버티스가 카누를 타고 노를 저어 우리집 뒤의 숲을 가로지르는 것이 보이기도 했다. 아버지는 허리가 굽어서 혼자서는 재킷에 팔도 꿸 수 없었다. 어머니가 도와주었지만 아버지가 재킷 소매를 팔 위쪽으로 너무 많이 잡아당기는 바람에 재킷 소매가 셔츠 소매를 끌고 팔꿈치까지 올라가버렸다. 아버지의 머리가 흔들렸다. 아버지와 어머니가 외투를 붙들고 씨름하는 동안 아버지의 챙이 넓은 모자가 밀려서 이상한 각도로 기울어졌고, 그 바람에 어머니는 마치 허수아비에게 옷을 입히려 애쓰는 사람처럼 보였다. 어머니는 속이 타 간절한 목소리로 말했다, 아, 목사님, 모자는 마지막에 써야 된다는 걸 아시잖아요. 아버지는 목이 마른 것 같았고 물을 찾는 것처럼 입안에서 혀를 움직였다.

어머니가 두 사람의 침실이 아니라 응접실에서 아버지의 옷을 입혔고, 예를 들어 아버지가 과부들을 위로하던 방에서 내가 아버지의 가늘고 창백한 벌거벗은 두 다리를 보고 겁을 먹었다고 상상해보라. 두 창의 블라인드는 내려져 있고 어머니는 램프를 켜지 않았다. 그래서 두 사람은 블라인드 테두리에서 방으로 들어오는 희박한 빛 속에서 애를 쓰고 있었다. 나는 부엌 문간에 서서 두 사람을 지켜보았다. 아버지는 엄청난 굴욕을 당하고 있었지만 나는 무력하여 아버지를 원래 모습으로 되돌릴 수 없었다. 아버지와 어머니가 어둠 속에서 아버지를 옷 안에 넣으려고 씨름하는 광경은 은밀하고 끔찍해 보였다. 하지만 방을 가로질러 걸어가 블라인드를 걷어 그들에게 약하지만 걸러지지 않은 빛이 쏟아지게 하는 것은 더 나쁘게 느껴졌다. 어둠 속에서 해체되도록 내버려두는 것이 아버지에게 해줄 수 있는 최소한의 것 같았다.

아버지가 옷을 다 입자 어머니는 아버지에게 부엌 쪽을 가리켰다. 두 사람은 반쯤 포옹한 듯한 자세로 나란히 걸었다. 어머니는 한 손으로 아버지의 등을 문지르고 다른 손으로 아버지의 한 손을 잡은 채 아버지를 달래며 이끌어주었다. 아버지에게 작은 소리로 중얼거리고, 아버지가 자기 발에 걸려 넘어지지 않도록 아버지의 두 발을 지켜보았다. 나는 뒷걸음질로 부엌으로 물러났고 문을 통과한 어머니는 나를 보고 말했다, 오늘 아침은 네가 차려 먹어야겠다, 하워드, 나는 목사님을 모셔가야 하니까. 아버지는 나를 보고 마치 거리에서 친구의 지인을 처음 만났을 때처럼 고개를 끄덕였다. 어머니가 바깥문을 열자 빛이 안으로 쏟아져들어오며 윤곽을 새로 새기는 바람에 부엌에 있는 모든 물건이 마치 고대의 유물처럼 보였다. 나는 옛날 사람들이 쇠 프라이팬이나 밀방망이를 가지고 도대체 무엇을 했는지 상상할 수 없었다. 문밖, 우리 마당 너머 길가에 남자 넷이 검은 외투에 검은 모자 차림의 남자 넷이 어머니와 아버지를 기다리고 서 있었다. 아버지의 친구들, 교회에서 온 사람들이었다. 나는 문간에 서서 어머니와 아버지가 그들에게 다가가는 것을 지켜보았다. 그들은 두 사람을 둘러싸더니 말 네 마리가 끄는 마차로 함께 갔다. 마차는 예의를 갖춰 거리를 둔 채 기다리고 있었고, 마차를 모는 사람은 누군지 알아볼 수 없었다. 다시 불기 시작한 바람과 다시 내리기 시작한 눈비를 피하려고 외투와 목도리 속에 몸을 웅크리고 있었기 때문이다. 사람들은 아버지를 부축하여 먼저 마차에 타게 하고 그다음에 어머니가 타는 것을 도와주었다. 평상시에 관례로서 준수되던 순서를 뒤집은 이 광경이 내게는 어떤 마지막 같은 참담한 느낌을 주었다. 마부가 고삐를 낚아채자 말들이 앞으로 몸을 쑥 내밀며 진창 속에 발을 내딛기 시작했다. 그러나 말들이 마차를 몇 미터 끌고 나서야 바퀴가 힘을 받아 돌기 시작했다. 마차와 시커멓게 웅크린 일곱 사람은 마당 모서리를 통과하여 나무들 사이로 사라졌다. 그것이 내가 마지막으로 본 아버지의 모습이었다.

다음날 아침 부엌에 내려갔더니 어머니가 팬케이크를 만들고 있었다. 식탁의 내 자리에 앉았을 때 아버지의 식기가 놓여 있지 않은 것이 눈에 들어왔다. 나는 보통 아버지 왼쪽에 앉았고, 어머니는 함께 식사를 할 때는(아침에는 한 번도 함께 식사를 하지 않았지만) 아버지 건너편, 식탁의 맞은편 끝에 자리를 잡았다. 내가 물었다. 아빠는 어디 계세요? 어머니는 식사를 준비하다 동작을 멈추었다. 한 손에는 주걱, 다른 손에는 행주에 싸인 쇠 프라이팬 손잡이가 들려 있었다. 하워드, 어머니가 말했다. 목사님은 가셨다. 부엌의 창들은 모두 서쪽을 향하고 있었기 때문에 아침에는 어둠과 함께 물러나는 마지막 구름과 마당 너머 숲 가장자리의 나무들에 반사된 빛만 부엌으로 들어왔다. 나는 아버지가 죽은 꿈을 꾸는 느낌이었다. 깨어 있는 세계의 명백한 사실이라기보다는 진짜로 일어날 때를 대비한 일종의 리허설이라는 느낌. 그 시기에는 꿈과 실제를 구분하는 것이 어려웠다. 아버지가 내 방으로 들어와 나에게 입을 맞추고, 몸을 심하게 뒤척이는 편인 내가 바닥에 떨어뜨린 담요를 덮어주는 꿈을 자주 꾸었기 때문이다. 그런 꿈에서 나는 잠을 깨고 아버지를 보며 아버지가 나에게 아주 귀중한 존재라는 압도적인 느낌에 사로잡혔다. 아버지가 한 번 죽었기 때문에 나는 아버지를 잃는다는 것이 어떤 의미인지 이해하고 있었으며, 이제 아버지가 돌아왔기 때문에 나는 아버지를 잘 보살피겠다고 결심하고 있었다. 아빠, 나는 그런 꿈에서 아버지한테 말했다. 여기서 뭐하세요? 나 아직 안 갔는데, 아버지는 익살스러운 말투로 말하곤 했다. 그것이 꿈에서만 들을 수 있는 말투라는 것을 알았어야 했는데. 내가 자주 원했음에도 아버지는 생시에 한 번도 그런 말투를 사용한 적이 없었으니까. 그럼 이번에는 아버지가 편히 계시도록 우리가 알아서 잘할게요, 나는 그렇게 말하며 아버지를 끌어안곤 했다.

하지만 뭐냐, 이 입이 건 수다쟁이야? 네 황량한 바람이 내 심장 속에서 타오르는 불길을 끌 수 있을까? 천만에! 내 불은 다 타버리고 꺼질 수 있는 것이 아니다. 네 풀무에서 나오는 바람은 부채질만 할 뿐, 그래서 내 불은 더 밝게 더 뜨겁게 더 확실하게 타오르기만 할 뿐.

나는 숲에서 아버지를 찾기로 했다. 숲을 걸을 때는 아버지의 낡은 장화를 신었다. 너무 커서 발을 거기에 맞추려면 양말을 세 켤레나 신어야 했다. 아버지의 낡은 고리버들 통발에 점심을 담아 어깨에 메고 갔다. 아버지의 챙이 넓은 모자도 썼다. 가스파네 작은 옥수수밭을 통과할 때는 줄기에서 열매를 하나 따서 껍질을 벗기며 속에 가지런히 박힌 아버지의 이를 찾는다고 상상했다. 옥수수 알은 희고 깨끗했지만 아버지의 이처럼 닳은 상태였다. 옥수수수염이 아니라 아버지의 머리카락이 이를 감싸고 있었다. 숲을 걸어가면서는 자작나무 껍질을 벗긴다고 상상했다. 바깥 껍질들은 피부처럼 나긋나긋했다. 우선 나무가 느껴질 때까지 껍질을 깐다. 그런 다음 나무에 칼끝을 박고 단단한 것에 닿을 때까지 날을 깊이 밀어넣는다. 그리고 아래위로 조금 찢은 다음 좌우로 한 번에 2, 3센티미터씩 벌려, 줄기 한가운데 박힌 긴 뼈를 찾아낸다. 개울 바닥에서 평평한 바위를 당겨올린다고 상상했다. 나무에 올라가 수액에서 아버지의 자취를 맛본다고 상상했다. 나는 나 자신을 그런 식으로 생각했다. 아버지가 늘 설교에서 말하던, 깊고 은밀한 곳에서 나오는 '네'라는 대답을 찾고 있는 사람으로. 그것이 아버지 자신의 생각이었는지 무슨 책에서 읽은 것이었는지는 전혀 알 수 없었지만. 나는 우리가 함께 갔던 여러 곳을 헤매고 다녔지만, 곧 나도 모르게 태그호수의 물이 흘러나가는 유출구 쪽으로 걸어가게 되었다.

봄비 때문에 버려진 물자 수송용 흙길을 따라 깊이 파인 바큇자국에 물이 고여 있었다. 물은 정강이까지 왔으며 쇠와 크림의 색이 섞인 색깔이었다. 하워드는 이따금 웅덩이를 걸어서 통과해야 했다. 웅덩이가 길 전체의 폭을 넘어 숲까지 뻗어 있었기 때문이다. 웅덩이 안을 걸으면 발이 바닥에서 뿌연 녹 빛깔의 진흙 구름을 차올렸고, 구름에서는 빠르고 허술한 진화 과정을 방해받은 밝은 녹색 올챙이떼가 뿜어져나왔다. 하워드의 왼쪽 숲속 어딘가에서 도가머리딱따구리가 딱딱 두드려대는 소리가 들렸다. 하워드는 길을 벗어나 그 새를 찾으러 갈까 생각하다 그만두었다. 금속 빛깔 물에 잠기지 않은, 도로의 솟아오른 등뼈에는 풀이 덮여 있었다. 하워드는 이 좁은 길을 따라 걸어갔다. 원래는 대체로 곧은 길이었지만 사람들에게 버림받은 뒤로 오랜 세월에 걸쳐 숲이 바꾸어놓았다. 긴 토막을 왼쪽이나 오른쪽으로 밀기도 하고 구부리기도 하고 위에서 에워싸기도 하여, 길을 걷는 것이 아니라 굴을 통과하는 듯한 느낌이었다. 하늘에서 많든 적든 빛이 스며들었다. 단풍나무와 떡갈나무와 자작나무 가지들이 도로를 가로질러 서로 몸을 기대며 엉켜 거의 구분이 되지 않았고, 잎들도 서로 섞여 마치 공동의 가지를 공유하고 있는 것처럼 보였다. 함께 얽힌 채 여러 철을 나면서 서로 접이 붙어 여러 종의 잎을 생산하는 단일한 식물이 되어버린 것 같았다. 빛은 하워드의 머리 위 덮에 걸려 푸짐하게 부서지며 반짝였다. 그 얽힌 곳을 뚫고 풀까지 내려오는 빛 방울은 거의 없었다. 하워드는 빛이 밑으로 쏟아져내려 땅 위에 웅덩이를 이루는 곳은 딱 두 번 지났다. 한번은 말라버린 커다란 떡갈나무가 서 있는 곳이었고 또 한번은 더 가서, 번개가 거대한 가문비나무를 쪼개놓은 곳이었다.

길의 끝처럼 보이는 곳은 사실 왼쪽이나 오른쪽으로 방향을 트는, 아래로 꺼지거나 위로 조금씩 올라가는 전환점일 뿐이었다. 구름들은 나뭇가지들로 이루어진 지붕 위에서 거의 눈에 띄지 않고 움직이며 햇빛을 한껏 드러냈다 가렸다 흩었다 반사했기 때문에, 그래서 빛은 반짝거리다 똑똑 듣다 분출하다 퍼붓다 맴을 돌았기 때문에, 바람이 나풀거리는 잎과 꿈틀거리는 풀들 사이에서 다시 빛을 흩어놓았기 때문에, 이 모든 효과가 합쳐져 하워드는 마치 만화경 속을 통과하는 느낌이었다. 눈앞에서 하늘과 땅이 뒤집혔다가 다시 뒤집히며 원을 그리는 것 같았다. 땅이 하늘 위로 올라가면 잎과 날카로운 창 같은 풀과 야생화와 나뭇가지가 푸른 빛 속으로 떨어지고, 다시 아래로 굴러내려와 원래 있던 자리로 돌아오면 하늘에서 떨어져내리는 구름과 빛과 바람과 해를 받아들였다. 하늘과 땅은 원래 속했던 곳으로 갔다가, 나란히 놓였다가, 뒤집혔다가, 다시 바로잡히며 이음새도 없는 하나가 되어 소리 없이 뱅뱅 돌았다. 부주의한 짐승들이 이 복잡하게 얽혀돌아가는 수풀 속을 헤쳐나갔다. 새와 잠자리가 잔가지 위로 떨어졌다가 다시 하늘을 향해 날아올랐다. 여우들이 소리 없이 구름 위를 걷다가 멈칫하지도 않고 곧바로 숲 바닥을 걸었다. 올챙이 꼬리 수천 개가 물의 천장에서 꿈틀거리며 내려가 다시 진흙탕 둥지로 가라앉았다. 빛도 거대한 접시처럼 박살이 났다가 다시 붙었다가 또 쪼개졌다. 그 조각과 부스러기와 빛나는 유리와 역광에 흐릿해진 유리 조각이 소리 죽여 평화롭게 교류하며 하워드의 눈에 보이는 모든 것에 스며들었다. 그렇게 만물 자체가 마침내 해체되고, 색색 빛의 깃촉들이 그 형태만 유지해주고 있는 것 같았다.

하워드는 마침내 태그호수의 유출구에 이른다. 날은 유난히 따뜻하다. 그는 허리를 굽히고 유출구의 첫 몇 굽이 너머에 형성된 웅덩이들에서 물이 돌들 주위에 미사와 잎을 배열한 모습을 살핀다. 미사와 물은 반은 흙이고 반은 액체인 하나의 원소로 결합되어 있다. 보기에는 꼭 단단한 냇물바닥 같다. 하워드는 아버지의 장화와 신고 있던 양말 세 켤레를 벗고 아버지의 바짓단을 걷어올린다. 물로 들어가자 진흙이 밀려난다. 가짜 바닥이 그 위를 흐르던 물보다 별로 강하게 저항하지도 못하고 진짜 땅바닥에 자리를 내어준 것이다. 하워드의 다리가 미사를 휘저어 구름을 만든다. 그는 그렇게 잠시 가만히 서서, 여새 한 쌍이 물위에서 벌레를 잡고 다시 웅덩이 한가운데 풀이 덮인 둥근 언덕 위에 자라는 노간주나무 덤불의 똑같은 가지로 돌아오는 것을 지켜본다. 미사가 구름처럼 펼쳐졌다가 물살에 실려간다. 이윽고 그가 서 있는 물은 다시 맑아지지만 그의 다리는 마치 무릎에서 끝이 난 것처럼 보인다. 다리의 가라앉은 반쪽은 감추어진 가지와 돌, 보이지 않기 때문에 왠지 뼈처럼 느껴지는 가지와 돌 사이의 미사 속에 묻혀 있다. 잠시 후 작은 민물송어가 둑의 높은 풀과 덤불 근처 그가 서 있는 곳으로 돌아온다. 개구리알 덩어리들이 둥둥 떠서 지나가는데 몇 개는 너무 가까워 안의 배胚까지 보인다. 하워드는 발로 강바닥을 더듬어 올라가다 앉을 수 있을 만큼 넓고 평평한 돌을 발견한다. 다리가 물에 뜨지 않게 무릎에 올릴 돌도 찾아낸다. 하워드는 미사 안으로 푹 가라앉아 평평한 돌에 앉는다. 돌이 있는 곳의 미사는 아주 깊어서 물위로는 머리만, 미사 위로는 목만 올라와 있다. 그는 미사가 너울너울 목에서 멀어지는 것을 지켜본다. 물위로 던져진 그의 잘린 머리가 피가 아니라 흙 구름을 흘리는 것 같다.

오후 중반이지만 하워드는 밤새도록, 다음날 아침 해가 뜰 때까지 그렇게 앉아 있겠다고 마음먹는다. 그림자들이 길어져 물을 가로질러 기어오기 시작할 때쯤이면 그의 주위를 흐르던 물이 다시 자신을 치유할 것이며 그럼 자신이 없을 때의 짐승들과 빛과 물의 모습을 볼 수 있고, 그것이 아버지에 관해 무언가 말해줄지도 모른다고 상상한다. 가만히 앉아 있어야 한다. 도인처럼, 그는 생각한다. 쥐가 나도 추워도 다 무시해야 한다. 아주 느리게 또 아주 고요하게 숨을 쉬어야 한다. 턱을 지나 흐르는 물이 내 숨에 흔들리지 않도록. 뭐든 진흙 속에서 나를 미끄러져 지나가는 것도 무시해야 한다. 잠들면 안 된다. 틀림없이 무시무시한 것을 보게 될 거다. 하늘에서 빛이 보이면 어쩌나? 우듬지 사이로 뛰어다니는 그림자들이 보이면 어쩌나? 이리가 사람처럼 두 발로 걸어와 웅크리고 냇물을 마시는 모습이 보이면 어쩌나? 폭풍우가 몰아치면 어쩌나? 날이 맑아 하늘이 별로 꽉 차는 바람에 땅까지 흘러넘친 빛이 둑을 따라 빛나는 하얀 꽃으로 바뀌었다가, 행성이 밤의 가장 깊은 자오선을 지나 다시 해를 향해 돌아오기 시작하는 순간 반짝하며 흔적도 없이 흩어져버리면 어쩌나? 아버지가 보이면 어쩌나? 바로 앞의 나무들 속에서 평화롭고 만족스러운 표정으로 혼자 조용히 콧노래를 부르고 있다가 내가 진흙 속에 앉아 있는 것을 보면 어쩌나?

자정이 지난 후 언젠가, 물위에 또하나의 머리가 보였다. 하류 방향으로 몇 미터 거리에 웅덩이가 시내로 흘러들며 동쪽으로 방향을 틀기 직전 둑을 덮은 무성한 풀에 조금 가려져 있었다. 밝은 달이 그 머리를 비추고 있었다. 머리는 나를 보고 있었다. 나는 그 눈을 보려 했다. 그것이 뜬 눈을 깜빡거리지도 않으면서 나를 뚫어져라 보고 있다는 것을 알고 있었으니까. 그러나 그 눈을 똑바로 보자 시야가 잉크로 덮였다. 하지만 그 눈의 왼쪽이나 오른쪽을 보면 다시 선명히 보였다. 어쨌든 분명히 눈이기는 했다. 나는 그것이 뜬 눈으로 뚫어져라 보고 있다고 상상했다. 인디언이었다. 내가 물속에 앉을 때는 거기에 없었다. 지금은 이렇게 마주보고 있지만 그가 오는 것을 보지도 못했다. 어떻게 된 일인지 나는 움직일 수 없다는 것, 움직이면 끔찍한 일이 일어날지도 모른다는 것을 알고 있었다. 아버지의 성골함을 찾으러 온 것이, 그 행동의 어리석음이 후회스러웠다. 그 순간 아버지는 흔들림 없는 진짜 신앙을 가진 사람이고 나는 어리석고 외롭고 가련한 아이라는 느낌이 들었다. 밤이 지나가는 동안 인디언은 꼼짝하지 않았다. 딱 한 번, 작은 송어가 물에서 뛰어올라 그의 목구멍으로 들어갔을 때만 예외였다.

나는 그 인디언이 올드 새버티스가 틀림없다고 생각했다. 새버티스는 어른이 될 때까지 호수의 한 섬에서 살다가 나중에는 오두막에서 레드와 함께 살았다. 그는 낚시와 사냥 안내인으로 일했다. 보통 플란넬 셔츠와 하얀 멜빵바지 차림에 챙이 넓고 헐렁한 모자를 썼다. 그의 옷차림 가운데 전통적인 부분은 뒤축 없는 모카신뿐으로, 그가 직접 만든 것이었다. 어떤 사냥꾼은 그를 보고 실망감을 감추지 못했다. 인디언의 안내를 받아 숲을 뚫고 들어간다는 환상을 품었을 때는 그보다 이국적인 이미지를 떠올렸을 테니까. 하지만 새버티스도 일 년에 한 번씩은 옛 머리장식과 녹비 각반과 구슬이 달린 조끼 차림으로 나타났다. 그 의상은 J. T. 손더스가 그를 위해 사서 보관하던 것이었다. 우리는 그가 호인이라 그런 차림으로 '보스턴 스포츠맨' 쇼의 손더스 전시장에서 인디언 추장 노릇을 해준다고 생각했다.

그러나 물위의 머리는 새버티스처럼 생기지 않았다. 그 고요함은 새버티스에게서 볼 수 있을 만한 것이었지만. 사냥꾼들이 새버티스가 해준 아침을 먹은 뒤 일찌감치 캠프를 떠날 때 그는 어떤 자세로 어떤 방향을 보고 앉아 있었는데, 몇 시간 뒤에 돌아와도 그 자리에 그대로 있더라는 이야기가 종종 들리곤 했다. 그러나 사람들이 돌아오면 그는 늘 그 즉시 일어나 그들이 잡아온 물고기나 작은 사냥감을 받아들고 점심 준비를 하면서 큰 물고기는 백인들 앞에 나타나지 않는 모양이라고 농담을 했다. 그러나 이 고요함은 종류가 달랐다. 무시무시하게 느껴졌다. 인간 같지 않았다. 물고기가 냇물 수면을 부수고 나오기도 전에 머리의 입이 열리면서 구멍을 만들었고, 그 안으로 어두운 물이 부드럽게 흘러들어갔다. 머리는 나한테서 멀리 떨어져 있었지만 나는 물고기가 그 안으로 뛰어들기 직전에 물이 깔때기 안으로 들어가듯이 목구멍을 따라 흘러내리며 메아리치는 소리를 분명히 들었다. 물고기가 물에서 뛰어오르는 것도 보통 하루살이를 공격할 때 올라오는 것과는 달랐다. 이 물고기는 있을 법하지도 않고, 있을 수도 없고, 실제로 눈에 보였던 것도 아니었다. 다만 조금 전까지 그것이 몸담고 있었던 물로만 그 존재를 추적할 수 있을 뿐이었다. 어쨌든 이 물고기는 바로 인디언의 목구멍 안으로 뛰어들었다. 몸부림치지도 않았다. 꼬리를 움직여 이에 부딪히지도 않았고, 다른 물고기처럼 보일 수도 있는 혀를 걱정하지도 않았다. 물고기는 그냥 열린 목구멍으로 곧바로 뛰어내렸고 그 뒤로 입이 너무 빨리 닫히는 바람에 이 모든 사건이 내 상상 밖에서 실제로 일어난 일이라는 느낌이 들지 않았다. 사실 전혀 일어난 일 같지가 않았다. 오히려, 어느새, 이미 일어난 일이 되어버린 것 같았다.

인디언의 얼굴은 전과 전혀 달라지지 않았다.

그 순간 그 얼굴이 내 얼굴이 되었다. 순간적으로 인디언의 얼굴이 내 얼굴로 바뀌고 나는 거울을 보듯이 나 자신을 보고 있었다. 우듬지 사이로 그날의 맨 첫 빛이 보였다. 갑자기 바람이 숨을 쉬었고 나는 몸이 아프고 몹시 추웠다. 이러다 의식을 잃을지 모른다는 생각이 들었다. 물위의 머리는 사라지고 없었다. 내가 눈을 돌린 것은 불과 한순간이었는데. 인디언이 물에서 일어나 숲으로 사라지기에는 당연히 부족한 시간이었다. 게다가 물도 잔잔했다. 사람 몸이 들어오거나 나간 흔적도 없었다. 머리가 물에서 사라진 뒤 느낀 당혹감이 내가 마지막으로 기억하는 것이다. 다시 정신을 차렸을 때 나는 캔버스 텐트에 실려 숲을 벗어나고 있었다. 에드 툿콤과 레이프 샌더스가 사냥을 하다가 호수 유출구에서 몸이 반쯤 물에 잠긴 채 정신을 잃은 나를 우연히 발견한 것이다. 캔버스 천에서는 생선 내장과 케케묵은 연기와 오래된 비 냄새가 났다. 죽은 것 같지는 않은데, 레이프는 내가 눈을 뜬 것을 보고 말했다. 그가 내 머리 쪽에 있었고 에드가 내 발쪽에 있었다. 죽었을걸, 에드가 돌아보지도 않고 말했다. 레이프의 얼굴이 바로 내 위에 있었다. 그 얼굴과 그 뒤의 나무들이 레이프와 에드의 걸음에 박자를 맞추어 흔들렸다. 걷는 속도는 빨랐지만 왠지 어색했다. 사냥한 곰을 운반하듯이 내 손목과 발목을 자작나무 장대에 묶어 갔으면 훨씬 편했을 것이다. 레이프는 늘 그러듯 담배를 피우고 있었다. 아직은 아닌 것 같은데, 레이프가 말했다. 은이라는 음절은 발음하자 그의 담배 끝에 축 늘어져 있던 재가 흩뿌리는 색종이 조각처럼 터져 뱅글뱅글 돌며 내 머리카락과 얼굴로 떨어졌다. 앞쪽을 보자 붉은 플란넬 셔츠로 덮인 에드의 구부정한 등이 보였다. 모자가 물결치는 검은 머리를 덮었지만 고개를 앞으로 숙이고 있어 창백한 목이 드러나 있었다. 나는 생각했다, 에드도 담배를 씹고 있을 거다. 다시 의식을 잃기 직전, 그의 감추어진 얼굴에서 차 색깔의 즙이 찍 분출하여 좁은 길 가장자리의 덤불에 떨어지는 것이 보였다.

아주 어렸을 때 아버지한테 자작나무 카누가 있었던 것이 기억난다. 카누는 인디언들이 만들었고 아버지가 그것을 샀다. 매년 봄 얼음이 녹으면 아침에 인디언 한 사람이 숲에서 나와 카누를 쓸 철에 대비하여 점검을 해주었다. 나는 아버지가 그 인디언과 이야기를 하는 것을 본 적이 없었고 어떻게 대가를 주고받았는지, 어떤 돈으로 주었는지 알지 못한다. 인디언은 솔기가 헐렁해진 곳은 다시 바느질을 하고, 필요한 곳에 새 나무껍질을 집어넣은 다음 다시 홀연히 숲으로 사라졌다. 뭘 좀 배울 게 있을까 하여 인디언이 일하던 곳에서 몇 미터 떨어진 풀밭에 쭈그리고 앉아 있던 기억이 난다. 배울 것은 전혀 없었지만 그래도 그때는 그렇게 해야만 할 것 같았다. 마치 그렇게 노력하는 것 자체가 내가 배워야 할 것인 양. 그러다 잠시 눈길을 돌려 그해 봄의 첫 울새를 보고 다시 카누로 고개를 돌렸을 때 인디언은 소리도 없이, 내 눈에 보이는 어떤 움직임도 없이 사라지고 없었다. 아니, 줄기나 뿌리, 돌이나 잎만이 아니라 빛과 어둠과 계절과 시간 자체로 다시 흡수되어버렸다.

매년 봄 웅덩이와 호수의 얼음이 녹고 나서 얼마 지나지 않아 아버지의 카누를 수리해준 사람은 올드 새버티스였을 수도 있다. 그는 내 눈에 빛처럼 늙어 보였고, 또 빛처럼 널리 퍼진 존재로 보였다. 하늘이 줄지어 선 먹구름으로 가득할 때, 해가 그 구름의 실루엣 윤곽선을 그리면서 상상할 수 있는 가장 맑고 깨끗한 파란빛이 구름에 흩뿌려질 때, 나는 그를 생각했다. 금색과 빨간색과 갈색 잎들이 좁은 길들을 가로질러 날아가다 회오리바람에 휘말릴 때면 꼭 그의 시간이 지나가는 느낌이다. 새로운 봉오리가 축축한 검은 가지를 밝힐 때면 이 봉오리들은 시간의 또다른 면, 새버티스나 나의 아버지 같은 사람들이 속한 면으로부터 터져나오는 듯하다. 물론 새버티스는 내가 보기에만 옛날 사람이다. 아버지도 옛날 사람이다. 두 사람 다 내가 어렸을 때 삶에서 지나가버린 사람들이니까. 그 사람들에게서 내가 기억하는 것은 그저 분위기뿐이다. 올드 새버티스는 아이들을 겁주거나 이상한 날씨를 설명하는 데 이용되곤 했다. 가끔 나무 우듬지 사이에서 눈에 띄기도 했다. 호수에 나간 사람들은 그가 배 밑의 깊은 물속에서 연어를 쫓아 쏜살같이 움직이는 모습을 보기도 했다. 올드 레드는 새버티스에 관해서 이렇다저렇다 말이 없는 것으로 유명했다. 레드를 안내인으로 쓰던 사람들은 그에게 새버티스 소식을 자주 물었는데, 그러면 레드는 그냥 새버티스가 갔다고 말하곤 했다. 그전에, 시기는 1896년이나 1897년 무렵 어느 때라는데—이 점에 관해서는 아무도 의견이 같지 않았고, 다만 어떻게 된 일인지 그 무렵에 다들 그냥 레드가 이제부터 낚시와 사냥 여행을 안내한다고 받아들이게 되었다—새버티스를 안내인으로 쓰던 나이든 사람들조차 새버티스 이야기를 하지 않으려 했기 때문에, 새버티스가 안내하던 때는 거의 선사시대, 사냥이 훨씬 위험하고 잔인했던 시대라는 인상이 더 강해졌다. 무엇보다도 그 사냥을 아직 반은 야생 상태인 인디언이 조율했으니까. 그 인디언은 곰이나 사슴이 아니라 사람을 습격하던 자신의 할아버지 이야기를 기억할 만큼 나이가 많았으며, 그런 이유 때문에 원정을 나갈 때면 빈틈없이 감시를 받았고, 혹시 술이 어떤 유전적인 분노를 촉발할까 걱정하는 백인들 때문에 호밀 위스키나 위스키 근처에는 얼씬도 할 수 없었다. 그 나이든 백인들은 이 인디언이 만일 조상의 잔인한 지혜를 이용한다면 무장한 백인 여덟이나 열 명 무리를 학살하는 것은 일도 아니라는 사실을 한순간도 의심하지 않았다. 하지만 어린 시절 내가 귀동냥한 그들의 말에 비추어보면, 그들이 잠을 자는 동안 또는 사냥을 하느라 숲속에 흩어져 있는 동안 이 인디언이 실제로 그들의 머릿가죽을 벗길 것이라고 생각하는 사람은 한 명도 없었다. 그러나 그들이 그런 식으로 새버티스의 평화로운 본성을 주장하면 할수록 사람들은 그들이 다름 아닌 악마와 함께 야영에 나섰다고 믿었으며, 그의 감독하에 몇 주 내내 광야에서 자고 사냥한 뒤에 다시 말짱하게 집에 돌아와 은행가나 법률가나 공장 관리자로서 자기 일로 돌아갔다는 사실이 그들의 깊고 진실한 믿음의 표시이자 강하고 영웅적인 성품의 증거라고 더욱 굳게 믿게 되었다. 결국 사냥을 다녀온 이들은 불이나 홍수로 이루어진 옛 세상과 생산 할당량이나 상품시장으로 이루어진 새 세상에 양다리를 걸친 사람들처럼 보이게 되었다. 사냥을 갔던 사람들 누구도 그런 것에 마음을 쓰지는 않았지만.

물론 새버티스는 여느 사람들과 다르지 않은 인간이었다. 그는 사람들이 보여주는 사진은 무엇이든 즐겨 보지만 자신의 사진을 찍는 것은 거부한다고 알려져 있었다. 다만 묘하게도 아기와 함께 찍는 사진은 예외였다. 그래서 텃콤의 잡화점 앞쪽 회랑이나 노스캐리호텔(여름이면 그곳에서 장작을 패는 일을 하곤 했다) 입구에서 품에 아이를 안고 서 있는 사진이 몇 장 남아 있다. 새버티스는 오직 이런 사진을 찍을 때만 웃음을 짓는다고 알려져 있었다. 그는 또 바닷물 태피도 좋아하여, 보스턴에서 오는 사냥꾼들에게 안내인 일을 해주고 보수의 일부로 태피를 받곤 했다. 그는 이가 없었기 때문에 태피를 그냥 잇몸과 뺨 사이에 길쭉하게 집어넣고 녹게 놓아두었다. 그와 레드, 당시에는 리틀 레드라고 불리던 레드는 읍 바로 너머, 기차가 웨스트코브를 통과하면 경기가 좋아질 것이라는 기대 때문에 구딩 스트리트를 만들고 새로 고용된 공장 관리인들이 묵을 집을 짓던 곳 뒤쪽의 오두막에 살았다. 새버티스와 레드가 혈연관계인지 아닌지는 아무도 몰랐다. 읍의 역사를 대충 알고 있는 늙은 사서 몇 명은 그들이 먼 친척일 수도 있다고 생각했다. 그들은 겨울의 긴 어스름 녘에 누가 몇 마디 던져주기만 하면 도서관의 대출대에서 이 문제를 놓고 열띤 토론을 벌이곤 했다. 하지만 새버티스와 레드는 아무리 낯설어도 인디언과 함께 사는 것이 가장 친한 백인과 함께 사는 것보다는 낫기 때문에 그냥 함께 사는 것인지도 몰랐다. 두 사람이 마당 밖에 함께 나와 있는 일은 거의 없었고 서로 이야기를 나누는 일도 전혀 없었다. 리틀 레드는 새버티스가 죽은 뒤에야, 또는 일설에 따르면 사라진 뒤에야 올드 레드가 되었다. 1896년 가을인지 1897년 가을인지, 대답해주는 사람에 따라 달랐지만, 사람들이 그해의 사냥여행을 준비하러 오두막에 갔을 때 새버티스는 거기에 없었다. 레드는 이렇게 말했다. 갔습니다. 그것으로 끝이었다. 레드는 사람들의 실망감을—어쩐 일인지 자신이 선배보다 더 길들여지고 순화되었다는 느낌을 준다는 것을 이해하는 것 같았다. 어쨌든 이렇게 해서 올드 레드는 사람들을 데리고 여행을 다녔고, 새버티스와 다를 바 없이 그 일을 잘 해냈다. 어떤 훈련도 경험도 없는 것 같았는데. 그는 올드 레드가 되면서 특정한 한 사람으로 사는 것을 중단하고 시간 밖에 있는 어떤 영원한 것의 구현체가 된 것 같았다. 그 영원한 것이 어떤 시점에 어떤 한 사람으로 존재하는 것은 그저 우연일 뿐이라는 느낌이 들었다.

에드와 레이프는 나 때문에 하루치 사냥을 놓치고 싶지는 않았다. 아마 사냥으로 가족을 먹여 살렸기 때문이었을 것이다. 그들은 내가 죽을 위험은 없다고 판단했는지 물자 수송용 길 두 개가 만나는 곳에 나를 내려놓았다. 아침에 벌목꾼들이 그곳을 지나갈 것임을 알고 있었기 때문이다. 나는 잠시 후에 다시 정신을 차려 숲으로 돌아간 것 같다. 아마 이때 처음 간질 발작이 일어났던 듯하다. 다시 정신을 차렸을 때 나는 한동안 혼란에 빠져 있다가 해가 진 후에야 집으로 돌아갔다. 몸이 완전히 젖었고 몹시 추웠다. 머리카락에 피가 굳어 있고, 입꼬리에서도 피 한줄기가 턱

선을 따라 흘러내리다 귀로 들어가 그곳에 고여 굳어 있었다. 어둠을 헤치고 나아갈 때 나 자신이 헐떡거리는 소리는 들렸지만 외부의 소리, 예를 들어 나 자신의 발소리나 바람소리는 들리지 않아 나는 귀가 멀었다고 생각했다. 거의 끊어질 때까지 깨무는 바람에 혀가 몹시 부어올라 입을 제대로 다물 수가 없었다.

흙 묻은 옷을 벗어두는 뒷방을 통해 부엌으로 들어갔을 때 어머니는 식탁에 앉아 내 양말을 깁고 있었다. 어머니는 고개를 들지도, 심지어 입을 움직이지도 않고 뭐라고 말을 했다. 어머니가 평소에 내게 말을 건네는 방식이었다. 어머니는 내 관심을 끌려고 목소리를 높이거나 내 눈을 보거나 심지어 내 이름을 부를 필요도 없었다. 어머니와 나는 그냥 내가 늘 어머니의 말에 귀를 기울일 것이라고 생각하고 살았으니까.

나는 어머니에게 소리를 질렀다, 발작이 일어나서 귀가 멀었어요.

어머니는 바늘과 실을 내려놓더니 다가와 내 손을 잡고 식탁으로 데려갔다. 거기에 나를 앉혀놓고 펌프로 가서 수건에 물을 적셨다. 어머니가 사용하는 싸구려 비누, 난로에서 타는 장작, 부엌의 음식 냄새가 났다. 흐릿했지만 닭과 버터와 빵 냄새 같았다. 어머니가 저녁을 차린 것은 아니었지만.

어머니는 우선 귀에서 피를 닦아냈다. 그러자 세상의 소리들이 머릿속에서 작고 날카로운 소리를 냈다. 내가 기억하던 것보다 명료했다.

네가 흥분했다고 했다, 어머니가 말했다.

아빠를 찾으러 갔어요.

그러자 어머니는 내 얼굴과 머리카락에서 피를 닦아냈다. 하도 세게 문질러 피부가 따끔거릴 정도였다. 두피에서 머리카락을 바로 뽑아버릴 것 같았다. 어머니는 피를 닦아내며 울었다. 흐느끼는 소리는 내지 않았다. 하지만 거칠게 피를 닦아내 내가 소리를 질러대게 함으로써 슬픔의 소리를 죽이고 있는 것이 분명했다. 이윽고 어머니는 마음을 가라앉혔다. 차갑고 얼얼하고 딱딱하게 굳은 내 얼굴을 두 손으로 잡고서 입을 벌려보라고 말했다.

앞으로 이레 동안 말을 하면 안 돼.

나는 말하기 시작했다, 싫어요, 나무숲으로 아버지의 이를 찾으러 갔어요. 덤불 줄기들 속에서 아버지 머리를 찾고…… 하지만 어머니는 내 얼굴을 더 꽉 쥐더니 말했다, 그만. 이레 동안이야. 더 이야기를 하면 혀가 떨어져나갈 거야. 아마 그 말이 사실이었을 것이다. 혀가 입안에서 두 갈래로 갈라진 듯 이상했고, 토막난 것 같았으니까. 하지만 차마 거울을 들여다볼 수가 없었다.

어머니와 내가 아버지 없이 부엌에서 함께 보낸 첫번째 밤이었다. 어머니는 주로 스토브에서 먹을 것을 준비하거나 장작 난로 옆의 등받이가 높은 딱딱한 의자에 앉아 옷을 기웠다. 일요일 밤이면 어머니는 시트와 커튼을 다림질하고 나는 쉭쉭거리는 증기 소리를 듣고 풀이 눋는 냄새를 맡으며 숙제를 했다. 혀가 아물어 말을 할 수 있게 된 뒤에도 오랫동안 어머니와 나는 말이 없었다.

그러나 그 첫날밤 어머니는 묽은 수프를 만들고, 혀를 건드리지 않으려고 양념 치는 솔의 양철 막대를 입 안쪽 옆면을 따라 뒤쪽으로, 거의 내 목구멍까지 집어넣어 먹여주었다. 어미 새가 새끼한테 먹이를 주는 것 같았다. 묽은 수프는 아주 뜨겁고 짜서 아래로 내려가며 위에 이를 때까지 수프가 닿는 곳은 다 데는 것 같았다. 하지만 일단 속에 이르자 그 열이 내 한가운데서 빛을 발산하여 마침내 몸 전체를 덥혀주었다. 어머니의 참을성은 놀라웠다. 그렇게 먹여주는 데 거의 한 시간이나 걸렸으니까. 기억나는 것은 추위와 통증이 온기와 피로로 점차 바뀌어나갔다는 것뿐이다. 숲은 우리 각각에게 할당되는 그 작디작은 열의 맹아 대부분을 나에게서 앗아갔다. 그때 나는 그 맹아가 얼마나 작고, 얼마나 약한지 깨달았다. 양이 너무 적고 어디서 나오는지 몰라도 그 원천이 너무 빈약하여 심지어 열이라고 부를 수도 없을 정도라는 것을 깨달았다. 그 열이라는 것도 사라지는 아버지, 또는 물에서 보이던, 깜빡거리다 꺼져버리는 집과 다를 바 없었다.

4

　낮이면 조지는 사람들이 떼지어 웅얼거리며 물결처럼 방으로
흘러들었다 빠져나가는 것을 알았다. 그러나 밤에 깨어 있을 때
면 그의 침대 옆의 긴 소파에는 늘 한 사람만 앉아서 소파 반대
편 끝의 뚜껑 달린 책상 위에 놓인 작은 백랍 램프의 희미한 빛
으로 무언가를 읽었다. 늘 친숙한 느낌이 들었지만 정확히 누구
인지는 알지 못했다. 남자인지 여자인지도, 친척인지 친구인지
도. 이름을 기억해보려고 정신을 차려 그 사람에게—머리카락
에, 눈에, 광대뼈에, 코에—집중을 하려고 할 때마다 그의 시야
주변으로 물러나는 것 같았다. 그 사람은 그대로 정면에 앉아 있
는데도 그런 일이 벌어졌다.
　누구인지 알 수 없는 그 자비로운 사람을 본 첫날 그가 물었

다. 누구야? 그 사람은 책에서 고개를 들더니 웃음을 지으며 대꾸했다. 깨셨네요. 그가 물었다, 몇시야? 그 사람이 대답했다, 아주 늦은 시간이에요. 그나 그 사람이 입을 열어 말을 하지 않는데도 이런 대화가 이루어지는 것 같았다. 조지는 그것이 약이나 일상적인 혼란 때문에 일어나는 일인지, 과연 그와 그 사람이 실제로 의사소통을 하기는 하는 것인지 종잡을 수가 없었다. 심지어 그가 속으로 그런 생각을 할 때마다 그 사람이 대답하는 것 같았다. 바로 여기서 나하고 이야기를 하고 계시잖아요. 종처럼 짱짱하신데요 뭐.

　조지는 잠시 시선을 돌려 거실 맞은편에 걸린 정물화에 초점을 맞추었다가 다시 고개를 돌려 그 사람의 눈을 똑바로 들여다보는 데 집중했다. 그렇게 하면 그 사람이 또렷하게 보일까 해서였다. 그러나 외려 도깨비불처럼 보였다. 긴 소파에 앉은 것이 아니라 소파 쿠션들 바로 위에 둥둥 떠 있다가, 그가 보려고 할 때마다 빠른 속도로 왼쪽이나 오른쪽, 위나 아래로 움직이는 것 같았다. 의식적인 노력을 기울이지도 않는 것 같았다. 반사적인 동작, 타고난 방어 체계인 듯했다. 그런 식으로 직접 관찰당하는 것을 피하고 늘 커튼, 램프, 책상, 긴 소파를 배경으로 깜빡거리며 눈에 잘 잡히지 않는 모습만 보여주는 것 같았다.

　그 사람은 젊었다. 아이도 아니고 청소년도 아니었지만 여든

살의 조지보다는 훨씬 젊었다. 적어도 몸은. 그러면서도 수백 년을 소유하고 있는 듯한, 그것을 동시적으로 소유하고 있는 듯한 느낌을 발산했다. 즉 수백 년이 서로 겹친 채 담겨 있었다. 마치 여러 시간을 동시에 경험할 수 있는 것처럼.

방금 생각을 하고 있었어요, 그 사람이 은색 목소리로 말했다. 방금 제가 나이를 아주 많이 먹은 게 아니라, 저에게 백 년이라는 폭이 있는 것이 아닌가 하는 생각을 했어요. 저에게도 흔히 말하는 나이라는 것이 있기는 하지만 그것과는 관계없이 반경이 백 년인 원으로 둘러싸여 있는 것 같아요. 하루하루로 이루어진 이 세월, 거의 백 년에 가까운 이 세월은 할아버지가 준 선물 같아요. 고맙습니다. 자, 다시 잠이 드시도록 뭘 좀 읽어드리죠.

코메타 보레알리스*: 우리는 어스름녘에 대기권에 진입했다. 우리 뒤로 불의 자취가 남았다. 우리는 충적세의 평원에서 풀을 뜯던 무리들 위를 돌진하는 하얀 불의 반짝거리는 자취다. 자주색 평원. 대초원과 대지, 소멸한 바다 바닥에 흩어진 소멸한 강에서 나온 쇄설암들. 어쩌면 멀리서 혁명이 있었을지도 모른다—멀리 숲으로 둘러싸인 안개 낀 강굽이

---

* Cometa Borealis, 라틴어로 '북방의 혜성'.

에 세워진 빼앗긴 요새의 습격. 그러나 여기서는 묵직한 외투를 입은 순록만이 털북숭이 머리를, 벨벳 뿔을 들어올릴 뿐이었다. 순록들은 우리가 소리 없이 타오르며 차가운 하늘을 가로지르는 동안에도 씹는 것조차 멈추지 않았다. 축축하고 검은 눈으로 우리를 따르지만, 실은 눈의 본성과 빛의 본성을 따르는 것일 뿐이었다. 바람이 평원을 쓸고 지나갔다. 우리는 순록이나 혁명을 한 번도 보지 못했다. 우리는 타오르는 도화선이었다. 우리 밑의 어두워지는 세상이 흘끗 보이자마자 아무것도 남기지 않고 다 타버렸다.

조지가 죽기 일흔두 시간 전, 유니테리언교회에 다니던 시절부터 오랫동안 알고 지내던 니키 보체키가 빨간 알파로메오 컨버터블을 타고 스카프를 휘날리며 나타났다. 그녀는 커다란 선글라스를 벗더니 조지의 부인 양쪽 뺨에 입을 맞추었다. 그녀는 침대에 누운 조지를 보자 말했다. 오, 조지, 이 잘생긴 것! 그녀는 그의 이마에 입을 맞추었고 그녀의 입술은 납빛 립스틱 자국을 남겼다. 조지는 그녀를 알아보지 못하고 만화에 나오는 인물처럼 멍청한 표정을 지었다. 그런데 이 아름다운 여인은 누구지? 그가 말했다. 비록 매력적으로 보이려는 마음에서만이 아니라 실제로 누구인지 몰랐기 때문에 한 말이었지만 어쨌든 그 상황에 딱 맞는 말이었다. 니키는 조지의 어깨에 손을 얹으며 그를 대책 없는 신사라고 부르면서 얼굴을 붉혔다.

니키는 늙어가는 한때의 떠오르는 스타처럼 차려 입은 늙은 여자였다. 그녀가 연기하는 가장 극적인, 또 최종적인 역은 시간의 압제 밑에 버티며 늙어가는 한때의 떠오르는 스타였다. 그녀는 사실 간호사였다. 그녀는 조지(그는 그녀가 누구인지 전혀 기억하지 못했다), 이어 그의 부인과 수다를 떨고 나서 지친 가족을 거실에서 몰아냈다. 교대시간까지 세 시간 남았는데 이 달콤한 파이 같은 양반을 돌봐주는 것보다 그 시간을 잘 쓰는 방법을 모르겠네. 면도기하고 수건하고 뜨거운 물 좀 갖다줄래요? 조지가 말끔하게 면도도 못하고 있다는 건 옳지 않아요. 늘 아주 단정하게 옷을 입는 양반이었는데. 늘 아주 말쑥해 보였는데.

가족이 낮잠을 자고 도둑 담배를 피우고 옆 뜰에서 숨죽여 말다툼을 벌이며 두 시간을 보내고 돌아왔을 때 니키는 조지 옆에 앉아 〈인터내셔널 럭셔리 프로퍼티즈〉라는 번쩍거리는 잡지를 읽으며 무설탕 껌을 씹고 있었다. 조지는 머리만 내민 채 하얀 시트 밑에 잠들어 있었다. 얼굴은 깨끗하고 부드러웠으며 머리는 다듬고 빗었다. 안경은 쓰고 있었다. 이발소 의자에 앉아 잠이 든 듯한 모습이었다. 가족이 정말 멋진 솜씨를 발휘했다고 칭찬하자 니키는 대꾸했다. 아, 그래요, 그래, 알다시피 우리가 가진 게 겉모습 말고 뭐가 더 있겠어요.

시계의 탈진장치는 바퀴멈추개라고 부르는, 피니언바퀴 위의 고리, 그리고 시계의 기계장치 맨 위에 자리잡은 탈진바퀴로 이루어져 있다. 탈진장치는 구동바퀴열의 끝에 자리잡고 있다. 구동바퀴열은 시계에서 시간을 따라가는 부분이다. 종이 있는 시계라면 타종바퀴열도 갖추고 있다. 타종바퀴열은 시계의 타종장치에 동력을 제공하고 그것을 제어한다. 타종장치는 아주 간단하게 압박바퀴멈추개, 타종망치, 타종망치가 두드릴 때 종소리를 내는 돌돌 말린 긴 강철로 이루어진다. 각각의 바퀴열은 태엽에서 동력을 얻는다. 태엽, 즉 중심태엽은 긴 나선 모양의 납작한 강철이다. 나선 모양 태엽의 가장 안쪽 끝은 축과 연결되어 있다. 이 축은 시계를 감는, 즉 태엽을 감는 열쇠로 돌릴 수 있다. 제동바퀴와 톱니멈춤쇠가 태엽을 감는 동안 태엽이 풀리는 것을 막아준다. 후기 시계에서는 태엽이 태엽통이라고 부르는 황동 통에 들어 있다. 중심태엽이 풀리면서 방출되는 힘은 일련의 바퀴와 톱니 장치로 전달되고, 바퀴와 톱니 장치들은 분침과 시침을 움직여 시계 문자반 주위를 돌게 한다. 이 구동바퀴열 끝에 탈진장치가 있다. 이곳은 중심태엽이 만들어낸 에너지가 시계에서 최종적으로 빠져나가는 곳이다. 또한 시계의 박자의 규칙성이 유지되는 곳이기도 하다. 동력은 탈진바퀴를 통과하는데, 이 바퀴는 구동바퀴열의 맨 끝에 있기 때문에 바퀴들 가운데 가장 작고 우아하며 민감하다. 이 바퀴는 일련의 톱니장치를 거치며 야만적인 에너지에서 문명화된 하인으로 길들여진 동력에게 가장 높은 수준의 작업을 명령한다. 즉 바퀴멈추개와 협력하여 지상의 하루의 86,400초 각각을 정확하게 표시하게 하는 것이다. 이 작업을 한 번에 8일 동안, 즉 총 691,200초 동안, 192시간 동안 수행한다. 이런 협력, 그리고 이 수십만 초 각각은 느긋한 겨울밤 불이 활활 타오르는 벽난로 위 선반에 올려놓은 까치발이 달린 시계의 똑딱 소리로 바뀌어 우리 마음을 차분하게 다스려준다. 오랜 세월에 걸쳐 수많은 사람들이 탈진바퀴의 박자를 완성하여 '보편적 에너지'를 완벽하게 변형시키고 전달하고자 작업대에서 등을 구부린 채 황동을 갈고 톱니장치를 조정하고 손가락 사이에서 납 연필이 가루로 바스러질 때까지 아이디어를 스케치했다. 그 가운데도 몇 명을 거명해본다면, 호이겐스, 그레이엄, 해리슨, 톰피언, 드보프르, 머지, 리로이, 켄들, 그리고 최근에는 아널드 씨 등 수수하고 잡다한 대열을 보게 된다. 그러나 이들은 단호하고 인내심 있는 합리적인 사람들이었다. 시계공이여, 그들이 만든 장치의 이름에 귀를 기울여보라. 버지축, 데드비트탈진기, 틱택장치, 격자장치, 그래스호퍼, 랙 레버, 중력장치, 데탕트, 핀바퀴. 우리의 위대한 시인들, 언덕을 넘고 숲을 헤치며 돌아다니고, 고대 유적에서 풀을 뜯는 양을 바라보다 거기서 운과 격을 발견한, 간단히 말해서 가장 달콤한 시의 음악을 발견한 그 남자답고 예민한 영혼들과 마찬가지로, 우리의 위대한 시계인들은 분방한 자연에서 문명을 증류해내는 인간적인 과정에 자리잡고 있는 시를 발견한다! 환영한다, 동지여, 환영한다!

─『합리적 시계공』에서,

케너 데이븐포트 목사 저, 1783

조지의 가족과 가까운 친구들은 집에 들어오기 전에 절대 문을 두드리지 않고 늘 뒷문을 통해 일광욕실을 지나 부엌으로 들어왔다. 조지는 지하실에서 시계 수리를 하고 있거나, 거실의 긴 소파에서 낮잠을 자고 있거나(아래팔을 머리 위로 들어올리고 잔들은 커피 탁자에 올려놓은 채), 점심시간이면 식탁에 앉아 〈월스트리트 저널〉을 보며 아내한테 식사 준비가 오래 걸린다며 불평하고 있었다. 그러면 아내는 이렇게 대꾸하곤 했다. 아, 입 좀 다물어요. 빨리 먹고 싶으면 직접 차리든가. 조지 부부는 종종 그런 식으로 말다툼을 했다. 그가 아내의 요리(사실 아

팅커스 197

주 훌륭했다)나 빨래(그녀는 속옷까지 옷이란 옷은 모두 다리미질까지 했다)를 두고 불평을 하면 그녀는 마음에 안 들면 나가 뒈지든가 하라고, 나는 구두나 사러 가겠다고 마주 고함을 질렀다. 그런 뒤에 둘은 웃음을 터뜨렸다. 그래서 그의 집에서는 풀과 세제와 구운 닭과 아마기름과 황동 냄새가 났다. 손님이 거실에 나타나는 바람에 선잠을 깰 때도 조지는 절대 놀라지 않았다. (심지어 밤에 시끄럽게 코를 골다가도 아주 작은 소리로 한마디만 건네면 바로 일어나 완전히 정신을 차렸다.)

시계를 맡기거나 찾으려는 손님들은 거실에 붙은 작은 현관에 난 앞문으로 들어왔다. 조지가 마지막 병에 걸리기 전까지 그의 부인은 판지 상자에 든 검은 대리석 벽난로시계를 들고 오거나 호두나무 학교시계를 겨드랑이에 끼고 오거나 낡아빠진 긴 케이스 시계를 손수레에 묶어 진입로를 따라 끌고 온 사람들 때문에 계속 방해를 받아 짜증이 났다. 또 조지가 손님들하고 말하는 방식, 즉 농담을 섞을 만큼 친숙하고 느긋하면서도 둘만 아는 안타까움을 공유하는 듯한 태도에도 짜증이 났다. 손님들이 수표책을 꺼내 얼마를 드리면 되겠냐고 물을 때는 특히나 불편했다. 손님들은 조지가 부르는 가격에 화를 내지는 않았지만 놀라는 것 같았다. 조지는 집으로 올 손님이 거의 또는 전혀 없으면 하루종일 차를 몰고 노스쇼어와 케이프앤을 돌아다니면서 수표를 발행

한 은행에서 현금을 찾아 모두 자신의 계좌에 예치해놓았다. 또 여섯 개 은행에 안전 금고를 만들어 100달러 지폐로 채워나갔다. 그가 죽어갈 무렵에는 이런 현금이 든 안전 금고가 여섯 개, 재무부 단기채권이 가득한 금고가 하나, 당좌예금 계좌가 셋, 저축 계좌가 둘, 총 여덟 개 은행에 감춰둔 양도성 예금증서가 일곱 장 있었다. 조지는 이자와 원금, 고무줄로 꽁꽁 묶어둔 지폐 뭉치와 복리複利로 자신을 달래기 위해 정기적으로 각 은행을 찾아갔다.

조지는 세일럼파이브은행의 에논 지점장 에드워드 빌링스를 가장 자주 찾아갔다. 에드워드는 조지보다 키가 45센티미터나 컸으며 스리피스 정장으로 꼭 조여놓은, 과육이 풍부한 올림포스의 배 같았다. 심지어 그의 머리도 키가 크고 길쭉하다는 느낌을 주었다. 그 머리의 꼭대기에는 대머리 지붕이 덮여 있었는데, 은행 천장의 불빛을 아주 선명하게 반사하는 바람에 마치 머리 안에 불이 밝혀진 것 같았다. 그는 머리 주위에 두른 띠 같은 머리카락에 꼼꼼하게 염색을 했으며, 마치 기도나 권고를 하듯이 손가락 끝들을 서로 마주대고 있지 않을 때면 가운뎃손가락 끝으로 두개골 뒤쪽을 쓸어내렸다. 1월의 어느 화요일 아침 은행 안쪽 에드워드의 책상 뒤에 나란히 서서 벽에 걸린 유난히 커다란 비엔나진자시계를 바라보는 두 사람의 모습은 보드빌에 나오는 콤비 같았다. 조지는 에드워드를 위하여 그 시계를 보수해주었는데(물론 은행 비용으로), 지금 두 사람은 움직이지 않는 진자를 보며 이야기하고 있었다.

이 염병할 것이 방금 서버렸네요, 크로즈비 씨, 에드워드가 말했다.

조지가 말했다, 까다로운 놈들이죠. 조지는 오랜 세월의 경험으로, 이 거대한 은행가가 책상 뒤에서 몸을 집어넣고 빼는 과정에서 스치는 바람에 시계의 수평이 틀어져버린 것임을, 수평이 틀어지고 십 분 뒤 진자가 힘이 풀려 멈춰버린 것임을 알았다. 전화가 울리자 에드워드는 실례한다면서 전화를 받았다. 그는 조지에게 등을 돌린 채 고개를 숙이고 통화했다. 에드워드가 전화 상대인 화이트 씨라는 사람에게, 네, 이번 주말까지 그분이 개요를 받아보시게 하겠습니다, 하고 말하는 동안 조지는 고리에 걸린 시계를 바로잡았다. 에드워드가 조지를 향해 몸을 돌리더니 검지를 치켜들고 고개를 끄덕이면서 전화에 대고 말했다, 네, 네, 그렇습니다, 늦어도 금요일까지, 암만 늦어도 토요일 아침까지는. 린 지점이 그걸 시작할 수 없다면 말입니다. 조지는 마주 고개를 끄덕이며 입 모양으로 말했다, 차에 좀 다녀와야겠습니다.

조지는 연장이 가득한 낚시도구 상자와 발판 사다리를 들고 은행으로 돌아왔다. 그는 시계 앞에 사다리를 세우고 시계의 커다란 유리문을 연 다음, 사다리를 올라 시계 안을 살폈다. 그는 툴툴거리고 욕을 하며 사다리를 내려와 연장을 바꾸는 일을 세 번 했다. 그러는 동안에도 내내 자식과 손자, 그들의 겨울옷과 새 지붕, 그들의 말을 안 듣는 자동차 트랜스미션과 무너져가는 결혼생활, 사립대학 오 년째를 생각했다. 삼십 분 뒤 조지가 마침내 말했다, 아하, 잡았다, 이 조그만 개새…… 그리고 사다리를 내려와 손수건으로 이마를 토닥였다. 에드워드는 노란 양식을 채우더니 출납원 서랍에서 100달러짜리 지폐 석 장을 꺼냈고, 조지는 그것을 얼른 도로 출납원, 1961년에 은행이 문을 열었을 때부터 그곳에서 일해온 에디라는 이름의 중년 여자에게 주면서 말했다, 이걸 저 뒤에 있는 내 작은 회색 상자 안에 넣어주시겠어요, 다른 것들하고 함께요. 그렇게 말씀을 하실 줄 알았어요, 크로즈비 씨. 그녀는 웃음을 터뜨리며 풍선껌을 불어 터뜨렸다. 이윽고 지폐를 받더니 엄지에 침을 묻혀 한 장씩 탁탁 넘기며 두 번 셌다. 하나 둘 셋, 하나 둘 셋. 그런 뒤에 입으로 버저 소리를 내며 은행 금고로 들어갔다. 그 순간 조지의 눈에는 은행, 고요하고 질서정연하고 천장 스피커가 부드러운 음악을 거품처럼 조용히 뿜어내는 은행이 황금빛으로 물든 것처럼 보였다.

조지의 지하 작업실 벽지는 칙칙한 갈색 바탕에 낙엽송 가지 무늬였다. 벽에는 다양한 수준의 수리 또는 파손 상태의 시계들이 걸려 있었다. 어떤 시계는 똑딱거렸고 어떤 시계는 똑딱거리지 않았으며, 어떤 시계는 시침과 분침만 달린 벌거벗은 황동 기계장치에 불과했다. 뻐꾸기와 비엔나진자와 학교 시계, 오래된 철도역 시계가 각기 다른 높이에 걸려 있었다. 벽에 시계가 스물다섯 내지 서른 개 걸려 있는 때도 많았다. 그 가운데 일부는 그가 팔고 싶어하는 것들이었다. 그러나 가격표가 붙은 것은 없었다. 작업대 왼쪽 층계 밑 공간에는 소나무 널빤지로 만든 벽장이 있었다. 이 소나무 널빤지, 나무 무늬의 벽지, 시계들로 이루어진 나무에 둘러싸여 있는데다 창문이라고는 저 높이 천장 근처의 작은 지하수 처리용 구멍 두 개뿐이라, 그는 시계 소리가 울려퍼지는 이상한 정자에 와 있는 느낌이었다. 조지는 하루종일 작업대에 앉아 이중 초점 안경을 쓰고, 또 종종 안경에 보석상에서 쓰는 루페를 한 개 또는 두 개 끼우고 시계의 황동 내장 속을 들여다보며 축과 톱니 장치와 바퀴멈추개를 밀거나 잡아당기면서 존재하지 않는 선율을 콧소리로 흥얼거렸다. 선율은 그가 무의식적으로 작곡하는 즉시 증발해버렸다. 이런 환경에서 그는 조바심하는 수많은 손자들을 미치게 만들었다. 그가 콧노래를 부르며 이렇다 할 결과도 없이 쑤셔대는 것을 딱딱한 의자에 앉

아 계속 지켜보게 했기 때문이다. 이것도 재미를 붙여볼 만한 일
이란다, 얘야. 정말이지, 이걸로 돈푼깨나 만져볼 수 있어. 그러
나 아이들은 할아버지의 콧노래에서 가끔씩 아는 노래 조각이
있나 귀를 기울여보는 것 외에는 거의 할일이 없었는데, 어떤 아
이도 그런 조각은 찾아내지 못했다. 그것 말고는 다양한 시계가
똑딱이는 소리에 귀를 기울이는 일밖에 없었다. 시계들은 벽에
만 줄지어 걸려 있는 것이 아니라 접이식 카드 탁자 몇 개, 낡은
간이침대, 붙박이 책꽂이의 선반들까지 가득 채우고 서로 박자
가 맞지 않는 똑딱 소리를 내고 있었다. 아주 드문 일이었지만
방안의 모든 시계가 동시에 똑 소리를 내는 것처럼 느껴질 때가
있었다. 그러나 다음 딱 소리에서는 모두 다시 뿔뿔이 흩어졌으
며, 조지의 불운한 피해자는 다음에 다시 소리가 합쳐질 때까지
가만히 앉아서 귀를 기울여야 한다는 생각에 거의 울음을 터뜨
릴 지경이 되었다. 작업실 안에는 40와트 전구를 달아놓은 작은
벽 램프와 보석상이 사용하는 형광 램프에서 나오는 빛뿐이었
다. 작업대에 고정시켜 놓은 형광 램프는 상상할 수 있는 거의
모든 각도로 구부릴 수 있어, 시계 기계장치의 거의 모든 곳에
빛을 비출 수 있었다. 이 빛은 골동품 시계 수리라는 신비하고
괴롭고 빙하 같고 전혀 극적이지 않은 일에 입회해야 할 운명에
처한 아이에게 마지막 하나 남은 유희를 제공했다. 부유하는 먼

지를 보는 것. 보석상 램프는 할아버지가 작업하고 있는 시계 옆 허공의 먼지를 환하게 비추었다. 시계와 상록수 벽지뿐인 방 나머지 공간은 어두웠기 때문에, 램프의 빛 속으로 또는 그것을 가로질러 부유하는, 정면으로 빛을 받는 먼지와 완벽한 대조를 이루었다. 아이는 그 먼지의 점 하나하나가 내부의 공간을 탐사하는 아주 작은 배라고 상상했다. 거인은 타임머신을 수리하고 있다. 우리는 거인이 재채기를 하거나 갑자기 움직이지 않기만 바랄 뿐이다. 그랬다간 회오리가 생겨 우리는 궤도를 이탈하고 희망은 영영 사라져버릴 테니까. 배를 만든 재료는 오직 양털과 비듬뿐이다!

새둥지 만드는 방법: 땜장이의 함석판을 한 장 가져온다. 무거운 가위로 삼각형을 네 개 잘라낸다. 삼각형은 작아야 한다. 높이나 폭이 1.5센티미터 이하여야 한다. 가능하다면 그보다도 작은 것이 좋다. 삼각형 밑변의 양쪽 끝에 구멍을 뚫는다. 작은 망치와 가능한 한 가는 못이나 곡정曲釘을 이용한다. 크고 단단한 바늘이면 더 좋다. 그만큼 구멍이 작아질 테니까. 꼭짓점에서 밑변 중간까지 뻗은 선이 있다고 상상하고 그 선을 따라 삼각형을 접는다. 접히는 두 면이 이루는 각도는 90도에 가능한 한 가까워야 한다. 이때 육안에만 의존한다(수학적으로

정확하게 측정한다 해서 도구가 더 쓸모 있게 되는 것은 아니기 때문이다). 각 조각의 구멍에 낚싯줄이나 조리용 끈이나 튼튼한 실을 꿴다. 자, 이제 인내심이 필요하다. 직각을 이루도록 접은 함석조각의 끝이 0.5센티미터 정도 손톱 위로 빠져나오도록 양손 검지와 엄지 손톱 위에 놓는다. 각 조각을 손가락의 첫 관절 둘레에 실로 꼭 묶는다(하지만 피가 안 통할 정도로 꽉 묶으면 안 된다). 이것은 연습이 필요할 것이다. 엄지와 검지를 붙인다. 두 손가락을 앞뒤로 움직이면 접은 삼각형 두 조각은 여러 가지 방식으로 만났다 떨어질 것이다. 이것이 너의 부리다. 이 부리를 이용해 풀과 잔가지와 금속조각과 끈조각을 집은 다음 네가 선택한 나무나 덤불이나 숲의 나뭇가지들 위에 함께 엮는다. 어떤 나뭇가지를 택할 것이냐 하는 것은 둥지를 만들고자 하는 새의 종에 따라 달라진다. (둥지를 엮는 일에는 준비가 필요하므로 직접 시도해보기 전에 원하는 유형의 둥지를 가능한 한 여러 개 살펴볼 것을 권한다. 더 바람직한 것은 봄날 오후에 새들이 자기 집을 엮는 것을 가능한 한 자주 관찰하는 것이다. 그런 관찰은 자신에게 필요한 특정 바느질을 익히는 데 큰 도움이 된다.) 하지만 둥지를 짓는 재료는 반드시 **한 가닥씩** 모아서 엮어야 한다는 것을 명심해야 한다. 새는 말하자면 목재를 한 번에 모으지 않고, 널빤지와 지붕널을 한 번에 하나씩만 찾아낸다. 장래를 생각하며 둥지를 짓는 사람에게는 새의 그러한 방법이 터무니없어 보이겠지만, 곧 이 일의 즐거움은 능률에서 오는 것이 아님을 알게 될 것이다. (이 일을 하다보면 나타나는 또하나의 바람직한 결과는 둥지를 엮는 솜씨가 능숙해지면서 말하자면 한쪽 부리만으로도 이 일을 할 수 있게 된다는 것이다. 여기에서도 극복해야 할 유혹이 있다. 자유로운 손을 뒤로 돌려 새한테 인간의 도움의 손길을 내미는 일을 삼가야 한다!)

둥지가 완성되면 거기에 무엇을 집어넣을까? 물론 마음이 내키는 것이면 무엇이든 좋다. 모자를 벗긴 도토리 알, 강 속의 만질만질한 자갈, 애인의 머리카락, 첫아이의 젖니—둥지에 넣기 적당하고 둥지를 찾아갈 때마다 보면 기분이 좋은 것은 뭐든 좋다. 시간이 지나면서 시골 전체에 그런 둥지가 별자리처럼 자리를 잡을지도 모른다. 둥지마다 특별한 보물을 하나씩 담고.

—하워드 에런 크로즈비의 사라진 팸플릿에서,
삽화와 도해 삽입, 1924

하워드는 토요일 아침 일곱시에 노스필라델피아에 들어섰다. 아홉시가 되기 전에 수레와 물건들을 20달러에 팔고, 그레이트

애틀랜틱앤드퍼시픽*의 포장 담당 직원이 되었다. 지배인 해리 밀러가 이름을 묻기에 나는 이렇게 생각했다. 수레와 그 모든 물건을 도둑질해서 내 것처럼 팔아먹었으니 이제 내 이름은 크로즈비가 아니다. 그래서 나는 지배인에게 라이트먼, 에런 라이트먼이라고 대답했다. 에런이라는 이름을 그대로 유지할지 말지 고민했지만 내 이름을 완전히 잃고 싶지는 않았다. 마지막 실마저 끊어버리고 싶지는 않았다. 그래서 중간 이름을 사용한 거다. 그래서 나는 여기 침대에 내 아내, 원래 성이 블랙인 캐슬린 크로즈비가 아니라 원래 성이 핀인 메건 라이트먼 옆에 에런 라이트먼으로 누워 있다. 그는 포장 담당 직원으로 출발했다. 그는 그 일을 사랑했다. 거친 새 갈색 종이 냄새, 봉투 꾸러미, 각이 딱 맞는 재생펄프 받침들, 쌓여 있는 봉투를 한 장 벗겨내는 느낌, 착 펴서 여는 동작을 사랑했다. 또 그는 물건을 봉투에 포장하는 것을 좋아했다. 상자와 단지와 병과 캔, 정육점 종이에 싸고 끈으로 꽉 묶은 고기와 자체의 봉투에 담긴 갓 구운 빵을 잘 맞춰 집어넣는 것을 좋아했다. 그는 퍼즐 맞추기를 하듯이 봉투마다 물건을 채워넣는 것, 두 가지 크기 봉투의 텅 빈 사각형 공간에 물건을 최대한 넣으면서도 여자가 들기에 너무 무겁지 않도록, 또 봉투가 찢어지지 않도록 완벽하게 균형을 맞추

---

* 미국의 슈퍼마켓 프랜차이즈. A&P라고도 한다.

어 집어넣는 일에 자부심을 느꼈다. 여자 손님이 계산대에 식료품을 쌓기 시작하는 순간 하워드는 머릿속에서 그것들을 분류하고 순서를 정해, 크래커와 찜용 소고기와 밀가루 부대가 그에게 밀려올 때면 이미 머릿속의 깔끔한 갈색 포장지에 그것들을 넣어두고 있었기 때문에 그에게 남은 일이라고는 현실의 사과와 돼지기름 캔과 소금 상자를 가지고 머릿속의 그 봉투를 현실로 옮겨놓는 것뿐이었다. 고용되고 나서 두 달이 지나 그는 농산물 구역 책임자로 승진했고 그때부터 과일과 야채로 낙원을 만들었다. 오렌지와 레몬과 라임으로 테베*를 만들었다. 양상추와 브로콜리, 아스파라거스로 태고의 숲을 만들었다. 그는 밀랍과 찬물과 포장 상자 냄새에, 속의 달콤한 과육에 관한 소문을 은근히 알려주는 껍질냄새에 매혹되었다. 여섯 달이 지나자 그는 부지배인이 되었다. 그는 일주일에 이레를 일했으며 경쟁에서 앞서는 자신의 회사를 찬양하는 시를 썼다(바닥이 지저분하면 나는 바보가 된 느낌이다, 나는 레드랜턴 세제로 바닥을 닦았다). 그는 메건 핀이라는 여자와 결혼했는데, 그녀는 잠이 깨는 순간부터 입을 열어 쉬지 않고 떠들다―어머 선한 주님이 나한테 또 하루를 주셨네! 달걀과 햄을 차릴까요 아니면 팬케이크와 베이컨을 차릴

---

*고대 이집트의 수도.

까요? 블루베리가 좀 남았지만 달걀을 먹지 않으면 상할 테니까 블루베리는 오늘밤 후식으로 코블러에 넣으면 되겠네요 당신이 코블러를 얼마나 좋아하는지 아니까 또 설탕을 바른 껍질이 당신을 다독여서 푹 자게 해주니까 마치 따뜻한 우유가 까다로운 아이를 재우듯이 말이에요 하지만 그 이유는 나도 모르겠어요 사실 어떤 사람은 설탕을 먹으면 흥분하거든요 그렇다고 설탕이 어떤 효과가 있느냐를 갖고 당신하고 싸울 생각은 없어요—잠이 들었다. 아! 또 하루가 지나가고 이제 우리는 콩깍지 안의 콩 두 알처럼 여기 있네요 지쳤지만 정직하고 사랑하고 행복하네요, 콩깍지 안의 콩 두 알! 멍청한 말 아니에요? 콩은 쌍으로 오지 않잖아! 만일 한 쌍뿐이라면 누가 콩깍지를 까겠어요, 한 숟가락을 얻으려고 해도 아주 오래 걸릴 텐데 아홉시 방향에서 열두시 방향까지 채우는 건 고사하고 말이에요, 장님들은 그런 식으로 어떤 음식이 어디에 있는지 안대요, 시계처럼, 햄은 여섯시 반 방향! 비스킷은 네시 방향! 그런 식으로, 헬렌 켈러도 그렇게 했대요, 정말이에요, 딱 그런 식으로, 감자는 정오 방향에! 잘 자요 여보.

메건은 통조림공장에서 분류 담당자로 일했다. 어, 나는 강낭콩하고 완두콩하고 당근을 분류해요…… 아, 정말 끔찍하게 힘들고 지루해서 아주 빨리 해야 돼요! 아스파라거스가 들어오면 그것도 그런 식으로 크기, 색깔, 품질에 따라 다른 통에 분류해서 담아요—빨리 빨리 빨리!—하지만 이건 의미 있는 일이에요 통조림 음식이 그냥 먹는 것보다 좋거든요—미안해요, 농산물 담당 아저씨!—아주 작은 콩을 캔에서 바로 조리할 때보다 집에서 냄비로 조리할 때 김으로 빠져나가는 비타민이 더 많기 때문이에요. 내가 그걸 아는 건 사람들이 흰쥐에 실험을 해본 결과 통조림 콩에 비타민이 더 많다는 걸 알게 되었다고 이야기해주었기 때문이에요. 괴혈병에 안 걸리려면 먹어야 할 양을 통조림으로는 오분의 일만 먹어도 된다고요!

하워드는 그녀에게 매일 꽃을 가져갔다, 그리고 오렌지도. 그는 매일 밤 가게를 떠나기 전 농산물 구역에 발을 멈추고 과일 통들 근처에서 미적거리며 레몬과 오렌지의 깨끗한 냄새, 그 시트러스 특유의 향기를 들이마셨다. 이 싸한 냄새가 그에게 힘을 주었다. 라임 상자에서 코를 들어올릴 때면 기분이 상쾌해져 어서 아내가 있는 집으로 가고 싶은 마음이 생겼다. 생각이 떠오르는 대로 입 밖에 내놓는 아내, 어떤 것도 회오리와 소용돌이를 일으키다가 불쾌한 침묵, 발밑에서 꺼지는 얇은 얼음처럼 네가 지금 물에 빠지고 있다는 사실을 알려주는 침묵 속에 가라앉게 놓아두는 법이 없는 아내.

조지는 밤에 잠을 깼다. 간신히 말을 할 수 있었다. 긴 소파에는 손자가 하나 앉아 있었다. 조지는 아내의 이름, 어마를 입에 올렸다. 뭐라고요, 할아버지? 어마. 소곤거림에 불과했다. 입에서 나오는 그 이름이 아주 멀게 들렸다. 공기를 빚어낼 수가 없었다. 혀를 윗니 뒤쪽에 대고 첫 음절을 만들 수가 없었다. 두번째 음절만 제대로 내보낼 수 있었다—마—그래서 꼭 아마처럼 들렸다. 아마. 물이요? 물 드릴까요? 아마. 어마요? 할머니를 부를까요? 어. 어. 응.

아내가 침대에서 일어나 그에게로 왔다. 그녀는 그가 죽어가는 동안 매일 밤 몇 시간씩 얕은 잠을 잤다. 그녀는 테두리에 짙푸른 파이핑 장식이 달린 옅은 파란색 면 가운을 입고 있었다. 슬리퍼가 복도 나무 바닥에서 질질 끌리는 소리를 냈다. 그녀가 좁은 보폭으로 걸으며 잠과 피로 때문에 발을 약간 끌고 있었기 때문이다. 거실 바닥을 덮은 페르시아 바닥깔개 위에 오르자 끌리는 소리가 멈추었다. 그녀는 그의 머리 옆에 서서 그를 향해 몸을 기울이고 얼굴을 쓰다듬었다. 아, 조지, 당신은 내 마음의 기쁨이에요. 우리 함께 멋진 인생을 살지 않았나요? 우리는 함께 온 세계를 돌아다녔죠. 그녀는 색색의 새들이 그려진 주스잔으로 그에게 물을 한 모금 마시게 해주었다. 그 물이 그의 입을 도와주어 그는 말할 수 있었다, 누가 나한테 책을 읽어주고 있어?

누가 읽는 거야? 그 책이 뭐야? 그녀가 말했다. 무슨 책 말이에요, 조지? 네가 할아버지한테 책을 읽어드렸니, 찰리? 찰리가 말했다. 아뇨, 할머니. 그녀는 다시 조지를 돌아보며 말했다. 책을 읽어주는 사람은 없어요, 조지. 조지가 말했다. 큰 책이야. 아니에요, 여보. 책은 없어요. 당신한테 책을 읽어주는 사람은 없어요. 여기에는 아무도 없는걸요.

필라델피아에서 하워드는 발작 횟수가 줄었다. 그러나 발작 후에 마치 전기를 띤 불이 휩쓸고 지나간 것처럼 머리가 어찔한 것, 몸이 타버린 듯 역한 느낌이 드는 것은 마찬가지였다. 그러나 그뒤에는 메건의 명랑한 간호를 누릴 수 있었다. 그녀는 그를 침대로 이끌고 가 관자놀이를 문지르고 뜨거운 차를 주었다. 가끔 그녀의 싸구려 소설을 읽어주기도 했다. 그녀는 발작이 와도 당황하지 않았다. 어떤 문화에서는 그것을 거룩하게 여긴다는 이야기를 어딘가에서 읽은 적이 있었다. 아, 나의 사랑스러운, 사랑스러운 에런, 얼마나 끔찍한 발작이었는지 몰라요! 당신이 우리집의 좋은 그릇을 다 부수는 줄 알았어요. 컵하고 접시들이 찬장에서 어찌나 달가닥거리던지. 맙소사, 당신 기분이 몹시 안 좋겠네요. 침대에 누워요. 몸을 따뜻하게 덥히도록 해요. 이번에는 무슨 냄새가 나요? 맛은 느껴져요? 돼지갈빗살 냄새면 좋겠는데. 오늘밤 저녁이 그거니까요. 아니면 애플파이거나. 오늘 아침에 그걸 구웠거든요. 이번에는 피를 많이 흘리지 않아 정말 다행이에요. 혀는 전혀 안 깨물었어요, 그렇죠? 그 빗자루가 아주 효과가 좋아요. 크기가 딱 맞아서 당신이 물어 끊지는 못할 것 같아요. 어쨌든 지금은 꼭 개가 물어뜯은 것 같은 꼴이지만요!

마침내 메건은 그를 설득해 의사에게 갔고 의사는 브롬화물*을 처방해주었으며 이것이 발작 횟수를 더 줄여주었다. 어머나, 캐나다에는 또 어떤 마법의 의사들이 살고 있는지 모르겠지만 여기 미합화국에 있는 의사들이 세계 최고네요. 얘기를 들어보니 당신을 광견병 걸린 개처럼 쏘지 않은 게 다행이라는 생각이 들어요. 내가 어렸을 때 우리 개 지그스 씨가 광견병에 걸려 입에 거품을 물고 마당에서 비틀거리며 맴을 돌자 아버지가 공장에서 찰리 위버의 산탄총을 들고 달려오더니 바로 그 자리에서 지그스 씨를 쏴죽였고 나는 그것 때문에 일주일 내내 울었어요. 아주 자유로운 정신을 가진 개였는데! 온 동네 남자애들을 쫓아다니며 바짓가랑이를 물어 찢어놓고 이웃의 꽃밭은 전부 파헤치고 매일 고양이를 저녁으로 먹었죠. 가엾은 지그시 씨!

---

* 과거 진정제로 쓰인 물질.

도메스티카 보레알리스*: 1. 새해 아침에 우리는 까마귀들이 길가의 버려진 크리스마스트리에서 둥지를 짓는 데 쓸 금속 조각을 모으는 것을 지켜보았다. 2. 우리는 납을 넣은 창문이 성에로 레이스를 짜는 것을 지켜보았다. 3. 우리는 놀이용 카드에 낚싯줄을 묶어 집을 지었다. 4. 일요일 저녁을 먹은 뒤 우리는 즈크** 옷으로 갈아입고 어린 사촌들에게 꽃사과를 던졌다. 5. 우리는 짚으로 제비를 뽑고 동전을 던지고 다이아몬드게임***을 했다. 6. 침실을 고를 때가 오면 우리는 팔씨름에 이긴 사람에게 선택권을 주었다. 이긴 사람은 왕관을 쓴 킹, 감사기도를 드리는 퀸, 농담을 하는 조커, 교활한 미소를 짓는 잭으로 화려하게 장식된 방을 골랐다. 진 사람은 2나 4나 7로 이루어진 초라한 공간에 있을 수밖에 없었다. 그러나 우리 모두 반질거리는 클럽과 스페이드, 납빛의 다이아몬드, 피처럼 붉은 하트에 홀딱 반했다. 하트는 당장이라도 고동칠 것 같았다.

조지는 죽기 마흔여덟 시간 전에 마지막으로 깨어났다. 그전

---

* Domestica Borealis. 라틴어로 '북방의 가정'.

** 삼실이나 무명실로 두껍게 짠 직물.

*** 보드게임의 일종.

이틀간 혼수상태였다. 그는 깨어났을 때 상황을 파악하고 사람들에게 사실을 말할 필요가 있다고 생각했다. 아래층 그의 작업대에는 현금 2400달러가 감춰져 있다. 벽에 걸린 사이먼 윌러드 밴조시계는 그가 전에 말했던 것보다 열 배의 가치가 있다. 안전금고에 저자 서명이 있는 『주홍 글자』 초판본이 있다. 자신은 모두를 끔찍이 사랑한다.

그는 자기 몸 주요 기관의 마지막 남은 부분이 정지하기 시작했을 때 의식을 회복했다. 허파에는 액체가 가득해 물에 빠진 듯한 느낌이었다. 말을 하려 했지만 마른 우물 위에 걸린 녹슨 도르래 같은 소리만 났다. 그는 침대를 둘러싼 한 사람 한 사람을 보며 도움을 청했다. 그러자 가족은 당황했다. 특히 여동생 마저리가 흥분하여 그의 크게 뜬 눈을 보며 울면서 거듭 말했다. 너무 무서워하는 것 같아. 나한테는 아빠 같은 오빠인데, 너무 무서워하는 것 같아, 나한테는 아빠 같은 오빠인데. 마침내 가족 한 사람이 그녀를 부엌으로 데려갔다. 손자 하나가 말했다. 마음 편히 가지세요, 할아버지, 겁먹으면 숨쉬기가 더 힘들어요. 조지는 더 크게, 더 빠르게 숨을 헐떡였다. 손자가 말했다. 저도 어떤 느낌인지 알아요, 할아버지. 천식 발작이 일어나면 저도 그래요. 저도 겁을 먹어요, 겁을 먹어서 숨을 못 쉬어요, 하지만 그냥 긴장을 풀어버리면 늘 다시 숨이 쉬어지더라고요. 저도 그래요. 조지는 청년을 보았다. 그가 알고 신뢰하는 사람이었다. 눈을 감아도 여전히 콸콸거리는 소리가 들리고 무기력한 몸의 무게가 느껴졌다. 그러나 동시에 그 몸으로부터 떨어져나오는 느낌이 들기도 했다. 전에는 그에게 완벽하게 맞았던 것의 윤곽과 경계 밑에 누워 있는 느낌이었다. 그 테두리 안을 꽉 채우고 있다는 건 곧 이 세상에 있다는 뜻이었다. 그는 마치 수면 바로 밑에서 위를 보며 누워 있는 것 같았다. 목소리들이 오르내렸고 움직이는 몸들이 그의 몸 위에서 쿵쿵 소리를 냈다. 모든 것이 점점 이질적으로, 다른 것으로 변해갔다. 방금 누군가의 말소리가 귀에 들어왔다. 안 돼, 절대 안 돼. 내가 지금 진정시켜놓고 있는데.

시계에서 아무 시간이나 선택한다. 그런 뒤에는 시계의 목적이 두 바늘을 그 시간으로 돌아가게 하는 것이라고 생각하는 것도 가능하다. 그 시간을 선택하는 순간부터 바늘은 그 시간을 떠나 시계의 나머지 숫자와 눈금과 색을 칠한 기호를 미끄러져 지나간다. 문자반의 이런 다른 표시들은 그 자체로는 아무런 의미가 없다. 이제 그것은 선택된 시간의 방향을 가리키는 실마리일 뿐이다. 따라서 시계의 톱니장치와 태엽에 그 나름의 고유의 기능이 있다고 생각하는 것도 가능하지만, 전체 기계장치 내에서 그 더 큰 목적은 선택된 시간으로 돌아가

는 것이다. 이런 식으로 시계는 우주와 닮았다. 우리의 우주
또한 천상의 톱니장치, 회전하는 볼베어링, 태양의 용광로로
이루어진 기계장치이며, 이 모두가 협력하여 인간을(아울러
우리가 모르는 상상 밖의 다른 이웃들도!) 성경에 나오는 타락
이전의 선택된 시간으로 돌아가게 하는 것이 아닌가. 무지한
벌레 한 마리가 문자반을 가로질러 기어가면서도 문자반 전
체, 숫자가 적힌 원 전체, 짧은 바늘과 긴 바늘(벌레의 하늘에
서 예측 가능한 궤도로 지나가며 익숙한 그림자를 던지고 그
반복 자체를 통하여 편안함을 주지만, 결국 벌레를 어리둥절
하게 하며 더 깊은 신비를 생각해볼 것을 요구하게 된다)은 보
지 못하는 것처럼, 그저 표면을 걸어갈 뿐 그 밑에 감추어진
톱니바퀴열과 태엽은 간접적으로도 알지 못하는 것처럼, 사람
도 세상, 나아가 우주의 목적이 무엇인지 알지 못한 채 흙으로
덮인 우리 지구의 표면에서 꿈틀대고 안달한다. 다만 목적이
있기는 있다는 것, 하느님이 정하고 하느님만 알고 있는 목적
이 있다는 것, 그 목적은 선하고 그 목적은 무시무시하고 그
목적은 말로 표현할 수 없다는 것, 오직 이성적 믿음만이 우리
의 웅장하면서도 타락한 세계의 절망적인 고통과 비애를 달래
줄 수 있다는 것, 그것만 알 뿐이다. 그렇게 간단한 것이다, 사
랑하는 독자여, 그렇게 논리적이고 그렇게 우아한 것이다.

―『합리적 시계공』에서,

케너 데이븐포트 목사 저, 1783

1972년 1월의 어느 날 밤 하워드는 침대에서 책을 읽다 말고 다른 생각에 빠져들었다. 그는 자신의 잠이 든 형체를 상상했다. 평화로운 얼굴에서 멀어지며 조감할 수 있다면, 잠이라는 광대와 어두운 바다 위에 둥둥 떠 있는 것이 아니라 완전한 초토화 한가운데 누워 쉬고 있는 형체를, 영혼을, 또는 몸을 벗어버린 그것에 무슨 이름을 붙이든 어쨌든 그것을 볼 수 있을 거라고 상상했다. 따라서 쉬고 있는 몸으로 보이는 것은 어쨌거나 영혼이라는 이름이 붙은 것, 햇볕에 증발되는 바닷물처럼 소금으로부터 자유로워진 것의 이미지일 가능성이 높았다. 따라서 침대에 누워 숨을 쉬고 웅얼거리는 진짜 몸은 비듬 같은 것, 신화의 소금기둥 같은 것이 되어버린 반면, 영혼 또는 사람들이 영혼이라고 이름 붙이는 것은 어떤 식으로든 자신의 진짜 알맹이에 그림자처럼 다시 달라붙었다. 마치 그의 깨어 있는 자아가 퇴근하여 길을 걸을 때 그가 만드는 그림자, 한쪽 겨드랑이에 오렌지 여섯 개가 든 종이봉투를 끼고 다른 쪽 겨드랑이에는 작은 백합 꽃다발을 낀 남자의 그림자는 그 자신의 어떤 축소된 변형이지만, 이 그림자가 빛의 가려짐, 어둠의 투사에 의해 규정되는 단순한 이

차원성에서 벗어나면 자율성을 얻어 사람이 던지는 실루엣에서 독립하여 자유롭게 움직이게 되는 것과 마찬가지였다. 해가 지고 램프 심지를 내릴 때, 실제로 그의 몸을 평면이나 표면에 투사할 수 있는 모든 빛, 해, 램프, 심지어는 달마저 사라질 때, 아마 정말로 그렇게 될 것이다. 그는 자신의 그림자가 자신이 그러는 것과 마찬가지로 꿈을 꾼다는 사실을 의심할 이유를 찾지 못했다. 자기 자신도 다른 어떤 것, 다른 어떤 사람의 그림자라고 상상할 수 있었기 때문이다. 어쩌면 그의 잠, 그의 꿈도 다른 사람의 그림자로서 자신이 이행해야 할 의무의 하나인지도 몰랐다. 반대로 그 다른 사람이 꿈을 꾸는 동안은 자신이 자유롭게 깨어 있는 삶을 살 수 있을 터였다. 이런 식으로 번갈아가며 이루어지는 상호의존적인 일련의 삶이 일종의 음각을 이루는지도 몰랐다. 각 그림자의 깨어 있는 날은 그 그림자 소유자의 잠의 이면이었다. 하워드가 잠자리에서 읽다 만 『세계의 애송시』를 가슴에 천막처럼 올려놓고 메건에게 그 점을 설명하려 하자, 그녀는 『틴슬리 농장의 불쌍한 고아들』의 읽던 곳에 검지를 꽂으며 말했다. 아마 그래서 당신이 어떤 날은 잠을 못 자고 그런 끔찍한 악몽을 꾸나보네요. 당신은 아는데 반대로 당신을 알아보지는 못하는 사람들이 가득한 커다란 검은 집들 꿈이나, 긴 머리카락이 뒤엉킨 채 얼어붙은 호수 속에 얼어 있는 쌍둥이 딸과 어머니 꿈 말이에요. 당신 그림자가 낮잠을 자고 싶어해서 그림자가 잘 수 있도록 당신은 깨어 있어야 하나봐요. 상상해봐요! 당신 그림자가 당신을 깨워서 당신이 나를 깨우면 내 그림자도 낮잠을 잘 수 있겠네요! 어쩌면 우리 그림자들이 한패인지도 모르겠어요, 여보. 어쩌면 둘이 짝을 이루어 범죄를 저지르는지도 몰라요, 우리처럼! 하워드가 말했다, 그럴지도 모르지, 그럴지도 몰라. 하워드는 메그의 귀에 입을 맞추었고 책을 덮었고 잠이 들었고 죽었다.

조지가 죽을 때, 그의 팔다리에서 검은 피가 물러났다. 처음에는 발을 떠났고 그다음에는 종아리를 떠났다. 이윽고 두 손도 떠났다. 조지는 이것을 아주 먼 거리에서 의식하고 있었다. 피는 마치 증발하듯이 떠났다. 점차 묽어지다 마침내 자신의 광물질도 운반할 수 없는 어떤 증기 같은 영으로 변하는 것 같았다. 그렇게 증발하면서 자신이 지나다니던 메마른 핏줄에 소금과 금속 찌꺼기를 남겼다. 그의 피 없는 다리는 나무처럼 단단했다. 그의 피 없는 다리는 판자처럼 죽었다. 뼈가 꽉 들어찬 발은 메마른 핏줄이 지탱하는 납추 같았다. 소금에 절고 금속으로 강화된 그의 핏줄은 이제 창자처럼 질기고 쇠사슬처럼 튼튼했다. 그의 가슴으로 손을 집어넣어 심장에서 나오는 핏줄을 움켜쥐고 위로 잡아당기면, 그래서 발의 무거운 뼈들이 다리와 몸통을 지나 위로 올라와 탈진한 엔진 같은 심장 바로 밑에 매달리면, 그 묵직한 무게가 동맥과 정맥을 긴장시키다 그의 몸을 훑으며 다시 서서히 아래로 내려가기 시작하면서 그 낡아빠진 기관도 조금은 더 오래 구동될 것 같았다. 그러나 지금 그의 심장은 곧 바스러질 것 같았고 닳아빠졌고 박자도 제대로 맞추지 못했다. 끼움쇠테가 완전히 못 쓰게 되어버렸다. 고무질의 흉터가 덕지덕지 앉아 있었다. 이제 그의 피는 아주 약하게 똑똑 듣는 소리를 내며 그 방들을 간신히 돌아다녔다. 전에는 유연하고 강한 근육이 피를 흘려보내고 소용돌이치게 하고 돌보아주고 관리해주었겠지만.

그의 얼굴은 창백했다. 이제 아무런 표정이 없었다. 그래, 어떤 평화 같은 것이 나타났다. 더 정확하게 말하자면 그런 평화를 예측하는 것 같았다. 하지만 그런 평화는 인간의 것이 아니었다. 얼굴은 숨을 붙들었다가 작은 헐떡거림과 한숨으로 퍼덕거리며 빠져나가게 했다. 얼굴은 이제 빛에 반응하지 않았다. 그림자들이 얼굴 위를 지나가면 그냥 그 각도만 기록했다. 빛의 하루 순례를 그 길이로만 기록했다. 물론 조지의 가족은 뜨거나 지는 해가 그의 얼굴에 바로 떨어지게 하지 않았지만, 그들이 커튼이나 그늘막을 조정하는 것은 그들 자신을 위한, 살아 있는 눈과 살아

있는 피부에 부담을 주지 말자는 것이었지 병원 침대에 누워 있
는 그들의 남편, 오빠, 아버지, 할아버지의 눈과는 아무런 관계
가 없었다. 인간적 고려는 이제 그의 것이 아니었다. 그러한 고
려는 이제 신체적인 안락을 제공하는 것으로만 표현될 수 있었
는데, 마침내 그에게는(그것에게는, 이라고 해야겠다. 이제 그의
가족 앞에 누워 있는 것은 그것, 과거에 그였던 그것이었기 때문
이다. 여전히 몸부림치고 희미해지고 죽어가는 그것이 그의 형
체로 나타나고는 있지만, 사실 그는 우는 여동생과 딸들과 아내
로 가득한 거실로부터 멀리멀리 떨어진 깊은 곳으로 내려가고
있었고, 인간 생명의 팬터마임이나마 간신히 유지하고 있는 것
은 그것이었다) 신체적 안락마저 아무런 의미가 없었기 때문이
다. 그의 자리에 시계를 펼쳐놓고 먼지를 떨고 아마기름으로 달
래준다 한들 아무런 의미가 없는 것처럼. 그럼에도 그의 가족은
그것이 과거의 존재가 되기도 전에 벌써 법석을 떨고 애도하고
있었다(그것이 살아 있는 사람들이 과거의 존재가 되어버리는
것에 대비하는, 아니 대비하려고 시도해보는 방식이기 때문이
다. 아직 완전히 끝나지 않았음에도 이미 과거의 존재가 되었다
고 상상하는 것. 어쩌면 과거가 되는 일의 불가피성 때문에 애도
를 하는 것이고, 그들 자신이 과거가 되는 것에 대한 공포를 그
것에게 갖다붙이려 한다는 것이 사실에 더 가까울지도 모르겠

다. 어쨌거나 그것은 과거가 되는 일에 거의 다가갔기 때문에 그들의 인간적 슬픔을 받아들이지도 않을 것이고 당연히 받아들일 수도 없다). 그러는 동안에 그 망가진 태엽이 완전히 풀려버리고 납추가 마지막으로 돌이킬 수 없이 아래로 내려왔다.

그가 시계라는 생각은 그가 발작을 일으킬 때면 시계 같다는 것이고 망가져서 폭발할 때의 시계 속 태엽 같다는 것이었다. 그러나 그는 시계 같지 않았다. 어쨌든 나에게만 시계 같을 뿐이었다. 하지만 그 자신에게는? 누가 알겠는가? 따라서 시계 같았던 것은 그가 아니라 나다.

1953년에는 두 가지 일이 일어났다. 새로운 주간州間 고속도로가 개통되었고, 하워드의 두번째 부인의 어머니가 피츠버그에서 병이 들었다. 메건은 그에게 피츠버그에 함께 갈 수 없다고 말했다. 그녀의 어머니는 아주 엄격한 가톨릭교도로, 만일 자신의 딸이 감리교 목사의 아들과 결혼했다는 것을 알면 병에서 회복될 가능성이 완전히 사라질 거라고 했다. 어머니는 내 이름과 함께 저주를 잔뜩 토해내며 돌아가실 거예요, 그녀는 말했다. 결국 그가 크리스마스를 혼자 보내야 한다는 뜻이었다. 메건은 바나나 크림 파이와 미트로프를 구웠다. 그는 버스정류장까지 함께 가, 네시 반에 출발하여 모든 정거장을 거치며 피츠버그까지 가는 버스에 그녀가 오르는 것을 보았다. 정류장까지 가는 길 내내 그녀는 입을 다물지 않았다. 버스에 타서는 창을 열고, 냉장고에서 바닐라 아이스크림을 꺼내고 십오 분 뒤에 파이와 함께 먹으면 그가 좋아하는 부드러운 상태로 먹을 수 있을 거라고 말한 다음 덧붙였다. 사랑해요. 그가 말했다. 괜찮을 거야, 난 괜찮을 거야. 그러나 여전히 피츠버그에 그녀의 어머니가 있다는 사실에 당황하고 있었다. 이십오 년 동안 그녀에게는 피츠버그에 어머니가 있었다.

그 다섯 달 전 주간 고속도로가 완공되었다. 이 도로는 멀리 동해안까지 직선으로 달렸다. 이민자, 뜨내기, 노동자, 육체 노동자들이 숲, 강, 그리고 작은 협곡, 산과 늪을 두드리고 깎고 터뜨리고 벗겨내 길을 낸 다음 그 길에 깨끗하고 좋은 자갈을 덮고 아주 뜨거운 아스팔트를 채워 평평하게 다진 뒤 식기를 기다렸다가 한가운데 페인트로 선을 그었다. 이 새로운 간선 고속도로들에는 이름 대신 번호가 붙었다. 하워드는 크리스마스 전날 차가운 미트로프 샌드위치와 콜라 여섯 병을 세면도구가 든 주머니와 함께 종이봉투에 담고, A&P의 친구 지미 드리조스에게 전화를 하여 낡은 포드 세단을 빌릴 수 있는지 물었다. 지미가 말했다. 그럼, 그럼. 올해에는 처갓집 사람들이 이쪽으로 올 거야. 그럼, 그럼, 빌려줄 수 있지. 하워드는 버스를 타고 그리스인 구역에 있는 지미 드리조스의 집으로 갔다. 지미는 아파트 층계의 쇠 난간에 감은 전구 장식의 전구를 갈고 있었다. 지미는 한잔하라고 권했다. 하워드가 말했다. 고맙지만 됐어, 지미, 됐어. 지미는 음식을 줄 테니 집에 가져가라고 했다. 하워드가 말했다, 고마워, 지미, 자네하고 자네 부인한테 고맙네. 지미는 그에게 열쇠와 양고기 한 접시를 주며 말했다, 클러치를 살살 다루게. 하워드는 고개를 끄덕이고 클러치 페달을 밟아 차를 움직여 진입로에서 빠져나갔다. 차는 기어가 중립인 상태에서 움직였다. 그는 기어를 일단으로 넣고 가속페달을 밟으며 클러치에서 발을 뗐다. 기어가 윙하고 돌며 물리다가 그대로 멈춘 채 움직이지 않았다. 차가 앞으로 쑥 나가다 멈추었다. 지미 드리조스가 층계에서 색색의 크리스마스 전구를 양손에 들고 보다가 소리를 질렀다. 뭐해? 술 취했어? 그러면서 웃음을 터뜨렸다. 하워드는 손을 흔들고 기어를 다시 넣은 다음 시속 10킬로미터로 모퉁이까지 기어갔지만, 모퉁이를 지나 방향을 틀자 다시 차가 멈추었다. 이번에는 지미 드리조스가 보이지 않는 곳이었다. 하워드는 크리스마스이브에 네 시간 동안 가다 서다를 반복하며 필라델피아 거리를 돌아다니면서 운전을 독학했다. 그러다 저녁 아홉시에 눈이 가볍게 내리기 시작할 때 지미 드리조스의 포드를 몰고 북쪽으로 가는 고속도로에 올라섰다.

메건이 그에게 감추었던 비밀은 피츠버그에 어머니가 있다는 것이었다. 그가 그녀에게 감춘 비밀은 첫번째 가족이 뉴잉글랜드 전역을 돌아다닌 경로를 추적하고 있다는 것이었다. 그는 우체국에 전화를 하여 주소를 확인하곤 했다. 전화교환수에게 전화를 하여 새 전화번호를 알아냈다. 아들 조지가 매사추세츠주 에논으로 이사했을 때 교환수는 G. 크로즈비를 두 사람 대주었다. 하워드는 첫번째 번호로 전화를 해보았다. 늙은 여자가 전화를 받더니 말했다. 거스 크로즈비 부인입니다. 누구세요? 하워드는 전화를 끊고 일기에 두번째 전화번호를 적었다.

　하워드는 코네티컷주 어딘가에 포드를 세우고 뒷좌석에서 네 시간을 잤다. 잠이 깨자 얼어붙을 듯이 추웠다. 그는 주유소 뒤편에 차를 세워두고 있었다. 하워드는 세면도구를 꺼내 주유소 화장실로 갔다. 이를 닦고 머리를 빗은 다음 발모제를 뿌리고 아버지가 열여섯 살 때 준 직선 면도기, 지금도 날의 무게만으로 피부를 벨 수 있을 정도로 예리하게 갈아두는 면도기로 면도를 했다. 하워드는 정오에 24번 출구에서 고속도로를 빠져나왔다. 거기서 좌회전을 하여 메인 스트리트를 따라 5킬로미터를 갔다. 그런 다음 다시 좌회전을 하여 아버 스트리트로 들어서서 속도를 늦추고 문틀과 우편함의 번지수를 살폈다. 그는 녹색 셔터가 달린 조그맣고 노란 케이프코드양식의 집에 이르렀다. 현관에 이르는, 판석이 깔린 진입로 끝 우편함에 **조지 W. 크로즈비**라고 적혀 있었다. 하워드는 시동을 끄지 않고 차에서 내려 진입로를 걸어가 아들의 현관을 두드렸다.

호모 보레알리스*: 1. 죽은 나무를 걷어차 껍질을 벗겨내자 그 밑의 부드러운 속은 톱밥처럼 창백했고 가끔 이상한 무늬로 덮여 있었다. 철필이나 가느다란 조각 도구로 무늬를 새긴 다음 다시 줄기 위에 껍질을 덮어놓은 것 같았다—비밀 언어를 보호하고 있는 거친 가죽, 쪼개지기 쉬운 가죽. 우리가 발견한 상형문자는 계시 같았다. 누군가 우리더러 찾아내 생각해보라고 남겨둔 메시지 같았다. 우리만을 위한 메시지 같았다. 그러나 막대로 쑤시고 긁어보아도 결국 이해할 수가 없어 토템처럼 내버려두고 떠났다. 누구인지 몰라도 진짜로 그것을 읽어야 할 사람들에게 남기고 떠났다. 그곳을 떠나 우지끈우지끈 소리를 내며 덤불을 헤치고 갔다. 2. 우리는 복잡하고 중요한 지침을 문신으로 새긴 사람들에 관한 이야기를 지어냈다. 문신은 피부 속 깊은 층까지 새겨져 있고, 이 사람들은 등의 긴 I자 흉터로 알아볼 수 있다. 이 흉

---

* Homo Borealis, 라틴어로 '북방의 인간'.

터를 다시 절개하면 피부가 한 쌍의 문처럼 열리면서 땋은 머리카락 같은 근육과 비밀 글자들이 드러난다. 그리고 물론 이 사람들은 자기가 이런 비밀 문자를 간직하고 다닌다는 것을 모른다. 그리고 물론 이 메시지를 읽을 사람들은 모호한 실마리와 지침을 판독해내는 아주 길고 어려운 과정을 거쳐야만 이 특별한 밀사들을 찾아내 그 사람과 메시지를 보호할 수 있다. 그러나 수색자는 결국 이 밀사를 찾아낸다. 밀사가 늙은 말을 팔거나 여관에서 아침을 나르거나 아침 휴식시간에 커피를 마시면서 정치인 욕을 할 때, 수색자는 그냥 그 순간 그가 밀사임을 알아본다. 3. 그런 이야기들은 무지의 소치였다. 우리는 마침내 미지의 것이 비밀결사에서, 음모에서 생겨난다고 생각하는 게 어리석은 짓임을 자각했다. 사실은 모든 것이 거의 언제나 어두컴컴했다. 그러다 어느 순간 이해가 그냥 빛을 발했다. 거기에는 어떤 식별 가능한 이유도 없었지만 우리는 그것으로 만족했다. 그래서 우리는 손에 닿는 것으로, 또는 짓는 도중에 뭐든 우리가 얻게 되는 것으로 우리의 도시를 지었다. 결국 우리는 머리카락으로 이루어진 오두막, 포장지와 금속조각과 끈으로 이루어진 둥지에서 살게 되었다. 우리는 끈을 너트에 꿴 다음 테이프 조각이나 오래된 껌조각으로 천장에 붙여 매달아놓았다. 모든 너트의 나삿니가 우리가 찾아낸 볼트와 맞지 않았기 때문이다. 시청은 빨대(어떤 것은 구부릴 수 있었으나, 대부분은 직선형이었다)와 휠캡과 담뱃갑 은박지로 지었다. 몇몇 사람은 나무의 굽이 위에 오랫동안 해를 받아 갈색으로 변한 일요일자 신문을 텐트처럼 쳐놓고 살았다. 비가 오면 이런 건물은 부풀어올랐다가 곤죽이 되어 씻겨나갔고, 거주자들은 해가 나면 몸을 말린 다음 다시 양철 캔과 5센트짜리 동전과 성냥갑과 한때 프렌치프라이나 양파링을 감쌌던 기름종이를 모았다. 4. 녹색 바다가 회색으로 변하고 수면이 막처럼 굽이쳤다. 그러나 우리가 조개껍데기를 찾으려고 다이빙을 하면 아무런 저항 없이 갈라졌다가, 위를 향한 발가락들까지 물속으로 들어오고 나면 저절로 봉해졌다. 우리는 그 매끈한 흑연 같은 몸안을 맹목적으로 더듬었다. 모래를 체로 걸러 우리의 바람과 안개 망토에 쓸 매끈한 돌들을 찾아냈다. 위로 올라갈 때 우리 머리카락에 남아 있던 바다는 수은처럼 흘러내려 다시 나머지와 합쳐졌다. 이음매도 없고 분자 같고 매끈하고 원자 같은 바다. 우리는 고치 안에 들어가 돌아다녔다. 수면을 뚫고 나오자 깎아지른 절벽과 북방의 전나무가 덮인 부싯돌 기둥들이 보였다. 눈 덮인 해변과 모래 폭풍이 보였다. 5. 죽을 때가 되었을 때 우리는 그것을 알고 마당 깊은 곳으로 가서 누웠고, 우리의 뼈는 황동으로 변했다. 누가 우리의 뼈를 집어갔다. 우리는 망가진 시계, 뮤직박스를 고치는 데 사용되었다. 우리의 골반은 피니언바퀴에 맞춰넣고 척추는 거대한 기계장치에 땜납으로 붙였다. 갈빗대는 톱니가 되어 맞물려들어가는 상아처럼 똑똑, 째깍 소리를 냈다. 이렇게 우리는 마침내 결합되었다.

조지 워싱턴 크로즈비가 죽으면서 마지막으로 기억한 것은 1953년 크리스마스 저녁식사였다. 자신과 아내와 두 딸—벳시와 클레어, 지금 수척하고 창백하고 지친 모습으로 자신의 침대 옆에 앉아 있는 두 딸, 자신이 사랑했고 자신이 그들에게 허락하는 날까지, 그러니까 자신이 죽는 날까지, 그러니까 오늘까지 늘 자신의 귀염둥이 딸이 될 수밖에 없음을 깨달았던 두 딸—과 함께 저녁을 먹으려고 앉아 있었다. 죽어가는 조지는 맙소사, 도대체 누구야, 하고 중얼거리며 식탁에서 일어나 문으로 걸어가던 일은 기억하지 못했다. 그러나 현관 층계에 있는 노인이 아버지임을 알아본 순간, 열두 살 소년 시절의 그 자신과 중년의 남편이자 아버지인 지금의 그 자신 사이의 그 모든 시간이 영零으로 줄어들었던 일은 기억했다. 조지는 그가, 그의 아버지가, 하워드 에런 크로즈비가 시골을 돌아다니며 주부들한테 솔과 세제를 팔고 나서 메인주 웨스트코브에 있는 가족의 집과 마주한 어느 날 밤, 침침하게 불이 밝혀진 부엌 창으로 가족을 보고 히코리 회초리로 노새 프린스 에드워드를 때려, 수레에서 내리지 않고 계속 길을 따라 내려가다 마침내 이름 없이 필라델피아에 도착한 이래로 한 번도 그를 보지 못했다.

그의 아버지는 모자를 허벅지에 올려놓은 채 긴 소파 가장자리에 엉덩이를 걸치고 있었고, 밖에서는 빌린 차의 모터가 공회전을 하고 있었다. 식탁의 음식에서 김이 피어올랐다. 아버지가 말했다, 아니, 아니, 오래 못 있어. 그는 어떻게 지내느냐고 물었다. 너는 건강하니? 네 누이들은 어때? 네 어머니는? 조는? 아, 알겠다. 그리고 여기는? 아, 벳시. 그리고 너는? 클레어, 그렇구나. 그래, 그래, 당연히 수줍겠지―나야 낯선 늙은이인걸, 그렇고말고. 자, 아니야, 가는 게 좋겠어. 다시 만나서 반가웠다, 조지. 그래, 그래, 그러마. 잘 있어라.

옮긴이의 말

　십여 년 전인 2010년 『팅커스』가 퓰리처상을 탄 과정은 신데
렐라 이야기처럼 많은 사람들의 입에 오르내렸다. 대학 졸업 후
잘 알려지지 않은 밴드에서 드럼을 치다가 밴드 해체 후 글을 쓰
고 싶어 창작 교육 과정에 들어가고, 그뒤 글쓰기를 가르치면서
틈틈이 몇 년 동안 작품을 쓰고, 이 작품이 수많은 출판사에서
퇴짜를 맞다가 간신히 비영리 문학 전문 출판사에서 빛을 보고,
그뒤 소규모 서점들을 중심으로 서서히 바람을 일으키다가 이윽
고 비평가나 주요 매체의 주목을 받고, 마침내 쓰기 시작한 지
거의 십 년 만에 작가가 이 데뷔작으로 퓰리처상을 수상했으니,
마흔 줄에 접어든 두 아이의 아버지인 이 신인 작가 폴 하딩이
현대판 신데렐라까지는 아니라 하더라도 빈손에서 출발하여 성

공을 거둔 입지전적 인물로 보였던 것은 당연하다고도 할 수 있겠다. 실제로 하딩은 부르는 곳이면 달려가 소규모 서점에서 낭독회를 하기도 하고, 심지어 가정에서 열리는 독서토론회에까지 참석했다. 얼마나 열심히 뛰어다녔는지, 그의 작품을 발견하고 밀어준 것이나 다름없는 소규모 서점들은 그의 퓰리처상 수상을 자기 일처럼 기뻐했을 정도라고 한다.

그러나 하딩의 이런 이야기를 괜찮은 품질의 물건을 들고 열심히 뛰어다닌 영업사원의 성공담 정도로 받아들이는 것은 실제로 그의 작품을 읽어보기 전까지일 듯하다. 실제로 읽어보면, 하딩이 그의 표현대로 '풀뿌리' 독자들을 만나러 다닌 과정이 아무래도 그가 그의 작품에서 그리려 했던 풀뿌리 민중의 삶과 관련이 있을 것 같다는 느낌이 들기 때문이다. 수많은 출판사들로부터 느리고, 명상적이고, 잔잔하다는 이유로 퇴짜를 맞았던 작품이지만, 아니, 그렇기 때문에 오히려 더욱더, 이 작품이 그려낸 사람들과 비슷한 사람들을 할아버지, 증조할아버지로 두고 있는 풀뿌리 독자들에게서는 공감을 얻고 싶다는 마음이 강렬하지 않았을까?

물론 하딩도 자신의 그런 뿌리를 강하게 의식하고 있었던 듯하다. 실제로 이 작품에 나오는 시계 수리공 조지나 간질에 걸린 하워드는 그의 집안의 실존 인물이 모델이라고 하고(할아버지의 작업장에서 멍하니 앉아 있는 소년이나 할아버지의 임종을 지키며 소파에 앉아 있는 손자에게서 얼핏 하딩이 보이지 않는가?), 당시 반쯤 썼다고 하던 그의 다음 작품 『에논』도 이 집안의 다음 세대 이야기다. 그러나 그가 이런 뿌리를 의식한다는 점은 무엇보다도 이 작품의 제목 '팅커스'(땜장이들)에서 알 수 있을 듯하다. 작품에 등장하는 땜장이는 하워드 한 사람임에도 하딩은 제목을 '땜장이들'이라고 복수로 적어놓은 점이 특이하지 않은가? 이 제목에는 물론 시계를 고치던 조지도 그의 아버지 하워드와 같은 땜장이라는 생각이 들어 있을 것이다. 그러나 어쩌면 괴상한 목사였던 하워드의 아버지, 그리고 하워드의 증손자 격인 글쟁이 하딩 자신도 땜장이와 다를 것이 없다는 인식이 깔려 있을지도 모른다. 그러고 보니, 겸손하게 땜장이를 자처하는 이 소설가와 퉁퉁한 몸집에 철테 안경을 쓴 철물점 주인 같은 인상을 풍기는 그의 실제 모습이 잘 어울린다는 생각도 든다.

그러나 지금까지 한 이야기를 듣고 『팅커스』가 단순히 민중의 삶을 그려낸 소설이라고만 생각한다면 반 이하만 맞는 것이라고 할 수 있을 것 같다. 모래 한 알에서 세계를 보고 들꽃 한 송이에서 천국을 본다더니, 하딩은 20세기 초 미국 동북부의 척박한 땅에서 궁핍하게 살아가던 인간의 궁극을 보는 엄청난 작업을 해내려고 마음먹은 듯하기 때문이다.

이 소설의 중심인물인 하워드의 상상에 기대서 이야기를 해보자면, 인간 존재의 저 끝에 있는 벽, 평소에는 의식할 수도 없고 벽으로 느껴지지도 않는 벽, 그냥 별이 박힌 밤하늘인 줄 알았던 벽에 다가가 혹시 그곳에 그 너머로 열린 곳이 없을까 더듬어보는 것이 폴 하딩이 이 소설에서 하려고 했던 일이라고 말할 수도 있을 것 같다. 그래서 우리는 이 책을 읽다가 그 들꽃 같은 사람들에게서 존재의 어떤 비밀이 드러나는 듯한 황홀한 순간을 경험하게 되는 것이다. 그러나 하딩이 그 벽에 다가가기 위해 택한 길은 소멸의 맨 끝 가장자리, 광기의 맨 끝 가장자리를 따라 난 길, 있음과 없음, 빛과 어둠, 순간과 영원을 잇는 솔기처럼, 발을 딛는 순간에는 열리지만 발을 떼고 나면 어느새 닫혀버리는 아삼아삼하고 가물가물한 길(다시 말해서 수많은 출판사들에게서 퇴짜를 맞은 길)이다. 사실 그 길을 뒤따라가는 것은 만만치 않은 일이다. 그러니 이왕 책을 펼쳐 "조지 워싱턴 크로즈비는 죽기 여드레 전부터 환각에 빠지기 시작했다"라는 구절과 마주쳤다면, 이제부터는 아예 딴 세상이라 생각하고 신발끈을 조여맬 것, 아니, 신발을 벗어버릴 것을 권해야 할지도 모르겠다. 그래도 부디 그 이승 같지도 않고 저승 같지도 않은 인적 없는 북쪽 벽지에서, 비록 변변히 이야기를 나누지는 못한다 해도, 늙은 은

자라도 한 사람 만나 눈 녹은 물이 흐르는 것을 보며 담배라도
한 대 나누어 피울 수 있기를 바라 마지않는다.

정영목

지은이 **폴 하딩**

1967년생. 매사추세츠대학교에서 영문학을 전공했고, 졸업 후 미국과 유럽에서 '콜드 워터 플랫'이라는 밴드의 드러머로 활동했다. 이후 본격적으로 글쓰기에 매진하기 위해 아이오와대학교에서 문예창작으로 석사학위를 받았다. 2009년 『팅커스』를 발표하고 이듬해 데뷔작으로는 이례적으로 퓰리처상을 수상하는 영예를 안았다. 2013년 두번째 장편 『에논』을 발표했다.

옮긴이 **정영목**

서울대학교 영문학과와 동 대학원을 졸업했다. 전문번역가로 활동하며 현재 이화여대 통번역대학원 교수로 재직중이다. 지은 책으로 『소설이 국경을 건너는 방법』『완전한 번역에서 완전한 언어로』가 있고, 옮긴 책으로 『로드』『새버스의 극장』『미국의 목가』 『울분』『에브리맨』『책도둑』『달려라, 토끼』『제5도살장』 등이 있다. 『로드』로 제3회 유영번역상을, 『유럽 문화사』로 제53회 한국출판문화상(번역 부문)을 수상했다.

문학동네 세계문학
팅커스

초판 인쇄 2022년 1월 25일 | 초판 발행 2022년 2월 14일

지은이 폴 하딩 | 옮긴이 정영목
책임편집 정혜림 | 편집 오동규
디자인 김이정 최미영 | 저작권 박지영 이영은 김하림
마케팅 정민호 이숙재 박보람 한민아 김혜연 이가을 안남영 김수현 정경주 이소정
브랜딩 함유지 함근아 김희숙 정승민
제작 강신은 김동욱 임현식 | 제작처 한영문화사(인쇄) 신안문화사(제본)

펴낸곳 (주)문학동네 | 펴낸이 김소영
출판등록 1993년 10월 22일 제406-2003-000045호
주소 10881 경기도 파주시 회동길 210
전자우편 editor@munhak.com | 대표전화 031) 955-8888 | 팩스 031) 955-8855
문의전화 031) 955-8895(마케팅) 031) 955-8861(편집)
문학동네카페 http://cafe.naver.com/mhdn | 트위터 @munhakdongne
북클럽문학동네 http://bookclubmunhak.com

ISBN 978-89-546-8499-6 03840

잘못된 책은 구입하신 서점에서 교환해드립니다.
기타 교환 문의 031) 955-2661, 3580

www.munhak.com